一起写我们的结局

木子喵喵 著

重庆出版集团 重庆出版社

图书在版编目（CIP）数据

一起写我们的结局 / 木子喵喵著. ——重庆：重庆出版社, 2015.11

ISBN 978-7-229-10136-7

Ⅰ. ①一… Ⅱ. ①木… Ⅲ. ①言情小说－中国－当代 Ⅳ. ①I247.5

中国版本图书馆 CIP 数据核字(2015)第 140794 号

一起写我们的结局

YIQI XIE WOMEN DE JIEJU

木子喵喵　著

出 版 人：罗小卫

责任编辑：李 梅

责任校对：郑小石

装帧设计：意设计

封面插图：单单插图

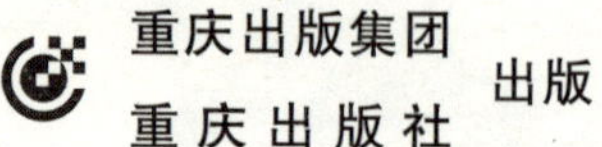

重庆市南岸区南滨路 162 号 1 幢　邮政编码：400061　http://www.cqph.com

自贡兴华印务有限公司印刷

重庆出版集团图书发行有限公司发行

E-MAIL:fxchu@cqph.com　邮购电话：023-61520646

全国新华书店经销

开本：890mm × 1280mm　1/32　印张：8.5　字数：310 千

2015 年 11 月第 1 版　　2015 年 11 月第 1 版第 1 次印刷

ISBN 978-7-229-10136-7

定价：29.80 元

如有印装质量问题，请向本集团图书发行有限公司调换：023-61520678

目录

CONTENTS

第一章
童年最是懵懂时

Part1

宋轻晚第一次来到G市的老家，印象最深刻的便是院子外面巨大的老槐树和环绕着小村的水坑，当时的范如笙正一个人蹲在老槐树下面的沙堆里，埋头堆沙子城堡。

这是G市的一个小乡镇，不同于大城市的高楼繁华，这里是一排排低矮的院子连在一起，外面是一片黄色的泥地，场地很大，很多跟她一般大的小孩子结伴玩着打仗的游戏，只有他一个人在老槐树下面静默地挖沙子，所以轻晚第一眼就看见了他。

他看起来有些孤独，别的小孩都成群结伙，只有他一个人闷不吭声做着自己的游戏，仿佛与这里的人格格不入。

轻晚走到他面前蹲下，好奇地问："你家也住在这里吗?"

范如笙从沙子堆里冒出半个脑袋，瞅了瞅眼前扎着两个辫子的小女孩，没有理她，又低下头专心地挖沙子。

她盯着他的城堡看了一下，又道："好奇怪，你的城堡怎么没有门?"

他依旧是奇怪地瞅了她一眼，没有说话。

有个眼尖的孩子发现了她："快看！那个小女孩就是我妈妈说的从城里来的有钱人!"

所有人的视线都集中了过来，好奇的、疑惑的，还有看见轻晚的着装羡慕的。

有个胆大点的孩子跑过来，好心地说："喂，你不要理他啦，他是捡垃圾的女人捡来的孩子，我妈妈说不要跟他说话，很脏的！"

范如笙忽然抬起了头，秀气的五官拧成一团，从地上站了起来，狠狠地瞪着说话的小孩。

那小孩被他的举动吓了一跳，退了好大一步，可是又觉得自己这样失去了气势，便伸手推了下范如笙的肩膀："你还敢瞪我呀！不怕我打你吗？穷鬼！"

其他小孩也跟着起哄道："别和他说话，脏脏脏！"

"就是就是！"

范如笙愤愤地瞪了他们一眼，然后朝地上吐了口唾沫。

"嘿！你这小子，还来劲了不是？"另外一个稍大一点的男孩子，用力推了范如笙一把，他闷哼一声重重跌在了地上。

"还不快滚？还想挨揍是不是？"

身后有人用手卷着喇叭喊："滚回你的垃圾窟里去！哈哈！穷鬼！"然后是哄笑一片。

童言无忌，那个时候的孩子们不会意识到自己的话会给同龄的人带来多大的心理伤害。也许就是从那个时候开始，范如笙的性格逐渐沉静冷漠，不喜跟人多言，一如他小时候堆的没有门的城堡，因为他从来没想过要向任何人打开那扇走近他的门。

Part2

轻晚站在一旁，她不知道他们为什么要欺负他。

她只是觉得他好可怜，没有爸爸妈妈，还要被别人欺负。可是，没有爸爸妈妈并不是他的错啊！

"你没事吧？"她伸出小手，想要拉他起来。

那是一双白皙柔软的小手，跟那些在乡下长大的孩子不一样，可在如笙眼底，只觉得那双手特别地刺眼。

他坚强地从地上爬起来，没看她一眼，不发一言地走开了。

身后又有嘲讽的声音响起："捡垃圾的孩子，没人疼没人爱，捡垃圾的孩子，脏脏脏……"

范如笙抿了抿嘴角，甩头跑出了那一片嘈杂。

是该给妈妈和妹妹做饭的时间了，想到这里，他加快了脚步。

自从那次意外遇见，轻晚对如笙莫名其妙地上了心，在老家住的那段时间，她总爱去找如笙玩，可如笙自认为跟她一点不对路，一看见她就躲得远远的。

于是村子里的人总会看见这般诡异的情景——一个穿着漂亮的小女孩整天跟在一个穿着打着无数补丁衣服的男孩身后。

两个小小的身影一前一后，仿佛是小女孩在追着男孩跑，又仿佛是男孩在摆脱小女孩的纠缠。

小镇上的人时常都会向轻晚的父母不屑地说那男孩是怎样的出身，根本不配跟他们的女儿玩，要是带坏他们的女儿就不好了。

幸得轻晚的父母都是开明的家长，对自己女儿自是有一番教育理论，从来不会理会这些无聊的言论。

那时，小镇上最热闹的事情便是看戏，在每个周末晚上，镇长都会邀请戏班在镇上最大的戏园子里面表演。

孩子往往为了占上个好位置，通常会老早就搬着板凳往那跑。

如笙虽然不合群，但是也会搬上板凳带着自己的妹妹去看戏。

和其他人不同的是，他每次占的位置都是靠着角落的老槐树下面，隔着老远的距离，看着遥遥的戏台子。他知道村子里的人都不喜欢他，所以即使是看戏，他也是一个人带着妹妹远离群众，省得招惹不必要的麻烦。

今天，和往常一样，待到戏已经开始的时候，如笙才带着妹妹一起过来，不一样的是身后依旧跟着一个跟屁虫。

“哥哥。”如萧坐在板凳上，拉拉自己哥哥的衣角，“那个姐姐为什么一直都跟着我们呀?”

范如笙将食指放在唇边，示意她噤声：“嘘，不要说话，戏开始了。”

他们坐得很远，本来就听不怎么清楚，如果讲话就更听不清了。

“噢……”如萧想了想，还是不死心，“可是那个姐姐……”

“不要管她。”

“噢。”如萧乖乖地坐在板凳上，看了看远处的戏台，再瞅瞅不远处傻傻等着的那个姐姐。

她从来都没见过这么漂亮的姐姐，好想叫她过来跟自己一起坐，不过哥哥好像会不高兴。她知道村子里面的人都不喜欢他们一家人，可是那姐姐看上去好像并不讨厌他们啊，因为有几次与她对上眼睛的时候，她还朝自己笑了呢。

如萧终究忍不住抬起头："哥哥，我们把那个姐姐叫来和我们一起坐好不好？"

"……"

"哥哥，哥哥！"

如笙很无奈，撇撇嘴巴，点了点头。

"嘻……哥哥最好了。"说完，如萧朝不远处的轻晚招手，"姐姐、姐姐，快来一起看戏！"

那时正是初夏，轻晚第二次和那个冷漠的男孩子靠得那么近。

一颗流星从漆黑的夜空划过，场地上的大槐树在风中沙沙作响，轻晚恍恍惚惚地听见，很小很小的呼噜声。

当很多年后回忆起来，印象最深刻的那一个晚上，依着妹妹的哥哥其实并不喜欢看戏，只因为妹妹喜欢，他便陪着她，然后他倚靠在树下打盹，她就在一旁傻傻地看着。

后来的后来，她才发现，原来当第一次见到那抹孤寂的身影时，她的心里便从此住下了他。

只可惜，那个他，在她离开的时候，连她的名字都没有问。

第二章
活在回忆里

Part1

“为什么……”那是她无数次问自己。

为什么会有这场邂逅?

童年的乡村，巨大的槐树和打盹的小男孩，仰望他的小女孩，认识他以来一切的一切在脑中走马灯似的回放，直到那句：“轻晚，我们离婚吧!”——

黄色的灯光下，颤抖的睫毛猛地睁开，轻晚望着空荡的房间，只有她一个人，冰凉的大床温暖不了同样冰凉的肢体，空气里安静无比，只有电脑音响一遍一遍地在放着，“原谅我爱得不够投入，虽然你会守在灯火阑珊处，让我找到你，下一世弥补欠你的幸福。”

轻晚闭上眼睛，让喘息的胸口得到平息，额头上有细密的汗珠，轻晚举着手搁在额头上，深深地吐出一口气，是的，她又做梦了，依然是过去那个场景，那道熟悉的身影和那句残忍的话语，一遍一遍从那天起不曾离开她的记忆她的心，心中浅浅地抽痛。

“不管你去几年我都会等你的……”

“不，你别等。”

“为什么?”

“因为不值得……因为我要不起你的等。”

伸手将音响关掉，整个房间都倏地安静了下来，安静得让人有些不能适应。她转过头，看了看墙上的时钟，已经是晚上十点半了，肚子已饥肠辘辘。今天有点感冒，下班回来后，她直接睡了过去，忘记了吃饭。习惯性地打开电脑，习惯性地点开邮箱，习惯性地看见了只有小艺发来的正常邮件，是一句歌词：“这座城市是片繁华沙漠，只适合盛开妖艳霓虹。悲伤的人们，满街游走打听幸福的下落，爱情都只是传说，难开花，难结果。”

她勾勾唇角，没有回复将邮件关了。

走到窗前，大雨还在淅淅沥沥地下个不停，伸手让雨点落在指尖，然后任由雨点拍打着自己尚未从梦中清醒过来的脸。

习惯真是一种很可怕的东西，五年了，她的那些习惯仍没有改变，也许其实她并不是在怀念过去，只是习惯了，于是懒得去改变。

打开冰箱，里面空荡荡的只剩下几瓶透明的矿泉水，她愣了愣，随意地披上外套，拿了钥匙和钱往楼下走去。

糟糕！走到楼下才发现自己竟又忘记带伞了，不知道是不是人的年龄越来越大，脑子也不够用了，前一秒记得要做的事，总是下一秒就忘记。

用双手遮住头顶，轻晚小跑到不远处的超市。

这是小区一家 24 小时不打烊的超市，超市的主人是一个三十多岁容貌很好的女人，看见玻璃大门被推开，习惯性地露出一个优雅的微笑：“轻晚，今天比昨天还晚。”

“是啊！睡觉迷糊了。”轻晚傻笑，基本上每次都是半夜饿了才会下来买东西吃，所以老板娘对她的印象比较深，偶尔在付账的时候还会闲聊几句，所以也应该算得上是熟人了。

跟老板娘打了招呼之后，轻晚走到购物架前，找寻自己晚上要补充的食物，她的肚子已经饿得咕咕叫，可是看着眼前一排排货架上令人眼花缭乱的零食，却不知该如何下手。

人总是这样，多项选择题总是比单项选择要来得更复杂，因为可以选择的太多了，往往总是左右徘徊，难做选择，等到好的都被人选光了，只剩下唯一的选择，才开始后悔当初为什么没有第一时间做选择。

左手拿了一盒蛋黄派，右手拿了一包奥利奥，犹豫，最后还是将蛋黄派放回了架子上。虽然都是巧克力味的，可是不吃到嘴里，谁也不知道它们的味道究竟谁比谁好。

Part2

老板娘刚送走一位客人，看着柜台上摆着的，一瓶绿茶，一包奥利奥，一袋可比克还有一袋猫粮。她抬起头，微笑道："总是吃这些没有营养的东西对胃不好。"虽然这么说，她还是手脚利落地算好账，"一共二十三块五角。"

轻晚"噢"了一声，从口袋里翻出了有点微湿的五十块钱，抹平了递给老板娘。

找完钱后，她对老板娘微笑着说再见，拉开门，雨还在滴滴答答地下，她抱着零食刚要往雨里冲，就听见身后老板娘的声音："轻晚……"

她转过头，看着老板娘将一把伞递了过来："拿着吧，这么大的人了还不懂得照顾自己。"

她接过伞忙说谢谢，和老板娘说再见。

转过身，看着外面因为迷蒙细雨而看起来更加迷离的夜空，不远处的屋檐下不知道什么时候站了一个女孩子，没有撑伞，捧着书本似在等人的样子，不一会儿一个拿着蓝色伞的男孩急急忙忙地跑了过来，隔得不是很远，所以她可以清楚地听见那男生的抱怨声：

你怎么又忘记带伞了，每次都是这样，做什么事情都马马虎虎的！"

那女孩被骂了也不还嘴只是傻傻地笑，然后和男孩共撑一把伞离开。

男孩一手拿着伞，一手搂着她，伞有意识地往女孩那边倾斜得更多，嘴里还是在念叨着："以后你要是再不长记性，我就不理你了，要是没有我在你身边，看你怎么办！"

听不清楚女孩是怎么回答的，轻晚只是呆呆地看着，迷蒙的雨雾中透露出的一点小幸福。

突然想起那个时候，也是细雨纷飞的时候，他穿着白衬衫站在她们宿舍楼下，板着那张老古板的脸骂她："宋轻晚你是属猪的吗？要你带的东西没带，你一天到晚脑子里都想些什么？"

瞧瞧，这是一个高材生会说出的话吗？她不止一次在心里面替那些被他儒雅外表迷惑的女生们打抱不平，但是即使如此，她还是会拉着他的胳膊撒娇般地说："为了今天的约会，从昨天晚上开始我满脑子想的都是你，就想着要快点来你身边，其他都忘记了，所以……如笙你不要怪我嘛。没办法！谁叫你的魅力那么大!”

然后她就会成功地看见他的俊颜上染起薄薄的红晕，在心里窃喜的同时，她不忘记伸长耳朵听他咕哝的抱怨声：“以后你要是再不长记性，我就不理你！就算你脸皮再厚地黏着也没用。”

好熟悉的话，然后他就真的做到了，不理她，甚至走得远远的，再也不要回到她的身边。

范如笙——突然想起他的好，他的声音，他的身影，还有他的……残忍。

眼前突然闪现出一个身影，沉稳的步伐在雨中行走。轻晚睁大了眼睛，脚踏出去的一刹那，连自己都还没有发觉。

细蒙蒙的雨滴打在身上，她一路小跑跟着那背影，直到看见他在小区外拦了一辆出租车，奔驰而去，她才缓缓停住脚步。

站在雨中，她的眼睛仍是凝望着那个方向，心里有个弱弱的声音在叫喊，是他吗？会是他吗？可是……他已经离开了五年了，五年不是吗？

Part3

失落感并未完全占据她的心，因为已经习惯，习惯一次次期盼后的失望，所以她并不是很难过。

一颗巨大的雨珠打在她额头上，冰冷的触感才将她的神思拉回，这才发觉自己站在雨中发着呆，而原本小了些的雨也突然间就大了起来，轻晚急忙撑开了老板娘给的伞，抱着自己刚买的晚餐向楼道走去。

她的家在五楼，走到门口的时候就听见里面的电话在响，也不知道是刚响还是响很久了，她迅速地拿出钥匙开了门，脱了鞋，门也没关就直接扑到沙发上将电话拿了起来：“喂……”

呼吸有些喘，她小心地憋住。

“轻晚，是我。”

电话里隔了好久才传来一个清脆的女声。

心中的大石头落了下来，轻晚往沙发上一躺，深呼吸了一口气才回答：“是你啊……”

“是你啊……啧啧，听听这口气。很失望对不对?”

“你想哪里去了。”虽然明知道对方看不见，但是她的脸上仍然浮现出了一抹窘迫，急忙转移话题，“小艺，最近好吗？打算什么时候回来？”

“什么时候回来？哎……你收到我给你发的邮件了吗？”

“收到了，什么这座城市是什么沙漠，不知道的人还以为你去了阿富汗大沙漠呢！”

“呵呵，歌词嘛，觉得好就记了下来，新疆的姑娘长得真是好看，我要在这里多待几天，还有免费的葡萄吃，下次我给你寄些葡萄干去啊，百分之百正宗的葡萄干。”

“我不要葡萄干，你快点回来吧，我一个人在G市朋友不多，都要闷坏了。”

“哎……不是还有汤芃吗？人家可是追了你很多年啊，你也真够狠心的，到现在都不接受人家，再怎么说，人家长得又帅，家里还有钱，如果是我早就以身相许了。”

“你想哪去了，我们是君子之交淡如水。”

“……”那边沉默了一会儿，让轻晚绞着电话线的手停了停。

“怎么了？怎么突然不说话了？”

“嗯……没什么，只是有个事不知道应不应该告诉你。”

“什么事？”

“昨天跟大勇聊QQ，她说范如笙从美国回来了，已经有一年多，现在是G市医院的院长……”

后面的话轻晚怎么都听不进去了，脑袋里只有一个声音在不断地重复，他回来了，真的回来了，而且已经有一年了，只是这一年他仍然没有来找过她，这代表什么呢？以前真的只是往事，所有的记忆只有她一个人在苦苦地守着、抱着，其实另一个人早已经忘记，她还站在原地傻傻地等着……

“轻晚？你还在吗？你没事吧？……”

电话里传来苏艺着急的呼喊声，轻晚回过神，目光有些空洞，她说：“我没事，这样不是很好吗？他终于实现了他的理想……我应该高兴的……”

一直认为，童话里的公主和王子都是幸福的，却忘记了童话里的公主和王子向来在一起便是大结局，从来没人知道他们婚后如何。

也许一场童话最后收获的，并不如人们想象中的那么完美。

就如同她爱上他，就如同他们短暂的婚姻一般。

第三章
相逢何必曾相识

Part1

时光回溯，那是宋轻晚的大学时代。

十一国庆，宋轻晚回家看完父母之后就直接坐火车来到了 G 市，他们家在五年前因为父亲调职的关系搬去了邻市 H 市。

从火车上下来的大多是学生，都是赶回家探亲，到了假期最后一天回学校的。

站在人群中，给爸爸发了一条信息报平安，轻晚提着行李箱随着人潮来到了出站口。

这是她第一次独自坐火车回校，之前不管去哪里，都是宋爸爸开着车载她去的。

原本这一次，宋爸爸也打算亲自开车送宝贝女儿返校，但被轻晚以独立为由拒绝了。

轻晚觉得现在自己都上大学了，同龄的学生都是自己一人上学，她觉得自己也可以。

何况，早前，宋家就已经搬离 G 市，从 H 市到 G 市的路程，虽说不远，但她也不希望爸爸总是那么辛苦两头跑。

“同学，要打车吗?”

“同学，你要去哪里?”

一出火车站，许多举着牌子的人或者拉客的人都蜂拥向前，各自拉着各自的生意。

宋轻晚一边拒绝，一边在烈日下拖着行李向公交车站台走去。从火车站往返学校的路，在这之前，她已经叫苏艺带她走过一遍的，所以她记得坐202路公交车能够直接到学校。

到达公交车站时，车上已经有好些人在坐着了，轻晚提着行李走上车，投币的时候却发现自己口袋里已经没有了硬币，忽然记起，她最后的三个硬币在火车上买了矿泉水用掉了。

"同学，你上不上啊？不上就让我先上吧？"

身后已经有其他的学生在催促了，轻晚有些尴尬，忙将自己的行李拉到了一旁，让身后的人先上来。

她在包里翻遍了，最后能找到的就只有红色的一百块钱，这个时候眼看车子就要发动了，她急得满头大汗。

由于学校离火车站很远，这一辆车已是末班车，错过了今天就没得坐了。

从未碰见这种情况的轻晚不知所措地拿着一百块钱站在门旁。

开车的师傅发动了车子，看见她仍站在门口，操着浓重的家乡口音大声问道："同学，你到底坐不坐车？车子要走了！"

那么大的声音将车子上其他乘客的眼神都吸引了过来。

轻晚的脸噌的一下，爆红。

她抬起头，可怜巴巴地瞅着司机："师傅，我只有一百块钱，可是我想坐车。"

"……"

"……"

空气一时间凝住，接着传来乘客大笑的声音，有个男生忍不住怪叫："天啦……这个人真奇葩，我第一次见有人用一百块钱坐公交车。哈哈……呜……你干吗掐我！"

"你不能笑得小声一点吗？"一个女生的声音。

"要我小声不能用话说吗？掐肉不痛吗？"

"谁让你皮厚！"

"哪厚了！"

"哪都厚！你不说你是属猪的么。"

"你才是属猪的，你全家都属猪的！"

“……”

轻晚火红着一张脸尴尬地低着头，不知道说什么好。

那司机继续大嗓子吼道：“同学，你不要开玩笑好么？坐公交车只要两个硬币咧，你拿一百块钱来，叫我怎么办咧？”

“可我不是没有嘛……”

“那同学你是坐不坐车咧？不坐就快下去咧！不要耽误大家的时间咧！”

“……”

她也不想这样的好不好，轻晚瘪着一张嘴，不知道该如何是好，第一次出门就遇见这样的事情，她觉得自己真是糟糕透了。

就在这时，一抹黑影将她的视线遮住：“我替她给。”一个沉稳的声音伴随着两个硬币丢进机器里的“乒乓”声。

Part2

轻晚讶异地抬头，那人留给她的只是一个背影，窗外的夕阳打在他的身上，让她觉得所有的人都不再存在，只有那个背影，生动得不可思议，她想叫住他，但司机没给她这个机会。

司机催促她上车的声音让她吓了一跳，她连忙提着箱子上了车。

车子里面人很多，那个少年投了币后便走到后座坐下，轻晚根本走不过去，只能站在人群中，她甚至都不敢随意地张望，刚才已经让她够丢脸了，现在她都还能感觉到身后火辣辣的视线。

她不知道的是，那些人的视线并不是因为刚才发生的那一幕插曲，而是因为他们终于看清楚了那个用一百块钱坐公交车的女生的容貌——

她扎着简单的马尾，明眸剪水，肌肤胜雪，没有任何装饰的面容看上去清纯美丽。

在这个都是化妆品堆在脸上的世界，如此素颜又美丽的女孩实在是太少见了。男生们更后悔的是，刚才为什么只顾着笑，而没有英雄救美，如果当时出手相救，说不定就成就了一段美好的姻缘。

但可惜，错过了就是错过了，再后悔也没用。

而此时此刻，轻晚的心里想着的只有刚才帮她投币的那个男孩，她在心里计划着一会儿下车一定要好好谢谢他才是。

公交从始发站开出，一路停了很多站，陆续有人从车上下去，但都没见那男生有任何动作。

直到公交来到了H大，轻晚才看见男孩从后座起身走了下去，轻晚连忙提着行李跟上。

一下车，她就想跟他道谢，顺便要联系方式把两块钱还给他，结果那男孩似乎在赶时间，一下车便越过马路，加快脚步赶向对面西餐厅，让轻晚根本没有道谢的时间。

“嘿!”

这时，轻晚的肩膀被拍了一下，吓了她一跳。

转过身，原来是来学校门口接她的好友苏艺。

失神间，轻晚再次往西餐厅那边看去的时候，已经没了男孩的身影。

“喂，你在看什么呢?”见她魂不守舍的样子，苏艺好奇地朝着她张望的方向看去。

“没什么。”轻晚收回眼神，望向苏艺，“你等很久了吗?”

“刚来！顺便帮你找来了一个搬运工。”苏艺拍拍身后的人，“呐，是他自己愿意跟来了，我可没有强迫他!”

轻晚看过去，这才发现不知道什么时候站在苏艺身后的汤芃。

“别理她!”生怕轻晚会尴尬，汤芃忙解释，“其实我也是来接朋友的，顺便嘛!”说完开朗一笑，惹得不少女生都纷纷回头。

汤芃是H大有名的“大少爷”，老爸是设计院院长，老妈是教务办主任，加上他一张英俊不凡的脸，男女老少通吃的性格，在H大不知道迷倒了多少女生。

自从认识轻晚之后，汤芃对她就跟着了魔似的，拼命让苏艺帮自己介绍认识，那火热劲，任谁都看得出他对轻晚的喜欢。

不过他倒没有像电视剧里的花花大少般整天开着名牌车，送大束的玫瑰花，花大把的钞票，而是在轻晚需要帮助的时候会经常出现。

当苏艺问他为什么不主动积极一点的时候，他白眼一翻，道：“nature，你知道什么是 nature 么？”

“谢谢啊。”尽管汤芃没有说是特意为自己而来，但轻晚依旧礼貌地道谢。

汤芃连忙摆摆手：“别客气别客气！”

这时，身后传来一男声：“老大你真的是来接我的啊？刚才接到你的电话，我还以为今天是愚人节。”

三人望去，一个满脸青春痘的男生笑咧咧地跑到汤芃面前，迫不及待地说：“跟你讲个特别逗的事，刚才坐公交车的时候有个女生居然拿一百块钱来坐公交车，我还是第一次碰见这么逗的人……”

后面的话没说完，声音越来越小，兴奋劲也快消失，那青春痘男生瞅着一旁脸涨得通红的轻晚，迟疑地望着汤芃开口：“老大，这……这是你的朋友？”

苏艺看出事有诡异，眼神瞅着一旁神色怪异的轻晚，问：“轻晚，你脸怎么那么红？生病了吗？”

“……”轻晚尴尬地直把头低下去。

苏艺还不怕死的来一句：“该不会，那个拿一百块钱坐公交车的人就是你吧？”

轻晚的头更低了，恨不得找个洞把自己埋起来。

汤芃一眼看出了轻晚的尴尬，及时英雄救美地帮她解围：“我看时间也不早了，我们找个地方吃饭再送你们回去吧？我请客！”

一旁的“青春痘”收到眼神信号也从僵硬中反应了过来，笑哈哈地说：“是啊是啊，老大请客我们不去白不去啊。”

轻晚原本是不想去的，她本就喜静，加上这里除了苏艺，她跟他们两个男孩子都不熟悉。

但拒绝的话没说出口，苏艺拍拍汤芃的肩膀笑呵呵地应下了，顺便又拉着她非得要她陪着不可，轻晚不得已，只能跟着一起去了。

于是，四个人便到学校附近最繁华的街道上一家最豪华的西餐厅里去了。

Part3

这家西餐厅名为“米罗西餐厅”，生意很好。

因为离学校近，装修得豪华，味道很好，价钱又适合学生，所以成了情侣约会的最佳地点，很多学生过生日的时候就会来这边订位置，尤其是周末的时候，大学里各种各样的社团活动，各种各样的补习班，校内的校外的人，来来往往，忙碌了一个星期总要犒劳自己，于是便走路或者坐公交来这边聚会。

当然，西餐厅生意很好还有一个特殊的原因，那就是西餐厅里有一个极品帅哥服务员，这是许多女生挑选这里的首要原因。

轻晚一行人选了靠窗的位置坐下，一名穿着员工装的服务生走到他们面前，礼貌地问："请问，需要点什么？"

这声音……

轻晚诧异地抬头，一张俊颜出现在眼前。

他的脸上带着浅浅的礼貌性微笑，从她的角度往上看，能清楚地看见他尖瘦的下巴，和那张完美的侧脸。他虽然在笑，可笑意却不达眼底，让人有种疏离之感，仿佛那笑并不是发自内心，而是服务需要。

这个男孩，看起来很温和，可周身散发而出的冷漠气质，令人觉得难以靠近。

就在轻晚呆想之际，汤芃推了份菜单过来："两位美女，看看你们要点一些什么？"

"……不要这么偏心好不好！"苏艺一把抢过另一份菜单，"我也要点！"

"你就不能客气一点么！"汤芃白她一眼，"还有……我哪偏心了，我不是说了两位美女么？"

"哼！"苏艺朝他撇撇嘴巴，凑到轻晚身边热情地说："来来，看看你要吃什么？专挑贵的点哈！对面那家伙可有钱呢，不宰白不宰！"

汤芃嫌弃地看着她："拜托别把自己说成跟没吃过大餐一样好不好。"

"要你管！"苏艺吐吐舌头，朝他扮了个鬼脸，"轻晚，你倒是点点看，要吃什么？"

轻晚的心思根本就没有放在这上面，说了句："随便，都行。"反正她也没有很想吃的东西。而且她更想要做的事情是将那两块钱还给眼前的那个服务生，不过现在身上没零钱，待会儿她跟苏艺借一下好了。

不知道为什么，光是想到一会儿可能会跟那男生说话，轻晚的神经就莫名紧张了起来。

在她神游的时候，苏艺已经迅速地点了一大堆的菜。

汤芃用一种看猪的眼神看她："三天没吃饭吗？"

苏艺嘿嘿地笑："你欠我东西……所以我吃你的，是天经地义的事情。"

"欠你东西？"汤芃郁闷，"我能欠你什么东西，我怎么不知道。"

"不说！"苏艺将菜单一推，表情神秘又得意。

汤芃无语，但他向来神经粗，也不深究。

点完东西之后，服务生收起菜单便离开。

直至看见他身影消失在尽头，坐在汤芃身边的"青春痘"神秘兮兮地凑过来八卦："你们知道吗？刚才那个服务生，是H大大二的学生，H大的名人，所有女生心目中的男神！"

"名人？男神？"聊起八卦，苏艺最有精神，"谁呀？我来学校之前，就打听过H大所有的名人，就是没机会见面。"

"范如笙啊，听过没？医学系的才子，不但人长得帅，还聪明，简直就是才貌双全！H大追他的女生可以从我们学校排到步行街。"

"他就是范如笙？"苏艺惊叫，"你刚才怎么不早说啊，我久仰他大名很久了。早知道刚才应该多看他几眼，听说他待人接物礼貌谦虚，但总跟人隔着一段距离，不抽烟不乱玩，没有一点花边新闻，这样的男生太稀有了！"

"砰。"只听一个清脆的响声，三人的目光同时望向声音的来源——宋轻晚。

苏艺问："怎么了？"

"没……没什么。"轻晚捡起掉在地上的小勺，"不小心掉了汤勺。"

幸好这时，点的菜都上来了。

饿坏了的苏艺忙道："快吃快吃，我快要饿死了！"

汤芃："就知道你上辈子是饿死鬼！"

"你才饿死鬼！"

又是一阵斗嘴。

轻晚的思绪却不在那儿，她呆呆地看着将菜细心捧上的修长指尖，范如笙……他真的是范如笙？那个烂熟于心的名字？

会是他么？记忆里的他。

那么优秀的他，是因为勤工俭学才来这里打工的么?

看着那熟练的动作，轻晚心中竟泛起异样的情绪。

“请慢用。”低沉的声音将她的思绪拉回。

回过神之际，那抹身影已经背对着她在灯光下形成一个漂亮的剪影。

有人连穿工作服都那么英俊帅气的吗?

Part4

“喂喂……”

突然感觉一只手在自己面前挥来挥去，轻晚吓了一大跳，看向一边眉头挑起的苏艺，问：“怎么了?”

“我怎么了？我还问你怎么了呢!”苏艺凑过去，暧昧地挤挤眉毛，“我说我们美丽的宋轻晚小姐，你该不会也是想加入那个‘步行街’的行列吧?”

“什么‘步行街’行列?”

“青春痘刚才说的啊，追范如笙的女生可是从我们学校排到步行街呢!”

轻晚的脸立刻就红了起来，低着头故意装作摆弄着眼前的餐具：“你在说什么啊，这一点都不好笑。”

“嘿嘿……”苏艺还在那不怕死地说，“我们家轻晚真是害羞的女生，如果你真的看上了人家范如笙，我挺你哈！范如笙这家伙真是不错呀!”

“我才没有!”

“快拉倒吧！没有，你刚才干吗一直盯着人家看?”

“……”

“你少说一句话能憋死你吗?”对面汤芃阴恻恻的声音传来。

苏艺愣了一下，接着笑得更开心了：“哈哈……有人在吃飞醋了。”

“……”汤芃一筷子肉塞到苏艺嘴里，“有吃的还不能把你的嘴堵上吗!”

苏艺：“……”

吃饭的时候，轻晚的心思根本就没在这上面，基本上都是那三个人在叽里呱啦地说个不停，她偶尔回答两句，好不容易吃完一顿饭，四人刚要起身走，她忙小声地在苏艺耳边道：“小艺，你身上有没有两块钱？先借我一下啊!”

“两块钱？”苏艺翻出自己的口袋搜啊搜，空荡荡的口袋里面半毛钱都没有，她笑了笑，哥俩好地拍了拍汤芃的肩膀，“嗨，你身上有没两块钱？美女要借！”

汤芃没好气地将身上的“爪子”拍开，从口袋里拿出刚找的两块钱，微笑地递给轻晚：“呐，给你！”

“谢谢！”轻晚同样微笑地接过，“我会还你的。”

汤芃笑得更乐了：“好啊，我等着。”

苏艺翻翻白眼：“两块钱，你至于那么小气吗？”

汤芃给她一个“你懂什么的”眼神。

美女还的钱当然不能要了，但是美女还钱就意味着他们有单独见面的机会，他怎么可能拒绝？

轻晚从位置上站了起来：“麻烦你们在这里等我一会儿……”

三人一致点头，等美女，那是一种幸福。

轻晚说了声谢谢，径自朝正在收拾一张餐桌的身影走去。

越是靠近那身影，她心跳得越快，快得就好像要从嘴巴里飞出来一样。

“那个……请问……”她结结巴巴地说出声，脑袋打结，却不知道该怎么开口。

范如笙转过身看见的就是一个女生站在他身后，双手拽着胸口的衣襟，红着一张脸看着他。

“有事？”他问。

“嗯……”轻晚伸出手，手上两个硬币折射出银色的光芒，“谢谢你在公交车上帮我投币，这个还你。”

范如笙挑挑眉，这才想起原来眼前这个女生是刚才在公交车上没零钱的那个女生。

说实话，他并不是什么好心人，帮她解围也只不过是因为自己要为兼职赶时间而已。

“嗯……”他点点头，接过她手掌心上的两个硬币放在桌子上没说什么，转过身自顾自地做事情去了。

“轻晚认识范如笙？”

坐在身后的三个人瞪着铜铃大的眼睛，不可思议地看着眼前的一幕。

汤芃眼底满是失望，满心后悔刚才把钱借了出去。

“青春痘”更是摸摸自己脸上的痘痘感叹道：“莫非，这就是美女勾搭帅哥的伎俩?”

Part5

轻晚站在范如笙的身后，想趁这个机会跟范如笙多说说话，在她看来，他们之间不应该只是这样随意地打声招呼，明明早就已经认识，可他看起来对她一点印象都没有。

轻晚难免有些失落，还记得五岁时，他对她那么冷漠，长大之后他依旧没有多少变化。

范如笙、范如笙，她喜欢这个名字，也是无数个无人的夜晚，她一个人趴在床上想她的小心事。

这些年，轻晚并没有忘记他，甚至在心里期待过，如果真的有缘，他们一定会重逢。

在没有重遇之前，她印象里只有他小时候的样子，如今长大的他就在面前，让她的心有种异样的波动之感，让她不禁浮想，如果不是有缘，他们又怎么会再一次遇见？既然再一次遇见，她当然不希望两个人之间依然如陌生人一般。

可是应该要怎么开口？说“你好，我们能不能做朋友”，或者，“范如笙，你还记得我吗?”这样的搭讪他一定听过很多，说不定也会认为自己是花痴。

可是，莫名的，她真的不希望他们之间只是陌生人而已。

范如笙收拾得差不多，端着盘子转过身的时候，差点和站在他身后的轻晚撞到了一起，幸好他反应够快，不然光是那些盘子就能让他这个月的工资全部被扣光光，他皱着眉头不悦地瞪着眼前的“祸首”，问：“你怎么还在这里?”

“我……”轻晚一个紧张说出了最烂的理由，“我想跟你做朋友。”

话音刚落，身后传来三声“咚咚咚”的声音，坐在后面的三人非常默契地从椅子上跌落下去。

范如笙更是一脸看神经病的表情：“抱歉，如果没有其他事情的话，麻烦请让开。”他可没有那么多时间来跟她做朋友。

轻晚却不让开，依旧笔挺地站在原地，眼神坚定地看着他，颇有种“你不跟我做朋友我就不让路”的架势。

范如笙的眼睛暗了下来，将手中的盘子先放回桌子上，看着她，问：“你究竟想怎样？”

“我没想怎样……我只是想跟你做朋友。”

范如笙冰冷地拒绝：“可我不想跟你做朋友，早知道做好人会惹来这么多麻烦，一开始我就不应该多管闲事。”

所以……她是那个闲事吗？

轻晚有些难过，她只不过是想跟他做朋友而已，他干吗说那么伤人的话？

“抱歉，打扰到你了。”她低低地说了一句，转过身向门外跑去。

“轻晚……”

苏艺在身后惊呼，急忙从椅子上拿过她的包跟了出去。

夏日边缘的傍晚，G 市的天空有些沉暗，橘黄的路灯温暖地照在头顶上，本应该是暖洋洋的，可在此刻轻晚的眼底，却显得无限的凄凉。

“轻晚……”身后的苏艺追了上来，看见轻晚落寞的表情，有些同情，“轻晚，别难过了，那个范如笙有什么了不起，不就是长得帅么！你也是我们新生里的大美女啊！跟他做朋友难道会降低他的身价吗？”

“跟他没关系……”轻晚摇摇头，“也是我自己提出这样的要求，有些莫名其妙。”

“我也奇怪了，你怎么会突然想跟范如笙做朋友？难道真因为他长得帅？”

“不是……事情有些复杂。”轻晚看着她，问：“说实话，你会不会觉得我很讨厌？”轻晚的性格有时候十分敏感，因为被自己喜欢的人讨厌，就以为全世界的人都特讨厌自己。

“怎么会？你可是我们新生里面最受欢迎的大美女……”话题一转，“喂，你今天怪怪的，为什么突然这么问？究竟发生了什么事情把你刺激成这样？”好朋友就是好朋友，就算大大咧咧的苏艺也马上发现了她的不对劲。

“他是一个很特别的男生，今天在公交车上帮我的人，是他……”

“范如笙？”苏艺嘿嘿地笑，“那不是很正常吗？为了美女，就算是上刀山下火海也会去的。搞不好这是吸引你注意的小手段，男生都喜欢这样。”

“不是这样，他不是那种人……”轻晚说，“他是因为赶时间才凑巧帮我的……而且不是他想吸引我的注意，是我希望自己能引起他的注意。”轻晚闷闷地说着，从苏艺手中接过自己刚才遗落在餐厅的背包。

不是他想吸引我的注意，而是我希望自己能引起他的注意？苏艺重新在脑海里复制了一遍这句话，忽然瞪大眼睛，诧异地问：“轻晚，你该不会真的喜欢上他了吧？”

Part6

没想到她会问得这么直接，轻晚脸微微一红：“我，我不知道，但是，但是在见到他第一面的时候就有一种很特别的感觉，就很想认识他，想了解他，想跟他有交集……可是，他好像很讨厌我的样子……”说到这里，她的心情又瞬间低落了下来。

从小到大，轻晚还没受过这么大的打击，被人讨厌的感觉，真的很难受啊……

这难道就是传说中的一见钟情？

苏艺惊讶地张着嘴巴好半天不能闭起来。

两个人就这么沉默地走着，一个是因为心情不好而没开口，另一个是因为这个事实太难以接受，一时间也不知道该说些什么。

就在这时，一阵怪异的铃声传来，苏艺从口袋里拿出手机，看了一眼上面的显示，按下接听键：“喂？……我们已经在学校门口了啊……什么？明明就是你们太慢了还怪我……没事没事……那好，我们先回去……好了，你放心，有我在会有什么事……拜拜……”接完电话，苏艺将手机放进口袋里，朝轻晚挤挤眉，“是汤大少。轻晚，不要想那么多了，像你这么漂亮的女生让人喜欢都来不及，怎么会让人讨厌。要是你真的喜欢上了范如笙，大不了也加入‘步行街’行列，你没听说过男追女隔座山，女追男隔层纱吗？”

“……”轻晚问，“你是要我追他吗？”

“是啊，你不是喜欢他吗？”苏艺姐妹好地挽着她的肩膀，“美女出手哪有不胜利的道理，何况还有我这个伟大的军师在这里。虽然这样做有点对不起汤大少，可是谁叫你是我的好姐妹，我当然站在你这边了是不是……”说着说着，苏艺的面色有些不对劲了起来，“但是……轻晚，我刚才好像吃多了，现在肚子有点疼，我们先回寝室解决问题再拿支笔策划一下……哎呀，不行了，我得先去教学楼那里上一下厕所，轻晚你待在外面等一下我，我去去就来啊……”

“哎……”轻晚还想要说些什么，苏艺早就一阵旋风般地跑进了教学楼一楼的厕所里。

她们学校一共有好几个门，最大的是二号门，离寝室步行大约要半个钟头的时间，离教学楼却近得很，所以每次谁要是有“急事”都会“就近解决”。

轻晚站在教学楼的扶手旁也不知道在想些什么，被苏艺刚才那么一说，心情也没刚才那么差了。她从小乖乖女一个，从来都没有喜欢过男生，碰到这样的事情自然不知道怎么处理，幸好还有苏艺在身边听她讲心事，让她此刻的心情恢复了不少。

她倚在扶手边，撑着下巴，呆呆地望着天空，她从没有想过跟范如笙还会有再见面的时候，可是为什么，他每一次的出现都可以轻易撩拨她的心弦，而他那么冷漠，甚至已经不记得她是谁了。

“主人，主人，接电话了。”就在轻晚发呆间，手机铃声从背包里面传来，她从包里搜出了手机，按下接听键：“喂，你好……”

苏艺的声音从里面传来：“轻晚啊，拜托你一件事啊……”

“啊？你说……”

“你包里有纸巾吗？我一下子太急了忘记带纸巾了……”

“……有。”

“能帮我送进来吗？”

“好。”

估计是在餐厅吃多了的原因，苏艺这趟厕所足足上了半个小时，两人才回到寝室。

轻晚和苏艺住同一个寝室，寝室是四人制的，除了轻晚和苏艺两人之外，其他两人跟她们是同学，同来自江苏，都是中文系二班的新生，一个月的军训时间

已经让514的每个女生都彼此熟悉。

正在打电话的陈娇娇是个高个子女生，一米七二的个子留着披肩的长发，在寝室里最爱做的事，就是一天到晚跟她交往过三年的男朋友打电话，说着一口的家乡话，嗓门特大，眼睛也超大，喜欢和人互瞪。

另外一个小个子的只有一米六不到，叫徐分，和陈娇娇刚好相反，她喜欢整天对着电脑玩游戏，性格跟个男生一样。虽然大家都挺熟了，但是轻晚和苏艺的关系更好。

轻晚和苏艺走进寝室的时候，大嗓门还在打电话，另一个人安静地在玩电脑。

苏艺不喜欢大嗓门，用她的话来说就是："每次打电话声音大得像要全世界都知道她在跟男朋友打电话似的！"

"轻晚，热水我已经给你打好了，你要洗澡就用啊。"苏艺说完，一屁股坐在了凳子上，放松两只腿，刚才蹲厕所蹲太久了，脚到现在还有些麻。

"谢谢呀！"轻晚微笑地说。

她们俩的床铺是对面的，格局为下面是桌子上面是床铺。

"跟我你还客气什么。"苏艺豪爽地大笑，颇有要跟某人比声音的架势。

陈娇娇刚挂上电话，瞪着大眼睛，朝着苏艺撇撇嘴巴："就没见你对我这么好！"

苏艺脸朝着她，心想：人家轻晚是美女又温柔，多讨人喜欢，哪像你，一个人就顶得上三千只鸭子，天天在寝室里呱呱叫，谁爱跟你好？但她嘴上还是笑笑说："这不我们家轻晚刚回来么？而且我答应我家汤大少要好好照顾人家的，打个水算什么。"

Part7

刚说完，手机又响了，苏艺正好懒得跟她讲话，忙接起来："喂？……啊？对了，怎么把这个给忘记了……好，我跟轻晚马上下来啊……好，那就这样，拜拜。"

挂了电话苏艺趴在椅子的扶手上对着轻晚说："轻晚啊，你是不是有什么东西忘记拿上来了啊？”

“啊？”被这么一问，轻晚才想起来自己只拿了个背包，行李箱都不知道丢到哪里去了，“哎呀，我这脑子在想些什么！我行李箱忘记拿了。”

“哈哈……”苏艺笑得夸张极了，“我知道你脑子里在想些什么，让我猜猜……是汤大少还是范……大少？后者可能性好像高很多吧？”最后一个字有意提高音量。

轻晚瞪她一眼：“小艺你最坏，老笑我！”

“好了，不跟你闹了，我们下去吧，汤大少在楼下等着呢！”

“嗯，好！”

轻晚点头，将头发理了理，便跟着她开门出去了。

到了楼下的时候，汤芃和“青春痘”等在下面，身边还有一个大箱子。

看见她俩下来忙走上前，轻晚接过自己的箱子礼貌地道谢：“谢谢你们啊，不然箱子就丢了。”

“不客气，”汤芃笑道，“要不是跟那家店长熟，人家打电话过来，我也忘记了。”

苏艺双手环抱，一副高深莫测的表情：“原来你跟那家西餐厅的店长很熟啊，那我今天不是白宰你一顿么？难怪你要带我们去那家，店长肯定跟你打折的吧？”

汤芃有些头疼：“我说苏艺，再怎么说我们也是从小一块长大的，不算两小无猜，也算青梅竹马吧？你从什么时候看我不顺眼的，我好像没有做什么对不起你的事情吧？”

“得得……别说得那么暧昧，你做的对不起我的事情可多着呢，用手指头数都数不过来！”

“哪有那么多。不就是你五岁的时候我骗你坐到火盆里的事情么？都那么久了，你怎么还记得……你……”

“汤包子！”被掀老底，苏艺气得直跺脚，“你给我闭嘴！”

难得见大咧咧的苏艺竟然脸红，“青春痘”都忍不住笑，一旁的轻晚也低低地笑。

苏艺的脸更红了。

汤芃愣了一下，接着哈哈大笑：“我的妈，我有没有看错啊？苏艺你在脸红哎……大家快来看，苏艺脸红了……”

“你鬼叫什么啊！欠揍是不！”苏艺双手握拳，牙齿咯吱咯吱地响，“你个烂包子，再笑信不信我打烂你的门牙！”

瞧她那泼辣的样子，汤芃心知这小丫头说得出做得到，连忙憋住了笑，可是那要笑不笑的表情看得更让人心痒痒的。

苏艺龇牙咧嘴瞅着他：“烂包子，你下次要是再敢把这件事说出来，自己提头来见我！”

“呵呵……”汤芃干笑了两声，“我什么时候没有拿头见过你？”

“……”嘴角抽搐得厉害的苏艺，对一旁的轻晚道，“轻晚，我们不要理他了，走，上楼去！”

愤恨地瞪了他一眼，苏艺转过身就走，走了几步发现轻晚没跟上来，奇怪地望去，只见轻晚眼神直直地看着前方。

苏艺顺着她的眼神看去，见不远处往这边走过来的，竟是范如笙和一个女生有说有笑的样子。

轻晚根本就没想到在这里能碰见范如笙，更没想到自己转头正要离去的时候，会对上那一道冷眸。

“范……”轻晚下意识地想要叫住他，却瞥见他身边的女生，还有他仿佛陌生人的脸，面无表情地与她擦肩而过。

她望着他离去的背影，失落地想，他们原本就只是陌生人而已，她还能祈求他给她一个微笑吗？可他身边的女生是他的女朋友吗？很活泼的样子，他喜欢那样的女孩子么？

第四章 女追男隔泰山

Part1

原本恢复的心情又跌落到谷底，她向汤芃和“青春痘”说了声再见，转身怅然地拉着箱子跟在苏艺的身后。

苏艺将这一切尽收眼底，并未点破，帮轻晚拉着箱子一起上去。

“轻晚。范如笙没女朋友的。”

两人抬着巨大的箱子，苏艺突然开口。

“有没有都一样。”轻晚的声音听起来闷闷的，“我以前从没有这么喜欢过一个人，只要看见他的身影心就开始乱跳，可是他连正眼都不愿看我。”

“那是他没眼光。”苏艺没好气地说，“轻晚，你要真的那么喜欢他就主动点、开朗点、勇敢点！追得上就追，追不上也可以死心，不用像现在这样郁郁寡欢，看得让人着急!”

“追他？说得容易，可是要怎么追?”

“这个你放心，明天我就去跟你弄一份范如笙的行程表来。”

“行程表?”

“是啊！在你认定了这个男人之前，你必须得了解一下他的生活状况和性格方面吧？我以前有个同学，暗恋她家对面的男生好多年，还没怎么着呢就想着要以身相许了，后来经朋友介绍了认识，才知道那人性格是她特讨厌的那种，越接触得多就越讨厌，最后就连朋友都做不成了。所以你啊，把事情想得太简单了一点，这个世界复杂得很，人不是看表面就足够的，知面知人不知心啊！在接触他之前，首先要知道他是一个怎样的人吧?”

轻晚沉默了，虽然她没有反驳，但是直觉告诉她，范如笙绝对不会是她讨厌的那种类型的男生。

第二天，苏艺就以超人的速度拿到了范如笙的作息时间表。

范如笙身后的“生饭”（如笙粉丝的简称）们可真不是吃素的，将他一个星期要上几节课，做几次家教，做多少兼职都调查得一清二楚。苏艺凭着在学生会的关系，很轻松地就搞到了一份。

“啧啧……你看看你看看！范如笙他还是人吗？除去每天的课程不算，星期一、二、三的晚上他要做家教，周四、五的晚上要做助教，双休日两天都在西餐厅兼职，要工作到晚上十点。难怪昨天我们那么晚还看见了他。据说他家的家庭条件不怎么好，是他妈妈一个人把他和他妹妹养大的。学费都是他兼职赚来的，还有年年的奖学金都供了他的妹妹上高中。”

坐在教室里，苏艺拿着一张表不停地讲着。

轻晚听着，心里边闷闷的，忽然她的注意力被表上的两个字给吸引住了，“收养……”她指着那两个字抬头打断苏艺的话，“小艺，这上面写范如笙是被收养的?”

“对啊。”相比起轻晚的震惊，苏艺显得很淡定，“范如笙和他的妹妹都是被一个以捡垃圾为生的女人给收养的，哎……现在这个社会，越是穷人就越有爱心，范妈妈是靠捡垃圾才将范如笙和他妹妹带大的，范如笙可孝顺了，从小学习成绩就好，到了初中就出去打工，不过那时候一个小孩子能做什么，除了帮人洗洗盘子，一个月也才五百多块钱，他的妹妹为了让他念大学，十岁才开始上小学，比一般人的年龄大了很多，还被嘲笑过……”说完苏艺长长地感叹了一声，“这些我也都是今天从别人口里才知道的，现在终于明白为什么那些女生会那么疯狂了，范如笙简直是励志偶像啊，打不死的小强，在那种环境下都能够茁壮成长，要是换成了我，早就死了埋在地下等着超生了。”

听着苏艺的玩笑话，轻晚却一点都笑不起来，难怪从小到大，他给人的感觉都是那么有距离感，在那么艰难的环境下长大，就算是从小衣食无忧的她也能够想象得出那要多大的意志力。当她腻在自己爸爸妈妈身边撒娇的时候，范如笙又在做什么?

苏艺瞄见轻晚那表情就知道，她肯定在同情范如笙，也是，范如笙的身世还真算得上惨烈。不过正所谓穷人家的孩子早当家，如果不是因为这样，恐怕H大现在也没有像范如笙这么优秀的人物了吧。

“如果……”轻晚抿着唇，“我是说如果，我也去他在的那家西餐厅兼职，小艺，你说，他会同意跟我做朋友吗?”

苏艺简直不敢相信自己听到的话。

不是吧？乖乖女去做餐厅兼职，为了一个男人？这范如笙的魅力果然大得吓人啊。

Part2

“那你不介意吗?”

“介意什么?”

“范如笙的家庭情况并不好，即使他当了你的男朋友也不可能一天二十四小时陪着你，以报表上面的数据来算，他能有十分钟给你就不错了，这样的男朋友……你也要吗?”毕竟现在的女生都很现实的，谁不希望找个男朋友天天陪着自己?

“小艺，你想哪去了，我只是想跟他做朋友而已。”

瞅着她通红的脸，苏艺摸摸下巴：“真是只是朋友而已啊?”

“……”

“我看没那么简单。”

轻晚难得地白了她一眼：“好吧，我是喜欢他没错，但是在他不喜欢我之前，我想……先做朋友会比较好!”苏艺说得一点都没错，她承认自己是对他图谋不轨，从小到大她想要什么都是爸爸给她的。从现在开始，范如笙，她想要用自己的方式得到。

“我支持你!”最后苏艺鼓励道。

大学的课程并不多，更不会像上高中那样双休日还要补课。

苏艺是个行动派，这个星期还没过完，她就带来了个惊人的消息。她已经托汤芃和西餐厅的经理联系好了，这个周末，她们就可以一起去那里打工了。

问到为什么她也要去，苏艺拍拍胸膛说，好朋友的情感之路没有她的参与，那还算是什么朋友?

实际情况是，苏艺是怕轻晚去兼职了之后，自己在学校太无聊，所以才赶着去凑热闹的，苏艺就是那种安静不下来的人。

轻晚自然懂她，却也没拆穿，对于这周的周末，她怀着万分的期待。

“范师兄，你好，从现在开始我是你的新同事，你要多多照顾哦。”一大早，轻晚就在镜子前对着自己讲话，想着今天跟范如笙打招呼要用怎样的开场白。微笑，不行，加个“哦”字也太嗲了一些，别说范如笙，就连她自己都受不了。

“啊啊，轻晚你在里面做什么，快出来，我不行了。”门外，苏艺忍不住在砸门。

伴随着陈娇娇大嗓门哈哈大笑：“轻晚，你快出来吧！再不出来苏艺就要拉在裤子上啦!”

周末，范如笙和平常一样起得很早，G 市的天气渐渐转凉，他得找个时间帮妹妹买几件新衣服，并且强迫她穿上。

如萧的身上永远套着的都是那件旧旧的洗得发白的校服，他不是没有帮她买过衣服，买了她也像珍宝一样地藏着，穿的次数极少。往往都是因为她的个子长高了而穿不了，她也不扔了，依旧搁在那里。

如萧很瘦，却有一双会说话的大眼睛，但性格却跟范如笙如出一辙。

也许是因为环境的关系，除了他这个哥哥，她对其他人都不会说话，成绩永远都是排在班上第一名，在人际关系上却极差。

现在她正是长身体的时候，范如笙每周都会买一些补品回去让妈煮给她吃，范母不会用银行卡，所以他还必须每个月都把现金交给如萧管理，范母的记性越来越不好了，经常都会忘记自己的钱搁在哪里。

昨天他跟经理请过假，下午可以早点下班回去看看，他现在唯一烦恼的是不知道应该买些什么东西回去，他不是没叫过如萧自己买，可是往往都是说破了嘴皮，她也点头答应过很多次都没行动，他知道，如萧是个很懂事的女孩子，知道家里情况不好，从来都不乱花钱。

范如笙边想边走，一抬头就看见了店门口站着的两个身影——

那个和如萧一样有着一双漂亮的大眼睛的女生。

轻晚和苏艺在这里已经等了很久了，都是轻晚太紧张了，硬将还在床上睡觉的苏艺拉起来，提早半个小时就在这里等了。

在苏艺的抱怨声中，轻晚远远地就看见了让她心跳的身影，当他抬起头的那一刻，她清楚地看见了他眸中的错愕，终于，她在他的脸上找到了一贯冷然以外的情绪了。

轻晚顿时心情愉悦，她拿出昨天和苏艺一起在镜子前练习了好多遍的起头跟他打招呼："嗨，范如笙，早啊！"

的确很早。

如笙错愕过后，脸上恢复淡淡的表情："你们怎么会在这里？"

Part3

"我们也在这里工作啊。"轻晚回答得很理所当然的样子。

"什么意思？"

"意思就是……我和小艺从今天开始也在这里打工！"她微笑地看着他回答，"所以从今天开始我们不但是同学，更是同事了。"

如笙看着她的眼神仿佛见了外星人，他抿着唇，没有说什么，从口袋中拿出钥匙，将大门打开，仿佛身后跟着的两个人是空气，径自往工作间走。

"喂喂……范如笙。"轻晚急忙跑上去追上他，"昨天经理有跟我说，叫我和小艺早点来，你要带我们熟悉环境的！"

如笙换着工作服，没理她。

轻晚不死心地绕到了他面前："你怎么不理我。待会儿经理要是来了，我还什么规矩都不知道，被骂了怎么办？"

"与我无关。"

大冰块！

轻晚在心里偷偷地说，脸上还是讨好的笑："如果你不带我们熟悉一下也可以，待会儿要是经理问起来，我就说是你故意不理我们的。"

"……"如笙瞪着她，"你别……"

“太过分”三个字没说出口，她笑嘻嘻地自报姓名，“我叫宋轻晚，宋朝的宋，轻重的轻，夜晚的晚，记住噢！”

她说得那样认真，眼神里有一种要他记住自己名字的期待。

“宋同学。”如笙深呼吸一口气道，“你是大学生活太无聊，跑到这里找我麻烦的吗？”

“我没有！”轻晚无辜地瞅着他，“我只是想要跟你做朋友，你又不愿意，我只能自己行动啦！”

如笙习惯地抿着唇，沉默，从她面前绕开走出工作间。

轻晚连忙跟了上去。

一旁原本站着犯困的苏艺眼睛差点没掉下来，那是那个她认识的轻晚吗？没想到，表面上看起来淑女的轻晚同学原来内心这么的……火热。

感觉到身后的人跟了过来，如笙又无语又无奈，他倏地转过身，轻晚没防备，直直撞进了他的胸口。

“啊！”当事人没叫，她倒是先叫了起来，“对不起对不起，我不是故意的。”

抬起头看见如笙瞪她的神色，又赶忙低下头，不断在心里懊恼，怎么一碰见他就手忙脚乱，变得不像自己了？

就在她独自懊恼的时候，门外传来了声响，三人抬头望去，经理从门口走了进来，看见他们三个人，眼里闪过讶异，接着就笑了起来：“如笙真是中国好员工，每天都来得这么早！我忘记跟你说了，这两个是新来的员工，跟你一个学校的，我让她们今天早上早点过来，好让你带她们先熟悉一下环境。”

经理是个三十多岁胖乎乎的中年人，看起来很有喜感，见人都笑眯眯的，外号“弥勒佛”。

如笙犹豫地开口：“不可以叫曹洲带他们吗？”

“那家伙天天偷懒，自己都顾不上，怎么带她们？”弥勒佛笑呵呵地说，“这里就属你最踏实了，所以她们两个新手就拜托你了，店里面的事情有你在，我最放心了！”

“我知道了。”如笙点点头，没有再说什么，转过身离开。

轻晚愣了愣，接着急忙跟上。

苏艺自觉闪到了经理身旁没有跟上去，她可不愿意做几千瓦的电灯泡。

转到了大厅的走廊上，如笙忽然再次转过身，轻晚急忙刹住脚步才没有撞上去，心里庆幸自己有准备。

她觉得庆幸，脾气不好的范同学可不这么想。

“这、位、同、学，你究竟想要干什么?”如笙咬着牙，一字一句问。

“我说过的啊，我想跟你做朋友。”她回答得倒还老实。

但是——“我不想和你做朋友!”

话说得太直接，虽然没有恶意，但是也很伤人的。

Part4

轻晚双手交叉，心被伤到了，可是依旧露出她甜美的微笑：“理由呢？不想跟我做朋友的理由是什么?”

“……”不想就不想，还要理由?

“你不回答，就是没有了……你不要瞪我，我没有恶意，真的只是想要做朋友而已……”如果可以的话，男朋友也行啊，不过这句话也只能在心底说说，“我保证不会耽误你的时间和打扰你的工作，这样还不行吗?”

小心翼翼地观察了他的脸色，轻晚不禁在心里感叹，哎……大冰块就是大冰块，她都说得这么诚恳了，他还是一点表情也没有。

轻晚咬了咬牙，豁出去了：“反正我现在人也在这里了，你总不至于赶我走吧？再说我也没有做什么十恶不赦的事情不是吗？而且，学校和餐厅都没有人规定就许你兼职，我就不可以……”

“……”见过打扰别人正常生活还这么强词夺理，振振有词的人吗？反正他范如笙没见过!

他不再理她，径自往里面走去。

这样……是不是表示他不生气了？轻晚在后面偷笑，不过，他抿唇的样子真好看，薄薄的，好像自己小时候画漫画时随意勾勒的男主嘴角的一根线条。

“嗨。弥哥。你看我们家轻晚，平常可不是这个样子的。”苏艺走到经理身边啧啧说道，“原本多单纯的一女生，就这样被范如笙给毒害了。”

经理笑呵呵的一张脸：“了解了解，我也曾经年轻过啊。不过这位女同学是我在所有如笙的粉丝里见过最勇敢的一个。”

“哦?”苏艺扬扬眉，很八卦，“这么说曾经还有很多女生来这里追过范如笙吗?”

“有过，不过没两天都被如笙的冷漠吓跑了。”弥勒佛压低声笑道，“可说实话，自从如笙来了这里之后，店里的生意可好了不少!”

苏艺在心里替轻晚捏了一把汗，原来范如笙天天都生活在那么多的追求者中，难怪会对接近他的女生过敏。说不定他也是把她们两个一起当作是看见帅哥就花痴的女生了。

……

轻晚不算是娇娇女，但是再怎么说也是从小到大过着爸爸宠妈妈爱的生活。

端盘子这样的事情看上去简单，可是做起来也会要人命。

就如经理说的，这里的生意很好，一开始的时候因为觉得新鲜，两人都充满了干劲，最后事多了，肢体也疲惫了，就连洗盘子这样的事情都做不好，十个盘子摔了九个，这样下去，一个月的工资都不够赔。

一个上午不断犯错，苏艺已经叫苦连连，干脆不做了，待在一旁休息，说是明天就要辞职不干了。

轻晚做得也不顺，她从没想过，只是在餐厅工作这样看起来最轻松的事，竟比解开一道数学题还要难得多。做数学题时只要坐在那里听，用脑子记就行了。现在做的这个，不但要记得，双腿还要不停地走来走去，还要微笑服务，一个上午都没有休息过，连一向好脾气的她也有些不耐烦了。

但每当她想放弃时，眼睛触及那抹熟悉白色的背影，她心里的烦躁感又顿时一扫而光，没道理他可以做得那么熟练，她就不行啊!

如果她现在就放弃的话，他一定会看不起她的。认为她是娇娇女！那样的话，她一辈子都别想跟他做朋友了!

想到这里，她又重新找回了勇气。

因为苏艺打死也不干了，所以苏艺的那份也被她一个人揽上了。重新找回信心后，她强打着精神去做事，实在受不了了就在人群中找那抹白色的身影，只要看见他，感觉他就在自己的身边，跟着她做一样的事情，她就又像加满了油。

宋轻晚！你可以的！

Part5

就在她送了一盘黑椒牛排到十七号桌的时候，相邻的十八号桌子传来一个声音——“服务员，过来一下。”

轻晚左看右看，一时间竟不习惯自己是服务员的身份，愣了愣，走了过去，问道：“请问您有什么事？”

十八号桌坐着的分别是两对情侣。只见其中之一的男生指指桌子上一根小小的钢丝说：“这个是我在牛排里面发现的。知道这是什么吗？钢丝耶！有没有搞错，这么一个大西餐厅居然会犯这种错，要不是我反应快，早就将我嘴巴戳破了！叫你们老板来见我。”

碰到这样的情况，轻晚根本不知道怎么办，想了想居然真的转过身要去找老板。

“等一下。”一只有力的手抓住了他，她回头，竟是不知道何时走过来的如笙。

他没有看她，只是将她拦住了便放开了手，微笑地对着客人道：“抱歉，是我们的疏忽。我再去叫厨房做一份新的牛排，算是补偿，可以吗？”

“重新做一份？那要多久的时间？”男生不满，“再说我已经吃饱了，吃了一半才发现这个钢丝，也不知道是从什么东西上面掉进去的，万一是什么不干净的，超恶心的好不好，想想我都要将饭吐出来了。”

“真的很抱歉。”如笙好脾气地说，“请您放心，我们家餐厅在这一带口碑都很好，因为今天的人太多了，大厨在做的时候粗心了一点，希望您能够原谅……不然今天的餐点免费招待，可以吗？”

那男生不知道唧唧歪歪地说了些什么，一旁的女生好像发现了新大陆一般叫道：“哎……你不是那个我们学校的名人，范如笙吗？”

一声叫把身边另一个和自己男友说话的女生也吸引了过来。

“哎……真的是耶。”两个女生挤挤眼，早就听说医学系的范如笙帅得过分，

以前只看过照片，现在活生生的人站在眼前，叫她们那个心动得不行。

如笙朝他们点点头，没说什么转身就要离开。

感觉身后的人还在发愣，他停住脚步皱着眉，丢下一句："还不走？"径自离开。

轻晚回过神，默默地跟在他的身后。

刚才……刚才他是在帮她吗？大概只有像她这种菜鸟才会客人说要叫老板来，她就真的去叫老板来吧。

抬头，虽然他留给她的依旧是那清瘦的背影，但是心头暖暖的感觉充满了心间，她眸心泛起柔光。如笙，如笙，谢谢你。我保证一定会把事情做好的！

好不容易过了中午吃饭的高峰期，下午两点多的时候，西餐厅里的客人基本上都走光了。轻晚累得几乎连拿托盘的力气都没有了，将最后的一桌餐具整理完，转过身，苏艺捧了一杯奶茶走了过来："辛苦辛苦，喝一杯吧，我刚出去买的。"

"谢谢。"轻晚接过来，吸了一口，热热的奶茶让胃舒服了不少。

轻晚从小胃不好，超过时间吃饭就会微微地疼。今天早上因为起得早所以吃得也早，忙到了现在还没有吃饭，她的胃又在反抗了。

不过这个小毛病除了老爸老妈知道，身边的朋友都不知道，自然也没有人提醒她。

苏艺拉着她在一旁的沙发上坐下，道："原本我打算买三杯的，可是想想范如笙那家伙铁定不会领情就算了。轻晚，你真的打算就这样做下去吗？好累啊，看你一上午忙得真让人心疼。"

轻晚微微一笑："那是因为小时候都被家人惯着，我们都长这么大了，吃点这样的苦算不了什么的。"

"可是也犯不着吃这样的苦啊。"苏艺叹气，"要是你爸爸妈妈知道了，还不知道那心怎么一个疼……我们家的宝贝啊，可是从来没吃过苦，如今怎么为了一个男人把自己折磨成这样呢。"苏艺压低着声音故意学着宋爸爸的声音，逗得轻晚咯咯直笑。

"才不会，我爸虽然宠我，但是也很支持我独立。他常常说年轻人就是要吃点苦，要不是我妈不让，也许我高中暑假的时候就可以去当别人的家教了。"

Part6

“高中就当家教？好学生就是好学生，恐怕像我这样的人当也只能教教别人怎么玩游戏，怎么逃出父母的降龙十八锁。想当年高中的时候我还像个男生一样，每次出去都要翻窗户，我爸爸就拿着棍子在后面扯着嗓子叫，小艺子，你又出去，出去了就别给我回来，回来我就打断你的腿。我就朝他做鬼脸，他才不舍得打我。记得有一次我实在惹他生气了，他就用皮带打我，那个狠啊，我哭得撕心裂肺的，可是打完我之后他自个又心疼得半死，还被我妈骂，哈哈。”

轻晚看着苏艺笑得爽朗，自己的心情也跟着好了起来：“你现在也很像是男孩子啊，我真羡慕你，可以放声大笑，想做什么就做什么。从小我爸爸就教育我说女孩子要有礼仪，笑不露齿。”

“该不会还要你三从四德，琴棋书画样样精通吧？”苏艺摸摸下巴，“看来宋叔叔是老古董啊。宋轻晚，宋轻晚，难怪他会给你起这么优雅的名字，你真适合生在古代……不过女孩子这样也好，以后可以找到好老公。看我，就是被汤包子带坏的，小的时候我的性格像男生大大咧咧的，没女生喜欢跟我玩，那个时候他是我的邻居，他家大人跟我家大人经常串门，我们就熟悉了。”

“这么说你跟汤芃是从小就认识的吗？”

“是啊。所以那家伙从来不把我当女的看，可恶！”

“呵呵，这是不是就是传说中的青梅竹马？从小就认识一定有很多故事发生吧？”

“故事是没有，搞笑的事情是多得很，大部分都是那家伙欺负我的事。”苏艺说完，愤愤不平地喝了一大口奶茶，想象那是汤芃的血，她要喝光。

轻晚笑得诡异：“小艺，上次汤芃说的什么骗你坐到火盆里面的事情是怎么回事？肯定很好玩吧？讲来听听呗？”

“不要！”苏艺瞪她，“臭轻晚！你也跟着学坏了是不是，亏我对你这么好，还买奶茶给你喝，你还敢笑我。”

“我哪有笑你，只是觉得很新奇，说说都不行啊！小气！”

“哼，小气就小气，往事不堪回首，我才不要说。”

苏艺不理她，专心喝奶茶去。

轻晚在心里偷偷地笑，心情好很多了。

“吃饭了吃饭了。”

这时大厅里传来一阵吆喝，餐厅的员工都聚到了同一张桌子上。

这家西餐厅是包午餐的，午餐都是在下午大家一起吃，饭菜很丰富，青菜鱼肉样样不缺，因为大多数的员工都是在附近上大学的学生，所以西餐厅有优待，彼此之间都相处得很好。

一听到吃饭，苏艺立刻从沙发上蹦了起来，拉起轻晚：“终于有饭吃了啊，我都快饿死了。”

来到餐桌前，大家都坐齐了，还留了两个空位，很显然是她们的。

苏艺拉着轻晚刚要坐下，不知道想到了什么，走到经理的位置朝他嘿嘿一笑：“弥哥，弥哥，往旁边挪两个位置，我和轻晚坐这里好不好?”

弥勒佛依旧呵呵地笑，很好说话地往旁边挪了挪位置。

“谢谢了哈!”苏艺笑着道谢，将轻晚拉到了自己左边的位置：“轻晚，坐这里!”

感觉到所有人都带着似笑非笑的神情看着她们俩，轻晚低着头直想找地洞：“小艺，这样不好吧?”她当然知道小艺什么意思，她位置的旁边坐的就是范如笙，这么明显的举动，恐怕全世界的人都知道她喜欢范如笙了吧?

虽然真的是很喜欢，但是从小脸皮薄的她怎么受得了别人暧昧的眼神，那张漂亮的脸蛋上立刻就浮现了飘啊飘的两朵红云。

“有什么不好的，这里靠近窗户，好透气啊，哈哈。”苏艺挤眉弄眼地说道，将轻晚硬是推到了位置上，自己也坐了下来。

大家都各怀心思地拿起筷子吃饭，只有轻晚身边的范如笙依旧一脸淡然的神色，仿佛一切都不关他的事情。

轻晚的心跳得好快，范如笙就坐在她的身边和她在同一个桌子上吃饭，那种从来都没有过的感觉洋溢在心里暖洋洋的。

很多年后她依旧会记得第一次跟范如笙吃饭的时候自己心跳的秒数，还有他干净的手指拿着筷子夹菜的动作。

白色的衬衫袖子微微地挽起，他的皮肤不黑，白白的，那双修长的手上每个指甲都被剪得短短的，从她这个方向刚好对着他右手的手掌，她可以清楚地看见上面厚厚的茧子，和手背上嫩嫩的肉一点都不搭。

范如笙他一定吃过很多苦吧？轻晚在心里想，同龄人当中手上有那么厚的茧子的人实在很少。他夹菜的动作很有礼貌，而且只夹在眼前的菜，一顿饭吃下来都是这样。别人吃饭的时候都会说话，他却是安安静静的，仿佛不是在吃饭，是在认真地完成一项功课。

Part7

一顿饭吃下来之后，他的桌沿边是干干净净的，并且他的碗里从来都不会有一粒剩饭。

细心观察的轻晚自然把这一切都看在眼里，心里竟然会浮现出微微的疼痛。

吃完饭收拾完了之后就没什么事情了，大家休息的休息，聊天的聊天。

轻晚的注意力全部都在范如笙身上，听说待会儿他就会请假下班了，那不是意味着到晚上这段时间她都看不见他了吗？

心里是满满的失落感，她盯着那个背影，像是要看够了才罢休。

下班前，范如笙正在换下工作服，身边的曹洲推推他的肩膀，笑得暧昧："如笙，那个美女盯了你好久呢！她就是上次来这里用餐还你两块钱的人吧。"

范如笙淡挑了下眉："跟你有什么关系？"

"当然没关系，可是跟你就有关系了。听说她可是我们学校的顶级美女，低我们一届的，长得真够漂亮，怎样？你有没有兴趣？"

"没兴趣！"

"……我说如笙，再怎么说人家美女是为了你才来这里吃苦的。你倒是也理一下人家，为什么对每个女生都那么冷淡，难怪外面会传闻你性取向方面有问题。"

如笙瞥了他一眼，没说话。

曹洲主动打嘴巴："好吧，算我说错话了，但是如笙，以我多年对女生的观察，这个女生绝对是质量保证，优良品种……错过了你可千万不要后悔！"

"我不后悔。"如笙转眸，没有表情地看他，"我只后悔为什么会认识你这样的朋友。"

曹洲心痛地捂胸："范如笙你真没良心，我还不是为你着想吗？想想看，你一个人总是这样一天忙到晚，也没有人照顾你的饮食起居，就算身体再壮的人也吃不消。前几天你胃病犯的时候痛得多惨你忘记了吗？我劝你早点找个女朋友，也是不想你这么糟蹋自己。"

如笙淡哼："如果我有那么多时间交女朋友，还不如再打一份工。难不成有了女朋友我的胃就不会痛？"

"范如笙，你真无情！"曹洲挫败地叹气，好歹他也是为了他好，他这样每天像个陀螺一样忙个不停，英年早逝是迟早的事。

"谢谢你为我操心，曹妈妈。"

"……"

呛得曹洲完全无法回答，如笙面无表情淡漠地往柜台外走去。

拿了自己的东西，他正准备离开，突然一个声音在身后响起。

"喂……"不用转身就知道是她。

他微微侧头："有事？"

"呃……"轻晚脸微微的红，其实她只是看见他就要走了，本能地想要叫住他而已，当他脸上又露出那种不耐烦的神情时，她竟不知道该说些什么。

"莫名其妙！"许是她许久不说话惹恼了他，丢下这四个字后，他径自离开。

看着他潇洒的背影，轻晚在心里叹息，真不晓得，要到什么时候他留给她的才不会只是一个背影而已……

失落地转过身，刚好撞上朝这边走来的曹洲。

"师妹很喜欢如笙？"他笑嘻嘻地看着她问。

"……"有那么明显吗？好像全世界的人都知道一样。

"虽然追如笙的女生多得简直可以去排长城了，但是我看好宋师妹！"曹洲笑笑说，"如笙对每个人都是这样，所以你不用灰心，他的话本来就不多，以前来找过他的女生他甚至理都不会理，看得出来，他并不是很讨厌你，所以师妹你有机会的。如笙是一个很有理想的人，可能跟他的家境有关，所以师妹如果你是真的喜欢他的话就要有耐心，加把油。千万别轻易放弃，如笙最讨厌的就是半途而废的人了。"

“你……”轻晚抿着唇瓣，好奇地问，“你为什么要跟我说这么多？”他跟范如笙有仇吗？

曹洲显然看透了她的想法，哼一声：“不要想太多，如笙是我的好兄弟，我只不过不想看见他英年早逝而已。”

丢下一句让人摸不着头脑的话，曹洲转身跑进洗手间，这泡尿，他可是憋了好久了。

第五章
俘虏行动很艰难

Part1

轻晚累了一天，回到学校的时候已经八点多了，晚上还没吃东西。

这么晚了，食堂也没什么吃的了，上楼之前，她在食堂买了一碗米线，一手端着米线一手提着一瓶水，轻晚上楼后，将水瓶搁在一旁，从背包里拿出钥匙，刚要插进钥匙孔的时候，门自动开了。

“啊!”苏艺拍拍胸口，夸张地叫，“你站在门口干什么？吓死我了!”

“我才被你的叫声吓死了。”轻晚瞥见她手上的垃圾袋，“丢垃圾啊?”

“不然提着垃圾去玩啊!”苏艺绕过她屁颠屁颠地跑到垃圾桶边，宿舍的每一层楼都有两个垃圾桶，其中一个放在水房门口，离她们的寝室最近。

苏艺很快丢完垃圾，帮着轻晚将水瓶提了进去。

瞄瞄她盒子里的米线，苏艺撇撇嘴巴：“累了一天就吃这个？一点营养都没有，不然我陪你出去吃点东西，反正也还早。”

“不用了。”轻晚将碗放在桌子上，坐下，“好累，我连走路的力气都没有了。”

“那是你活该，放着好生活不过，硬要去吃苦。”苏艺撇撇嘴巴说得不以为然。

一旁正在化妆的陈娇娇听见转过头，大嗓门开始发炮：“哎……轻晚，听说你去打工了耶。你家庭状况很不好吗?”

"……"

轻晚吸了一口米线没说话。

苏艺在一旁翻白眼："谁说一定要家庭状况不好才可以去打工啊……你啊，又化得像只花蝴蝶一样，要出去啊？"

陈娇娇转过头对着镜子美美地照来照去："是啊，好不好看？今天我男朋友会来学校看我。"

"从江苏过来看你？"

"Yes!"

"……我说你这是故意要我们嫉妒么？明知道我们都没有男朋友。"

"嘿嘿……不然我帮你介绍一个？研究生哦！"

陈娇娇的男朋友就是个研究生，经常在他们面前提，好像研究生有多了不起似的，苏艺除了看不惯她的大嗓门之外，还不喜欢她喜欢炫耀的态度，所以每次说话的时候语气里都有讽刺的意思，也不知道陈娇娇脑袋有问题还是故意装作不知道，还侃侃而谈有兴致极了。

"谢谢了，我对研究生无感，更喜欢博士！"苏艺一个旋转坐回了椅子上，噼里啪啦地敲起键盘来。

跟朋友聊了一会儿QQ，她习惯性地点开了学校的贴吧，最新发的帖子吸引了她的注意——"H大顶级美女倒追冰块高材生"。

为什么她怎么看怎么觉得这标题很眼熟？鼠标点进去，苏艺的瞳孔渐渐变大："啊……轻晚，过来，快过来！"

一句大吼吓得轻晚一个不小心把米线吃到鼻子里。

她放下筷子走到苏艺身边，问："什么事啊？"

"快看这个！"苏艺指着电脑屏幕，嘴巴还念叨着，"H大大一新生美女宋轻晚倒追H大才子范如笙追踪报道，竟然还带图片的！"苏艺瞪大了眼睛一页页地翻，全部都是对他们两个人在西餐厅的时候少得可怜的对话时的抓拍。

仅仅是一天的时间，帖子就已经不下千条留言了。

"大虾的老婆"说——"俺中午去了趟步行街，买了鱼来煮着吃，看了这帖子被鱼刺卡住了，现在还疼着，俺老公给俺买了2袋简易包装的醋……"

"绝望的鱼"说——"我刚才看完差点没把我吓岔气……我的如笙，我的梦中情人，居然有人比我还勇敢，想当年我追他的时候他正眼都没看我一眼，从此我对男人绝望了……”

“鬼才”说——“我才不相信范如笙会跟女生说话，八成是PS的吧，那个大冰块……”

“这个世界真是太疯狂了，明天睁开眼睛，母猪都能爬树了！”苏艺将网页一关，“不就是个范如笙嘛，怎么搞得跟明星一样，还专门开一个帖子来讨论，让你以后怎么见人啊！”

轻晚一时无措，在这之前，她根本就没想到事情会发展成这样子，要是被范如笙知道了，八成会拿把扫把把她从西餐厅赶出去吧？再怎么说也是她擅自打扰了别人平静的生活。

想到这里，轻晚顿觉烦恼无比，拉着苏艺的手道：“小艺，怎么办？现在搞得全校的人都知道了，范如笙肯定讨厌死我了。”

Part2

“你先别急，也别难过，这也不能全怪你不是，再说这都什么世纪了，又不是只有你一个人倒追男生，我就不知道他们有什么好八卦的。”苏艺愤愤不平，思忖片刻，“这样吧，我知道‘青春痘’对电脑很在行，不如叫他把这帖子fire好了，对他来讲应该不是很困难的事情。范如笙你就不用担心了，他好好学生又每天兼职除非有急事，否则根本没时间上网看帖，何况听经理说今天他回家了，在他来学校之前把帖子处理掉，就当一切事情都没发生过好了。”

轻晚点头：“谢谢你了，小艺，要不是有你在，我真不知道怎么办才好。”

“傻瓜，跟我说什么谢谢。”苏艺将外套一拎，“我现在就去找‘青春痘’。”说完就要走，轻晚急忙拉住她，

“我跟你一起去。”

“你不是还没吃完饭吗？我一个人去就可以了。”

“没关系的，反正现在我也吃不下了，小艺，我跟你一起去吧。”

苏艺想想，点了点头：“好吧，你再穿件衣服，晚上外面很冷的。”

“嗯。”轻晚点点头。

在柜子里拿了件外套，两人正要离开，身后的陈娇娇急忙叫道：“哎……你们两个要出去吗？我跟你们一起去好了，我男朋友在楼下等我呢！”

苏艺翻翻白眼，这丫一天到晚就只知道炫耀她的男朋友，根本就不会关心身边的人，刚才她们对话的声音那么大，她也是左耳进右耳出，现在她们要走了她倒是反应了过来。

“你男朋友在下面等你就一个人慢慢下去吧，我这可是有重要的事情，没时间磨蹭。”说完也不顾她的反应，拉着轻晚砰的一声将门关起来。

“哼！不等就不等！有什么了不起的。”陈娇娇撇撇嘴巴，哼着歌收拾起桌子上的化妆品来。

最后美美地打扮了一番，陈娇娇对着身后坐着一声不吭的徐分道：“阿分，我要出去约会了，你一个人，慢慢在这里玩哈。”

“哦……”戴着耳机的徐分在她甩门而出的时候回给她一个字，眼睛一眨不眨地盯着电脑屏幕。

屏幕上显示的是百度贴吧——“H 大顶级美女倒追冰块高材生”的字样。

和所有的大学一样，男生寝室管理比女生寝室要松得多。再加上苏艺能说会道，早在开学的时候就跟管理员阿姨打得火热，所以只要跟阿姨说一声，两个人就可以上去了。

“我一直很好奇为什么男生宿舍的管理员居然会是女的，要是管理员上楼查房的时候刚好谁在换内裤，那样不是很尴尬？”边上楼，苏艺边郁闷地说。

“……”轻晚给了她一个无奈的目光，“不是所有人都像你那样有不纯洁的思想，阿姨都五十岁了，谁会介意这些呢！”

“说得有道理，但是我还是很纳闷……哎……到了，轻晚，就是这里。”苏艺走到 666 号门敲了敲门，在等人开门的时候盯着他们的门牌号看了一下，“不公平，怎么他们的门牌号这么好，我们的门牌号就是什么 514，我要死的……”

苏艺正喃喃地自言自语，门被打开了——“谁啊……”上半身赤裸的“青春痘”打开门看见外面的她们先是愣了一下，接着竟“啊”地尖叫了一声，“砰”的一声把门关了起来。

苏艺轻晚：“……”

一分钟后，门再次被打开，汤芃的脸露了出来：“怎么是你们？怪不得大勇被你们吓死。”大勇是“青春痘”的名字，他全名叫张大勇。

苏艺笑得贼兮兮：“该不会我们来得不是时候，说说看，你们在做什么不该

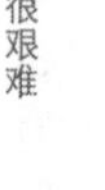

做的事情？”

“啧！一个女生满脑子都想些什么！”汤芃恶心地看了她一眼，转过头对轻晚微笑道，“稀客，进来吧！寝室比较乱不要介意。”

轻晚微微一笑：“不会的。”

两人跟着进去，和所有的男生寝室一样，你永远不要期盼他们的寝室有多干净，但是也不至于……“你们在寝室养臭虫吗？怎么这么臭。”苏艺捂着鼻子，空气里也不知道是什么味道，怪怪的臭臭的。

“罪魁祸首在那里……”汤芃指着角落上一个铁笼子道，“大勇养的，几天没有换沙了，熏得我每天晚上都睡不着觉。”

“老鼠？”苏艺瞪着大眼睛。

Part3

“那不是老鼠，是仓鼠。”一个声音从厕所传来纠正，已经穿好衣服的大勇整了整身上的衣服，抬头道，“它这么臭是因为铺沙用光了，一直没有时间去买就没给它换，实际上仓鼠是很干净的，一天自己要洗十多次澡。”

“是吗？”苏艺撇撇嘴巴，一脸不相信的样子，走到角落的笼子前蹲下，一手将笼子里的老鼠给拎了起来，小老鼠还没她的拳头大，可是够肥，此时正瞪大了两只无辜的眼睛盯着她，“小家伙眼睛还真大。不过就是太可怜了一点，跟着一个青春痘的主人，不怕青春痘会传染吗？”

小仓鼠似乎听见了她在说自己主人的坏话，四肢突然不停地挣扎了起来，然后毫不留情在她的手指上咬了一口。

“啊！”苏艺惊叫了一声，吓得将小家伙丢进了笼子里，“天哪，它居然咬我！”

汤芃不以为然：“谁叫你平时太嚣张了，连老鼠都看不惯你，咬你一口算是见面礼。”

苏艺丢给他几个白眼，郁闷：“那我要不要去打针啊，万一得了什么病怎么办啊？”

“完啦，快留下遗书吧，你已经活不长了……”汤芃怪吼。

“……”

“干吗瞪我！”

“我死了也会在遗书上注明是你害死的！”

“切，老鼠又不是我的！”

“你这个人真是讨厌！尤其是今天特讨厌，人家女生每个月都有的那几天你也有是不是，还是内分泌失调？老跟我作对？”

汤芃哼一声扭过头去不理她。

大勇走上来心疼地把摔了翻肚皮的小老鼠捧在手心里，轻轻地摸了摸，回道：“被仓鼠咬了没事的，清洗好伤口就行了，不会有大碍。”

“真的假的啊！”苏艺看看自己的手，生怕自己一个不小心染上了什么鼠疫，急忙跑到水池边用肥皂将手洗干净。

“小艺你放心吧。”轻晚走上前，递给她一张面巾纸安慰道，“我以前也养过仓鼠的，也被咬过很多次，没事的。”

“真的？”

“嗯，不骗你，你就安心吧！”

“我说你们特意来该不会就是来参观大勇的仓鼠的吧？”汤芃难得勤快地倒了两杯水，分别递给她们俩，问，“有什么事吗？”

“不说我还真忘记了。我们是来找大勇的。”于是苏艺简单地把刚才的事情说了一遍，自然也看见了汤芃的那张臭脸有多臭，不过人家轻晚就是不喜欢他，光她一个红娘在那自作多情牵红线也没用啊。

听完之后，大勇迅速地打开了百度，很快地就搜出了那一则帖子：“是这个吗？”

“对，就是这个，你是计算机高手，帮个忙把这个帖子黑了吧。”才不过她们从寝室来到这里的时间，帖子的访问量和留言就又上了一个档次，苏艺翻翻白眼，“这些人真是够无聊的。”

轻晚在一旁问：“这个能不能删掉？要是再放这上面，明天被范如笙知道的话……”后果是什么她都想象不出来。

汤芃瞅了她一眼，于心不忍，走上前拍拍大勇的肩膀：“哥们，黑这样的帖子对你来说不是问题，你就帮帮人家吧。”

“嗯，没问题。”大勇点点头，手指在键盘上飞快地打了起来。不一会儿，重重地敲了几下键盘之后说 OK 了！三人俯身一看，刷新一下，果然页面就变成了，“该网页无法显示”。

“牛！‘青春痘’你太牛了。”苏艺豪爽地拍拍他的肩膀，“谢了哈，下次来你们寝室的话，我会记得给你家仓鼠带好吃的。”

“得了吧。”大勇弹弹自己肩膀上的灰尘，“你带的东西我可不敢给我宝贝吃，它刚才可是咬过你，依我对你的了解，你应该不会那么好心，说不定会在里面加砒霜。”

苏艺顿时垮下脸，装可怜：“原来我在你眼底居然这么恶毒。”

张大勇尚未开口，汤芃没好气道：“何止恶毒，简直是没义气。”

苏艺瞥了他一眼，自然知道他是在怪自己帮着轻晚追范如笙没有告诉他的事情。

哼！一个大男生有必要跟她计较吗？不过话说回来，她的确是有点对不起他，明明答应帮他追轻晚，现在却支持轻晚去追心上人。

眼见汤芃那哀怨的眼神，苏艺的罪恶感很快就浮现在心头，趁着还没有泛滥的时候连忙找了个理由拉着轻晚逃离现场。

Part4

在苏艺眼里一直都不认为汤芃喜欢轻晚会喜欢得有多深刻，毕竟他们才认识没多久。

汤芃是典型的花花公子，身边的美女一大堆，但他这人虽然花心可并不像某些富二代、阔少爷把钱不当钱，滥用挥霍。在他的观念里这些钱都是父母的，不管他家有没有钱，他也不可以用父母的钱去泡妞。这一点是苏艺很欣赏的，可是对于他从来都不把自己当女生看，她心底还是很怄气的。

第二天依旧是六点时，轻晚准时起床，昨天晚上苏艺就非常坚定地说今天打死她都不去打工了，所以轻晚并没有叫醒她，轻手轻脚地洗漱了一番后，背着背包就走了。

关门的时候苏艺是醒了的，听到咔嚓一声关门的声音，她又闭上了眼睛，睡着了。

今天轻晚的状态不是很好，老是犯错误。昨天累了一天，还被那帖子的事整得担心了半天，生怕范如笙会知道什么一整晚上都没怎么睡好，好不容易睡着了梦里却是范如笙拿着一个键盘追了她大半夜。

今天范如笙除了还是那冰冷冷的表情之外并没有表现出很愤怒，更没有来找她算账，所以轻晚猜想他大概不知道帖子的事情吧，不然以大冰块的坏脾气没道理不爆发。

在心里自我安慰了一会儿，轻晚一直悬着的心算是彻底放了下来。

当然，她不知道的是，这年头的人都热衷于八卦，不管你上不上网，八卦也会以任何形式侵入你的生活，何况范如笙还是八卦首席名人，即便不上网，帖子的事怎么可能不传入他耳里？

好在他天生具有屏蔽异能，在这各种流言蜚语中能做到淡定自持，每天依旧早起、上课、自习、打工，仿佛那八卦的主角不是他而是和他无关的人。

眼看轻晚刚将一叠清洗过后的餐具推了过来，范如笙指着一旁另一堆需要清洗的碗碟，道："这些收拾一下。"

"噢。"轻晚看着那满满的一车脏碗，额头上因为方才的忙碌冒着薄薄的一层汗。

她这么辛苦，能得到范如笙一个眼神的驻留吗？

当然不能，直接下达完命令之后如笙转身就走，待到轻晚回神，看见的只有他白色的背影。

说没委屈是假的，从小到大都没受过这样的苦，偏偏第一次为了别人还不被领情，轻晚不自觉地又瞟了几眼正在帮客人点餐的范如笙，吐吐舌头，干嘛对客人就可以微笑得那么好看，对她就永远都是冷冰冰的样子。突然，她心里冒出了以前人家讲的一个冷笑话：从前有一个冷大侠，他的剑很冷，手很冷，心也很冷，最后他冷死了……

低叹一口气，轻晚推着车往厨房后面走，没注意正好从厨房里端着托盘出来的徐小凡，两人直直地撞了上去，轻晚本能拿手去挡，后果就是托盘上一碗刚起锅的汤洒满了她的两只手。

"啊！"轻晚本能地叫出声，手上传来刺刺的疼痛让她眼泪忍不住在眼眶里打转。

“轻晚，对不起对不起，我没看见你过来……”小凡吓死了，眼泪比受伤的人流得还快，“对不起对不起……”她一个劲地道歉，慌乱得像是热锅上的蚂蚁。

“没……没事，小凡你别哭啊。”轻晚要忍受剧痛还要安慰她，头都大了。

“快！打一盆冷水来！”

头上传来一个冷寂的声音，两人抬起头，如笙紧绷的脸出现在眼前。

“是……我马上就去。”小凡把手中的托盘放下，急急忙忙地去打了盆冷水来。

如笙利落地将水盆接了过来，将她的两只手放在里面浸泡。

手上柔软的触觉让如笙的动作有些僵硬，轻晚白皙的手因为被烫伤的关系迅速变红，肿胀得像是发胀的馒头。

轻晚任由他拉着自己的手放在冷水里，明明水那么冷，为什么她会觉得自己的手像是被火烧一样？是因为覆盖在她手上的那只大手吧？他的手掌心有种安定的力量，红肿的伤处都变得没那么疼了。

轻晚红着一张脸，心乱跳得飞快，周围的一切都听不见，只能听见自己心跳的声音。她呆呆地看着他低垂的脑袋，黑色的发丝柔柔地搭在他的耳边，有几根淘气地垂在他的额头，让她冲动地想要将那缕头发轻轻地拂到后面去，要不是两手被他抓着，她一定那样做了。

想起那天曹洲跟她说过的话，他说：“如笙对每个人都是这样，所以你不用灰心，他的话本来就不多，以前来找过他的女生他甚至理都不会理，看得出来，他并不是很讨厌你，所以师妹你有机会的。”

连如笙最好的朋友都这么说，可见，如笙应该不是那么讨厌她的吧？想到这里，轻晚不禁微微一笑：“谢谢……”她说。

如笙手一顿，抬起头，出乎意料地吐出了几个字：“够了吗？”

Part5

冷漠的声音让她的笑意僵硬在嘴角。她愣了愣，对他的话一时间反应不过来，勉强地看着他笑着问：“什么够了？”

“什么够了？从一个什么苦都没吃过的人自我作践到这种地步，还不够？”如笙讽刺一笑，“是不是有钱的人都这么有闲情，我是因为缺钱工作，你呢？因为想要一个男朋友？”

作践……

所以在他眼底，她所做的一切都是在自我作践吗？

轻晚脑袋里顿时一片空白，明明她不是他说的那样，可是竟找不到任何一个替自己解释的理由。

原来在他的眼里，她从始至终都是在作践自己。她以为自己的付出他是能看见的，她以为就算工作很累她也可以挺下去直到做顺手为止，她以为只要她努力，他迟早都会接受她的，却没想到一切都只是她以为的而已。她的付出，他从来都看不见。

如笙看着她那张委屈的脸心底又浮出一股不耐烦的情绪。

他讨厌她总是露出那种神情，好像她所有的委屈都是由他而起。

可事实上，他从来都没有想过要招惹她，从始至终都是她自愿的不是吗？

他根本就不需要这样的自愿……也不想要她的喜欢，不被需要的喜欢对于任何人来说都是一种压力……他不想她成为第二个遗憾。

一抹痛苦的神色闪现在他深邃的眼底，仅仅只有一秒的时间，任何人都捕捉不到地匆匆掠过。

“我们是不同世界的人，根本就不应该有交集。”他冷漠地说，“我们不可能成为朋友，也不可能在一起。”

“什么不同世界的人，我不懂，我只知道我们都活在这个世界上，你是人，我也是人，怎么就是不同世界了？”这是第一次，轻晚对着他那么大声地说话，“对！我承认我来这里是目的不单纯，我喜欢你，想接近你，了解你，这都是我自己的事。但是你不喜欢我并不代表我不能喜欢你啊，我用自己的行动去追我喜欢的人，这有什么不对吗？我没有用不正当的手段，谁也没有规定只有你可以来这里工作而我却不可以。如果……我是说如果，你到最后还是不能接受我，我会主动放弃的！”

“是吗？”如笙看着她的眼睛里依旧是一片清冷，轻晚在那里找不到任何一丝清冷之外的情绪。

接着，她听见他道：“那我就等着你的主动放弃。”

留下这句话，他的大掌离开了水盆，如笙转身离去。

轻晚望着他无情的背影，低下头看着水盆中依旧红肿的双手，突然觉得盆里的水原来是那么的冷，冰凉到刺骨，就像她现在的心破碎的疼，不是冬天，温度却陡然降到零度以下。

……

餐厅差不多打烊时，轻晚收拾好东西后准备走人。

也不知道今天是不是撞上衰神了，先是被水烫了，然后又被范如笙骂。她的心情差极了，低着头没发现前面莽莽撞撞冲进来的人，“砰”的一声两人相撞。

“啊！怎么走路的啊！没长眼睛是不是？”

熟悉的声音，属于苏艺大小姐那种最喜欢恶人先告状的人。

“……”轻晚看着她，不知道为什么鼻尖一酸，眼泪就掉了出来。

“啊……轻晚，怎么会是你。”

苏艺吃了一惊，尤其是在看见她泪水就要委屈地掉下来的时候，更是着急了：“我撞到你了吗？伤到了哪里？你怎么了？别哭啊！”

轻晚摇着头，将地上被撞落的包给捡了起来：“没事，你是来接我的吗？”

“是啊，我听说你手受伤了，没事吧？”

“没事。”她吸吸鼻子，将眼泪生生挤了回去。

“没事？”苏艺瞪着她的手，火一下子蹿起来了，好像受伤的人是她一样，“你老实告诉我，是范如笙欺负你了是不是？”

Part6

轻晚急忙摇头：“没……不关他的事。”

“哼，有人明明告诉我是他把你惹哭了的！”苏艺愤愤不平道，“你不就是喜欢他嘛，有必要把自己搞得这么狼狈，现在就伤了两只手，以后还指不定伤到哪里呢！”

轻晚心知苏艺是那种遇事好打抱不平，为好朋友两肋插刀的人，心里万分的感激，但是弄伤她手的不是范如笙，现在这样的情况苏艺也听不进解释，只好拉着她，“小艺，我们先回去，我跟你解释啊！”

苏艺翻了个巨大的白眼，以一副“我就知道你会帮他说话”的眼神看她。

两个人刚要转身出门，刚好碰到了忘记了东西返回来拿的范如笙。当他的眼神根本就没有一秒停在她们身上直直掠过的时候，苏艺噌的一下转过身：“姓范的，你给我站住！”

范如笙的脚步仅仅只停顿了一秒，随之依旧脚步如飞。

苏艺瞪大了眼睛，身形敏捷地蹿到他身前：“范如笙我叫你站住没听见吗？”

她双手插腰，瞪着他。苏艺的个子在女生里已经算高的了，但是在范如笙面前还是要仰着头。

如笙淡淡地瞥了她一眼，问：“有事？”

“当然！”她气势汹汹，“你说你为什么要那样对轻晚，她不过就是喜欢你而已，又不是什么伤天害理的事，你爱理不理也就算了，干吗对她说那些伤害她的话？”

如笙挑眉，现在是什么情况？当事人没有开口，什么时候轮到她这个局外人来骂他了？

“言论自由，关你什么事？”

“……”苏艺气到呕血，“我、我是她的好朋友，好朋友有委屈，你说关不关我事？”

范如笙淡淡地瞥了一旁的轻晚一眼，嘴角讽刺地勾起：“还真是珍贵的友谊，不过你们要表现你们之间的友谊，能不能别挡着我的路？！”

“你、你……”苏艺指着他，双手颤抖“你”了半天“你”不出个所以然来，一旁的轻晚走过来拉住她，小声说：“小艺，算了，真的不关他的事，是我自己不好。”

“什么叫是你，明明就是他……”

任由她在那里呱呱叫，如笙自动绕过她们，向里面走。

“啊，你还走！”苏艺又一次追了上去挡住了他的路，“我说你是赶去投胎吗？如果你的时间真的那么宝贵，好！我不妨碍你，只要你说一句道歉！”

道歉？范如笙的眼神仿佛看见了外星人，好吧，他承认他跟外星人没有共同语言，只能绕着走。

苏艺干脆两手一伸，将他的路挡了个彻底。

如笙的脸上终于显现出清冷之外的不耐和厌烦："你有完没完？"

苏艺昂首挺胸地看着他："有！当然有完了，只要你道歉，就有完。"

"我跟你们这种人没什么好说的，而且我没错，不会道歉！"

"什么叫'你们这种人'！我还跟你这种人没什么好说的呢！"

"那正好，谢谢，请让路！"

"你……"苏艺被自己的话憋着了。可是却死都不让路，一副你奈我何的神情。

两人交锋摩擦太过于激烈，终于有人注意到了这边的情况，经理从餐桌那边走了过来，笑眯眯地问："如笙，小艺，你们怎么了？"

"没怎么。"如笙没好气地说，"碰到一个神经病。"

丢下一句话，他绕过还没反应过来的苏艺走开。

苏艺的脸色一下子青了，该死的范如笙居然敢说她是神经病！好啊！这下他们的梁子结大了！

Part7

回去的时候苏艺的脸上满是愤愤不平，一路上都在说范如笙的坏话："范如笙这个人肯定心理有问题，越是这种看起来冷漠的人心理越是扭曲。看他一副对女生高高在上的样子，实际上说不定是他以前被女人甩过，所以仇视所有的女人！不就是H大的高材生吗，不就是有很多女生追吗！至于那么不把人放在眼底吗？居然还敢说我是神经病，我看他才是神经病。真搞不懂，你怎么会喜欢这样的人，我都怀疑是不是你们一大帮人的眼光有问题。还说什么品学兼优，学习就算了，那个人品简直就是不入流的。"

轻晚无奈地看着他："算了，小艺，不要气坏了自己，再说他也没做什么过分的事情啊。何况这次真的是你误会他了，我的手被烫伤了还是他帮我搽药的。"

"真的？"苏艺怀疑地看着她，"我可告诉你，不要因为你喜欢他就老帮着他说好话！"

"真的！"轻晚笑了，"所以啊，你不要生气了，我知道小艺对我最好了，我不舍得小艺气坏了身子。"

被她这么一哄，苏艺的坏心情来得快去得也快，她大方地拍拍她的肩膀："好吧，看在你的面子上，我暂时不生气。可是总有一天我要把今天失去的面子给讨回来的，哼！"

轻晚担忧地看着她，小艺的火爆性格有时候真的很让人替她捏一把汗。

上完一天的课，轻晚独自去图书馆自习。

对于苏艺来说，图书馆这种考验耐心甚至不可以大声讲话的地方实在是沉闷得让她不能呼吸，所以有过一次经验之后她再也没有来过这里。

说来也奇怪，在大学里轻晚认识的人不多，因为她从来都不参加什么社团活动，所以除了苏艺之外，玩得好的几乎没有。从周一到周五都要上课，不上课的时候就自习，在没上大学之前她就给自己定下了考研的目标。虽然高中的时候她的成绩就很好，但是离考研还差一大截。

走到了图书馆二楼，很多位置都已经坐满了人，轻晚四处张望了一下，终于在靠窗的那里看见了空座。

也许是因为天气转凉的缘故，不似夏天，同学们都不愿意找靠窗的位置坐。

在空座的旁边也是一个空位置，只是位置上已经放了几本书，很多同学在一放学就习惯来图书馆占位置，中途吃饭什么的就不需要那么赶。

轻晚在空座上坐了下来，窗子是关着的，可以看见有一丝月光从窗子上打下来，洒下一片银光。

将书包放在桌子上，从里面抽出了大学六级英语试卷以及一支铅笔和橡皮擦。

上了大学的她依然习惯用铅笔。苏艺第一次看见的时候就夸张地叫，说她是小孩子，拿铅笔写字是小学生才会做的事情，她从小学三年级就已经用圆珠笔了。

轻晚望着搁在右手上的铅笔，她习惯用铅笔的原因，是因为在做错了题的时候可以用橡皮擦擦掉，这样可以保持页面干净。

轻晚喜欢干净的东西，并不是说她有洁癖。就像她干净的人生一样，从出生开始就按着父亲为自己铺好的路一直走着，没有经过什么大风大雨，连挫折都很少有，这样的干净就像是书柜里摆放着的一本心爱的书，每当有灰尘侵袭的时候，她都会用抹布轻轻地擦拭。

当初在大槐树下看见那抹孤独的身影的时候，她就沦陷了吧？尤其是当她听说他的事情之后，心里隐隐地觉得，范如笙就像是她的另一个反面的人生，不断地在浑浊和充满挫折的环境中成长，却有着她喜欢的干净气质。她很欣赏他的个性，其实她或许有一点懂他，在那种条件下成长，冷漠也许就成了他保护自己的武器。

呆想间，已经不知不觉地过去了五分钟，轻晚无奈地笑笑。怎么她好像走火入魔了，无时无刻不在想着范如笙这个人和这个名字呢？

打起精神，她强迫自己把思绪放在英语习题上，这个学期考不过六级，她可不会放过自己。

"轻晚？"

正打算做题的轻晚听到一个熟悉的男声，转过头去，才看见捧了一杯热茶在她身边坐下的汤芃。

"嗨！好巧啊，原来这个位置是你的。"

轻晚还真有点惊讶，从苏艺的口中她大致对这位大少爷有了些了解。没有想到像他这样的大少爷居然会上图书馆自习。

这句话里面并没有什么贬义，对于他这一种人，轻晚把他认为是和小艺一样坐不住的类型。

汤芃微微一笑，将手中的热茶递给她："这个，给你喝。"

"不用……"轻晚连连摆手，小声说，"你喝吧，我不渴。"

汤芃也不强迫，将茶杯捧在手心里，瞄了一眼摆在她桌子上的书："要考六级啊？"

"是啊。英语是我的弱项，哎……"

"没关系，英语高手在这里！"汤芃拍拍自己的胸膛，低笑道，"有什么不懂的地方问我就可以了。"

在普通人的认知里，花花大少一般学习成绩都不会好吧？轻晚也就当他是客气说说而已，点了点头，两人便不再多说什么。毕竟这里是图书馆，说多了会被其他同学警告的。

第六章
令狐冲没他冷

Part1

回到寝室后，轻晚把在图书馆遇见汤芃的事情跟苏艺说了一下。

苏艺正在兴致勃勃地玩着电脑游戏，好半天才回了一句：“这次汤包子真的没说大话，他高二的时候就过了英语四级了，现在已经考过八级了！”

“……”

后来在图书馆轻晚每次都会遇见汤芃，因为有事来得晚的时候，都会发现汤芃早早地帮她占了位置。

他对她有意，轻晚不是不知道，她也有表明过自己的意思，但是汤芃只是笑笑说：“当不成恋人可以当朋友嘛，何况你是苏艺的朋友也就是我的朋友，为朋友占位置理所当然啊！”

于是他们就成了朋友。

成了朋友之后可比原来暧昧不明的关系好多了，轻晚有什么不懂的英语问题都会问他。汤芃的英语真不是盖的，轻晚从来就没有看过一个男生会那么喜欢英语的，不管是口语还是什么都好得一塌糊涂，他说他以后的志愿是当翻译官，他爸妈都很支持他。轻晚当然也很支持他，凭着他那么优秀的条件，当翻译官应该不是问题。

在这样的时光中，轻晚升了大二，除了英语成绩在进步之外，她在西餐厅的工作也比之前得心应手了许多。

她是餐厅里年纪最小的女孩，脾气好人又漂亮，大家都十分照顾她，当然这里说的大家除了范如笙以外。他对她的态度始终都是冷冷淡淡的，如果没有必要的事，跟她讲话都像在浪费时间。

每次想到这个轻晚就觉得头疼。小时候老师不是经常都说什么持之以恒，铁杵磨成针的吗？他这根铁到底要磨多久才会变成针？

"轻晚、轻晚？"一个轻晃把她从叹息中摇到了现实。她转过头看见捧着几本书站在柜台前的曹洲。

"师兄有什么事吗？"

"这个是如笙留下的，他今天提早回去了，这么晚看样子是不会回来了。"曹洲朝她眨眨眼，"怎么样？天赐良机，你把这几本书给他送过去，说不定你们关系会改善一下呢？"

轻晚看着曹洲手上的两本书，全都是关于医学方面的，如笙从来就不是一个会乱丢东西的人，这次走得那么急，想必一定是有急事吧，如果她帮他把书送去，不知道他会不会拿扫把把她赶出家门啊？真揪心。

轻晚犹豫再三，想接又不敢接的样子让曹洲觉得好笑："你在犹豫什么呢？这么好的机会，别怪师兄没帮你啊。错过了这一次，难保有下一次。"

轻晚看他的眼神怎么看怎么诡异，她微眯起眼睛问："那师兄你为什么不自己把书给他送去呢？你明知道他不喜欢我。"

"我这不是给你们创造机会么，真是好心没好报！"曹洲作势生气地要将书收回，轻晚急忙抢了过去，

"好啦我去我去。师兄你真会说话，实际上你是想要赶去跟女朋友约会吧？"

曹洲夸张地笑了两声："小师妹，该不会就只允许你追我们家如笙而不允许我去追其他女生吧？要不然我天天跟如笙在一起，爱上他怎么办？"

轻晚赞同点点头："说的也是，如笙那么优秀被男人喜欢也很正常，那师兄你赶紧去约会吧，多交一些女朋友就不会打如笙的主意了。"

"啧啧啧，你这偏心的小丫头！"

轻晚朝他做了个鬼脸，然后指着墙上的钟说："师兄现在可是到了六点了，你再不走要是约会迟到了可别怪在我头上。"

她话刚说完，就听见曹洲鬼叫了一声也不说声再见拔腿就跑了出去。

轻晚看着他着急的样子扑哧笑出了声，低下头，眼睛对上那几本书的时候，笑容很快就消失了。

情不自禁地摸上那干燥的书面，小心翼翼地翻开第一页，几个刚劲有力的字就显现在眼前：医学系二班，范如笙。

他的字就像他的人一样好看！

轻晚勾起唇角，低下头将唇瓣小心翼翼地对着那几个字碰了一下，脑海里不禁联想起如笙那干净的右手拿着圆珠笔写着自己名字时候的专注，这么近的距离让她仿佛还可以闻见书本的主人身上独有的气息，仿佛在吻着他本人一样……

哎呀！宋轻晚，你怎么这么不害臊！

Part2

下了出租车，轻晚照着手上的地址，转进了一条小巷。小巷的简陋与破旧告诉她这里的建筑应该有好多年了，四周的老建筑墙面上很多都写了大大的红色的“拆”字。也许是因为天气关系，冬天天黑得比较早，小巷里已经没人了。

轻晚捧着书一边四处张望一边走着。好不容易才走到了门牌号是 17 的房子前。那是一栋老式的矮平房。门是虚掩着的，轻晚可以透过细缝看见里面狭窄的空间里黑压压的一片。

这就是范如笙的家吗？轻晚好奇地打量着，并没有因为他的家破烂而心生厌恶，反而心里有点雀跃，范如笙的家耶！她现在就站在他家的门口，真是令人不可思议！

整了整自己的仪容，轻晚伸手去敲门，右手不自觉地竟在发抖，真是没出息！宋轻晚，你给点力行不行！

门在下一秒被打开，范如笙微笑的脸出现在眼帘，但是在看见是她的刹那，眼睛里闪过惊讶然后微笑消失不见：“你怎么会在这里？”问话的语气中一点都没有期待她的到来。即使他们已经有一年的同事关系。

他就那么讨厌她吗？原本雀跃的轻晚所有的好心情都一下子跑光了。她仰着头看着他淡漠的神情一下子竟然不知道怎么开口。

“如笙，是阿姨回来了吗？”这时一个甜美的女声打断了他们之间尴尬的气氛。

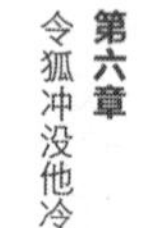

轻晚转眸，一个高挑的身影出现在眼前。她穿着一套白色的运动衫，扎了高高的马尾，即使在冬天的夜晚，轻晚都仿佛看见了刺眼的太阳。

那女孩看见轻晚倒是很惊讶，走过来微笑地问范如笙："如笙，这是你的朋友吗？好漂亮的女孩子。"

轻晚瞄了一眼范如笙，他明明还是淡漠的表情，在看着那女生的时候却明显地缓和了下来："她和我在同一个西餐厅工作。"

"哦，这样啊。"女生笑眯眯地拉过轻晚的手，十分热情地说，"快进来坐坐吧，外面天气那么冷。如笙可是很少带朋友来家里呢。"看见轻晚手上捧着的书，她很自然地就问道，"你是来送书给如笙的吗？"还未等轻晚开口说话，她又转过头有些抱怨地对如笙说，"如笙你也真是的，怎么一直让朋友在外面站着，一点礼貌都没有！"口气像是一个大姐姐。

轻晚呆呆地看着，范如笙难得地只有挨骂的份也没有反驳。

不知道为什么，她心里有些难过，说不上是什么感觉。她抽出自己的手将书递给那女生，低低地说了一句："谢谢，我不进去了。这么晚我要回寝室了。"便转身离去。她知道自己没有礼貌极了，可是她从来都没有的那种认为自己是个多余的人的感觉涌上了心头。

也许从一开始她就错了，范如笙不喜欢她，就算她死皮赖脸地黏着，他还是不喜欢她！

轻晚抬起头望着黑得彻底的天空，连月亮都知道她有多惨都不忍心出来见她了。

没想到范如笙身边居然会有那么漂亮的女生，耀眼得就像天上的星星，跟范如笙那么相配！两个人都是那么出色，说不定那个女生就是他的女朋友。难怪他在学校对女生都不理不睬，原来是早就有喜欢的人！轻晚郁闷地踢着脚下的石头，亏她还那么白痴地想要追他，在他身边待了一年，结果就连人家的手都没有碰到过，除了那次她被烫伤他主动帮她医治以外。说不定那只是学医的人的职业病。

好丢脸，要不是这次意外来到他家，还不知道她要一直丢脸丢到什么时候。

什么持之以恒，铁杵磨成针，在她身上演绎出来就变成了丢脸可笑，恐怕范如笙这一年来都在背地里笑她傻、笑她蠢，她还期待有一天真的可以和范如笙在一起。

Part3

“喂……”

身后传来的声音让她的脚一顿，她却不敢转过身，生怕是自己胡思乱想后的错觉。

“那个……宋轻晚。”

好像……好像真的不是她的错觉？那声音，熟悉得每天都够她回味一百遍的声音真的响在她的身后！她诧异地转过身，范如笙那张脸就出现在她眼帘。

“范如笙！”轻晚的眼神立刻亮了起来，刚才的阴霾一扫而光。

如笙将她的反应看在眼底，有些无奈：“这么晚，我送你回去。”

“啊？”轻晚受宠若惊，反射性地摆摆手，“不用不用。”看见如笙好看的眉头皱起，她急忙解释，“我没别的意思，只是觉得我自己也可以回去，省得耽误你的时间。”

如笙神色恢复正常：“你帮我送书过来，我送你回去很正常。走吧。”他不再说什么率先绕过她走在前面。

她看着他的背影，竟忘记了要怎么走路。脑袋里一团混乱，空洞得一时间什么都想不起来。

走在前面的如笙感觉身后没动静，转过身就看见了呆在原地的她。这个女生好奇怪！如笙皱眉走回她身边：“你该不会想要一直站在这里不走了？”

“不是的——”她反应了过来，赶紧抬脚跟上，根本就没有察觉到他已经站在了自己面前，鼻尖“嘭”的一声撞到他的身上，好疼！

“……”世界上怎么会有这么笨的人？

如笙的俊颜上终于浮现出一抹少见的笑，少见温和地问：“你没事吧？”

“没……没事。”轻晚捂着鼻子，虽然疼得眼泪都出来了，她依旧强迫地将它挤回去，接着，她便看见——

天啊，她该不会是被撞傻了吧？她竟然看见范如笙的嘴角微微地上扬，他是在笑吗？笑她吗？轻晚心里没恼反而很开心，如果能多看几次他的笑容多好啊，那样的话她宁愿多撞几次鼻子。幽王为博褒姒一笑点烽火，那她也愿意撞鼻子只为博得如笙一笑。

“范如笙，你是在笑吗？”大概是被他的笑迷傻了，她情不自禁地问出了口。

范如笙一愣，收敛起了笑容，早就觉得这个女生脑子有毛病，他瞪了他一眼，转身就要走。

轻晚自知自己说错了话，急忙追了上去：“抱歉抱歉，我不是故意要这么问的，你千万不要生气。”

如笙不理他，径自加快脚步，只希望尽早把她送回去。茉落今天好不容易来一趟，如萧又跟着妈去教堂做礼拜了，他不想把她一个人丢在家里。

轻晚自然不知道如笙心里在想些什么，以为他在生气，忙跟上他的脚步，仰着头瞅着他，尽量让自己的微笑看起来很自然：“你不要生气，我讲笑话给你听好不好？”

“……”

看见他没有反应，她就当他同意了。心里窃喜自己以前听过很多笑话，随口就可以掰一个：“一只大象问骆驼：你的胸胸怎么长在背上？骆驼说：死远点，我不和鸡鸡长在脸上的东西讲话！蛇在旁边听了大象和骆驼的对话后一阵狂笑。大象扭头对蛇说：笑个屁！你个脸长在鸡鸡上的，没资历！”

她笑话刚讲完，如笙就倏地停住了脚步，这次她没有做好准备，硬生生撞了上去，鼻子又遭罪了，疼得她鼻血都要出来了，可是她还是捂着忍着，却也没见如笙脸上扬起的第二个笑脸。那张俊脸上浮现的竟是窘迫的神情：“宋轻晚，你究竟是不是女生，竟连这样的笑话都说得出口。”

她茫然地看着他，不知道自己说错了什么。

如笙抿着唇不再说什么，轻晚也没了什么心情，低头跟在他身后走着。在他的面前，她总是做什么错什么，说什么错什么。

Part4

两人沉默地走了一段路就到了公交车站台。

她终于抬起头，闷声说：“你送我到这里就好了，我可以自己回去……谢谢你送我。”

范如笙看了他一眼，没有说什么。这个站是终点站也是起点站，只要直接坐上公交车就可以了，他率先走上车子，轻晚本以为他还要继续送她，没想到他只是在车上投了两个硬币，然后就走了下来。

她看着他，也不知道该说些什么，依照平常的经验还是闭上嘴巴比较好。

“谢谢你，我走了……”她朝他挤出一个微笑，转身朝公交车上走去。里面很空荡，她找了一个靠窗的位置坐下，再次朝窗外的看去时，外面空荡荡的，仿佛那抹身影从一开始就没有在那里。

公交车缓缓开始行驶，她看见了在人行道上小步跑步的范如笙，白色的毛衣在黑夜里很显眼，夜风吹动他额前的碎发，他的眼睛直视着前方，唇角微微地勾起。这是她第二次看见他的笑，仿佛前方有他期待的什么。只是公交车没有给她太多时间，视线所及的是不断倒退的建筑，和倒退着再也看不见的他。

收回视线，轻晚看着冬日里朦胧的玻璃窗，就像她朦胧不清的心情——要坚持不容易，想要放弃却似乎更难。

轻晚回到寝室的时候，里面只有苏艺和徐分两个人各自玩着自己的电脑，陈娇娇和男朋友约会还没回来。

她低头失落地走进去，一路上心情都沉闷得很。

苏艺看《笑傲江湖》正看得津津有味，看见她进来便叫上她一起看。轻晚知道她最喜欢令狐冲了，经常在她面前乐滋滋地评价，令狐冲性格的可爱是金庸笔下人物之最，他比杨过多了几分随意，比韦小宝多了几分气派，比乔峰多了几分潇洒。

轻晚对令狐冲的感情一般，相比较她更喜欢杨过。

搬了凳子坐她身边看，电视正放到了令狐冲受重伤被任盈盈所救的那段，他说：“我本来就没名誉，管他旁人说甚短长？婆婆，你待我极好，令狐冲可不是不知好歹之人。你此刻身受重伤，我倘若舍你而去，还算是人么？婆婆，你待我这么好，就算世上再没别人喜欢我，也……也没有什么。”

苏艺感动得稀里哗啦的，直拉着她的胳膊怪叫道：“我这辈子一定要嫁给像令狐冲这样的男人，简直是我的偶像。”

轻晚回她：“找老公一定不能找偶像型的，因为太喜欢太崇拜了，所以每次说话都要小心翼翼生怕他不高兴，这样的婚姻肯定不会幸福，倒不如永远放在心里供着养着崇拜着的好。”

苏艺被她说得一愣，扭过头去盯着她，心里估计这小妞今天又受了什么打击，而能把她打击成这样的，除了范如笙找不到第二个人。

她也不打算安慰她了，好话都说尽了，是她自己不听硬要送上去给别人欺负的，她再管就八婆了不是。

“照你这么说，是不是想开了打算明天就去辞职啊？我还以为你在店里做得很开心呢。”

轻晚幽幽地看了她一眼，嘴巴一瘪：“我完了。”她颓败地说，“我偏偏就属于那种明知道前面是墙还要一头撞死，不撞死不罢休的人。小艺，我中了如笙毒了，即使看见他有喜欢的人了，我还是放弃不了。”

“你是说范如笙有喜欢的人了？”怎么可能？这么重要的消息她怎么可能从来没有听说过？

“嗯，我今天看见了。如笙看她的眼神，就像我看他一样，那种……反正那种眼神我形容不来，但是我知道那代表喜欢。”

苏艺还是不相信：“大冰块会有喜欢的人？那女生该不会是第二代冰块吧？否则怎么忍受得了大冰块当男朋友。”

轻晚摇头：“她一点也不冰，反而很开朗很热情。”

“那不是跟冰块刚好相反？”冰块是苏艺给范如笙取的外号，在她看来，要是跟一个人梁子结大了还不可以报复的情况下，最好的方式就是在背地里给他取外号诅咒他。她已经好几次在梦里梦见范如笙在她的“冰块冰块”咒语下当真变成了冰块，还被扛回了南极，他该待的地方，“她叫什么名字啊？我们学校的吗？长得怎么样？有多高？三围多少？……”

轻晚白她一眼：“小艺，我现在一点都没有心情开玩笑。”

“谁在跟你开玩笑！”苏艺很正经地说，“我问的可都是很正常的问题好不好，在遇见情敌的情况下，当然要了解她的情况，你没有听过知己知彼百战不殆吗？”

“这个话题很没营养。”轻晚撇撇嘴，“只是我猜测的，如果可以，没有听见范如笙亲口承认，我就当作什么事情都不知道。”

“……”

Part5

“我知道你会说我自作多情自作自受，可是我真的很喜欢他，从来就没有一个人可以像他那样吸引我。你有过那种感觉吗？就是每个晚上都会想起他，每天上课的时候都期待窗口会出现他的影子。故意每天都很晚很晚去食堂，只因为想要碰见习惯冷清所以很晚才吃饭的他。好期盼每个双休日，在星期五的晚上我经常都会睡不着觉，会想着明天跟他能不能说上两句话，或者明天我早一点去也许能跟他单独相处几分钟。小艺，我也不知道自己为什么会这么喜欢他，就连看着他的背影都觉得是一种幸福。如果我辞职不干了，我怕我遇见他的机会就几乎为零了。”

苏艺安静地听着她把话讲完，心里感叹有时候女人太深情也不一定是件好事，到头来遍体鳞伤的还是自己，她感叹地说：“我突然想起了一句话，一见杨过误终身。轻晚，喜欢一个人，真的会卑微到尘埃里吗……杨过那么好，喜欢她的女人那么多，但是他只执着于小龙女，所以我更喜欢的是令狐冲，他爱上小师妹，但是也爱上了任盈盈。”

令狐冲么？轻晚勾勾唇角，怎么看范如笙和令狐冲都挨不到边。不过她想，令狐冲虽然没有范如笙那么冷，但是一开始他爱上的也是他的小师妹，但终究小师妹爱的不是他，最后还不是和任大小姐在梅庄喜结连理么？轻晚突然很崇拜某个品牌代言的那句“一切皆有可能”，因为努力过，所以任大小姐得到了爱情。她不是一个信命的人，她就不信凭着她自己的努力接近不了范如笙那颗零摄氏度的心脏，大不了每天抱着一个暖壶窝在怀里给自己加温！

又是一个周末，轻晚和往常一样在西餐厅里忙了一天，虽然依旧没有机会跟范如笙说上话，但是就像她说的，只要能跟他待在同一个屋檐下，就连空气都是永远保持新鲜的。

晚上在苏艺的硬拉下，她们来到了范如笙回家必经的那条巷子，冬天的天暗得特别地早，她们找了一个隐蔽的地方躲了起来，苏艺在一旁冷得直跺脚，她身边的轻晚更是眉毛都要挤在一起了，她的小脸皱成一个包子：“小艺，我们这样做真的好吗？要是被范如笙知道了，一定会生气的。”

“只要是你做的事，他什么时候没生气了？”苏艺没好气地说，“况且，不这样我们怎么可以调查出那女的究竟是谁啊？据我可靠消息爆料，她绝对不是我们学校的。”

“可是……”

“你就别可是了，我们都选了最隐蔽的角落躲着了，范如笙他又不是神，有透视眼。何况就他那高傲的性格，根本就不会对路人看上一眼的。你就别担心了。”

轻晚沉默了半晌没有说话，苏艺以为她还在担心什么，刚想说话，就听她传来幽幽的一句话：“小艺，你对我真好。”

苏艺一愣，没想到她会这么说，一向粗线条的她也有些不好意思了，嘿嘿地笑说：“那是啊，不然好朋友就是假的啦！”

一面见时间还早，一面是为了驱除冷意，苏艺顺便找了个话题来聊：“你知道吗？学校里的那些男生都在打赌，赌你跟范如笙最后能不能在一起。”

轻晚抬眸，带着疑问看着她。

“男生本来就很无聊的。但是这也不能怪他们，一个是才子，一个是校花，再凑成一个校花倒追才子，你们的身份够招摇的了。大学本来就乏味，这样的事情都成了他们茶余饭后的娱乐了。”

“我也不想这样的。”轻晚埋头懊恼道，“我从来就没有喜欢过人，只会用这种笨拙的方式。”

“难道你没有想过，如果到最后你真的追不上他怎么办？已经有一年的时间了，你们之间并没有任何进展。难道大学四年的时间你都要耗在他身上么？”

经她这么一说，轻晚才发现自己从来都没有想过这个问题。在她的心里，跟范如笙在同一个西餐厅工作，已经成了一种习惯，好像这已经是一件理所当然的事情。从来就没有想过如果最后他真的一点都不喜欢她，她该怎么办。

“糟了。”就在她呆想的时候，苏艺怪叫了一声。

“怎么了？”

“忽然肚子痛了起来，郁闷！”苏艺郁闷地说，“什么时候痛不好偏偏这个时候，轻晚啊，我看范如笙也不会这么快就回来，我先去上个厕所，你在这里等我啊！”

一句话说完，也不等别人反应，苏艺那双长腿跑得比兔子还快地走了。

轻晚看着她的背影不禁好笑，同时又很羡慕地想，如果她的性格也像小艺那样该有多好，也许现在就不会这么难过了。换成小艺，若是碰到喜欢的人应该会比她更大胆一点吧？

可她不知道的是，在喜欢的人面前，每个人都是个胆小鬼。

Part6

前方传来了脚步的声音和塑料袋跟地面摩擦的声音。轻晚将神思收回，转眸向前方望去。一个佝偻着背的妇人左手拿着几块纸板，右手正艰难地拖动着一个巨大的塑料袋，不知道里面装了些什么。她穿着一件打了很多补丁的棉袄，因为驼背的关系看起来整个人更像一团球。妇人的面容看起来很慈祥，有一点亲切的感觉。

妇人的动作看起来艰难极了，手也许是因为冻僵的关系，没了多少力气，最终那笨重的塑料袋掉到了地上，然而就在这时，不知道从哪里蹿出来一个人影，动作迅速地将地上的那袋塑料袋飞快地拖走。妇人一惊，急忙转过身追了上去，口里还喊道，“哎……小痞子，你给我站住。”

那身影跑得很快，边跑边说：“老太婆，你就快死了，捡的那些垃圾也卖不到多少钱，还不如给我的好……”说完影子拐了一个弯便不见了。

妇人身体一个不稳跌坐在了地上气喘吁吁，刚才拿东西已经费了她好多力气。她的动作越来越不利索了，好不容易捡了一天的东西就这样被别人抢走了。

妇人坐在地上歇着气，刚才跑得太急，脚扭伤了，她得快点回去，不然被如笙知道了又要替她担心了。

就在她艰难地准备站起来的时候，双臂被人温柔地搀扶住。

“阿姨，你没事吧？”

轻晚担心地问道，刚才的一切她都看在眼底，现在的人真是越来越没道德了，竟然对一个老人家那么粗鲁！

妇人站起来，喘息了几口气，憨厚地道谢：“小姑娘，谢谢你啊！”她不着痕迹地抽出自己的手，与轻晚隔着一段距离，正常人一般都不愿意跟她这个老太婆靠得太近的。再加上她刚刚从垃圾场回来，弄脏了别人的衣服就不好了。

轻晚自然没发觉，还在一旁甜甜地微笑：“阿姨，你家住哪里？我送你回去吧？”

妇人连摆摆手：“不用不用，我再走几步就到家了。小姑娘你也快回家吧，这么晚一个人在外面不安全的。”

“没关系的，阿姨你放心，她有我保护呢！”一个大大咧咧的声音传来，两人同时回头，是不知道站在后面多久的苏艺。

上完厕所后的苏艺小跑了过来，十分热情地扶着那妇人，笑道：“阿姨，让我们送你回去吧！上幼儿园的时候老师就经常教导我们要尊老爱幼。你可不能打破老师在我们脑海里留下的深刻信念。”

妇人愣了愣，接着竟笑了起来："呵呵，你这孩子，真逗。"

"嘻嘻。"苏艺笑得可乐了，像找到了组织一样："阿姨也认同我的说法是不是？那就不要再拒绝我们的好意啦。"

"好好好。"妇人大概是无奈了，和蔼地笑，"只要你们不嫌弃我这一身脏就行了。"

"怎么会？"轻晚走到她的另一边，"您看起来就像是我们的长辈一样，阿姨，我们快些走吧，天气很冷，你看你的手都冰凉冰凉的。"

妇人也没再拒绝，大概是第一次碰见这么热心肠的人，况且她的脚是真的扭到了，笑了笑便由着她们搀扶着。

三人刚要走，一个声音便传来："妈！"

轻晚背脊瞬间僵硬。

第七章
你让全宇宙失眠

Part1

苏艺最先转过身，瞧见依旧是步伐沉稳走过来的男生，嘴巴先是大到可以塞下两个鸡蛋，然后对着一旁的妇人迟疑地开口：“妈？”

范如笙见到她们俩的最先反应就是眉头一蹙，语气颇为冷漠：“你们怎么会在这里？”

“我们是等……”苏艺连忙闭嘴，差点把今天守株待兔的目的说了出来，瞥了一旁的轻晚，她正呆呆地望着自己，没回魂呢！

倒是妇人先有了反应：“如笙，她们是你的同学吗？”

范如笙怔了怔，还是没回答，走到自己母亲身边，眉头拧成一根解不开的绳子：“妈，你又去垃圾站了？我不是叫你不要去捡了么？你怎么总是不听！”

妇人笑着安慰他：“今天如萧去学校了，我一个人没事，我就想，闲着也是闲着……如笙，你别生气，我以后不去了。”

范如笙抿着双唇，点头说：“我们回去。”

“那她们呢？”妇人说的是轻晚和苏艺，“你的同学来找你肯定是有什么事吧？要不你们先进屋再聊？不过我们家有些简陋，希望你们别介意才是。”

“不用了。”还未等被邀请者开口，邀请人的儿子就出口拒绝，“妈，你先回去，我跟她们在这里说清楚。”

“可是……”

“阿姨，要不然我先送你回去吧？”

苏艺自告奋勇跳出来，把空间留给两人。

“这……不用了……”

“用的用的！”苏艺很坚持，和范母几乎是半推半就地离开。

远远地还能听见苏艺的声音：“阿姨，我叫苏艺，是范如笙的同学，以后我们可以经常来你们家里玩吗？……怎么会？我们才不会介意，您不要把我们想得太娇贵啦，我们也只是普通人家的小孩……”

苏艺和范母走了之后，空荡荡的小巷里只剩下轻晚和如笙两人，偶尔有冷风呼啸吹过，轻晚本就觉得冷，再加上面前一个大冰块，更冷！轻晚忍不住打了个寒战，她低着头，双眸直愣愣地看着自己的鞋尖，等着他训人。

半晌，才听见他开口：“你究竟想怎样？”

好像从她开始纠缠他起，他就一直在问这个问题——你究竟想怎样？究竟想怎样啊？

其实她并没想怎样啊……就是想要追到他而已。

见她低垂着头一副比他更委屈的样子，范如笙简直想吐血：“不烦死我，你不甘心是不是？”

她无话可说，她也承认自己很烦人，追人追到人家家里去了，是挺烦的！他应该算是脾气好的吧？要是换成脾气不好的人说不定早就拿刀出来砍人了。

她也学乖了，在他训人的时候最好不说话，说不定他说了一会儿便会消气了呢。

但是一分钟过去了，他都没说话。

她忍不住偷偷地小心翼翼地抬眼去看他，正巧对上他无言看自己的眼神，她赶紧心虚地垂下头，继续望着自己的鞋尖。

最终，如笙不得不叹了口气：“算我上辈子欠了你吧！”

轻晚呆在原地，忍住心脏受创的感觉，呆呆地说：“对不起……”

再待下去也是丢人现眼吧？

她咬着唇，转身没头没脑地跑。

鼻尖开始酸涩，她吸了吸鼻子，不断告诉自己，没事，她没事。

Part2

可是……还是很难过，一颗心就像被谁的手揪住，难道这就是心痛的感觉么？

轻晚闭着眼睛，世界一片黑暗，死命地往前跑，仿佛要甩掉的不是呼啸而过的风，而是他冷漠无情的话。

不远处，一辆摩托车飞速而来的声音在寂静的黑夜中特别明显，但是她已经什么都听不到了。

一个有力的臂弯将她拉进怀里，隐隐地听见什么东西与摩托撞击的声音，然后是摩托车更加飞快地离开的声音。

接着，闷闷的一声呻吟传入耳膜。

轻晚立刻抬起头，瞧见范如笙在黑暗里紧皱着眉头。

“血！”她惊呼，“范如笙你怎么了？你伤到了哪里？不要吓我。”

范如笙没心思理会她，他试图动一动痛得麻痹的手臂。直钻到骨子里的痛楚，让他的额际很快便飚出冷汗，看这情况，估计是骨头错位了。

“你受伤了！”轻晚惊叫，“医院，我们快去医院。”

“我没事，不必去看医生。”他自己就是学医的，“这么晚了，你回去吧。”他说完，转身就往回家的方向走。

轻晚却不让，她两手一横，挡在他面前，与以往不同的是这一次她的神情特别地坚决：“跟我去医院！”

他蹙眉：“我说没——”

“去了医院，只要医生说没事，我就不会再缠着你了！”

看清她眼底的坚决，如笙心中泛起莫名情绪，这个女孩，怎么总对他这么执着，值得吗？

他沉默，最终妥协。

轻晚却误会了他的意思，以为他当真是因为他听见自己说不缠着他，才答应得这么爽快的。

小小的心脏，又疼了一下。

和白天不同，夜晚的医院显得特别的安静。

到了大厅里，领了挂号单，她一面填写，一面问他资料。当知道他的生日是十二月三日的时候，她着实吃惊了不小。

他的生日竟跟自己是同一天？这算什么？缘分么？

她苦笑了笑，换成以前她一定会这么认为，只是现在……

她晃了晃脑袋，找回理智，花了几分钟填完挂号单，直接领着他去见医生。

“我扶你吧！”她好心地说，惯然地伸手——

“不用。”他依旧淡漠地拒绝。

轻晚习惯地咬唇，没说什么。

幸亏是在晚上，几乎没人看病。

医生坐在椅子里眯着眼几乎要打瞌睡了，看见有病人来，睁开眼睛，再瞧见是个看起来挺严重的伤患，眼睛睁得更大了，好像在告诉别人，总算是有事做了，还是个大事！

“范如笙？”医生随着病历表，语气颇感惊讶。

如笙轻点了点头。

没想到那医生竟笑了笑：“果然是一表人才，H大医学系高材生，我女儿经常提起你的名字。”

如笙只是轻笑了笑，并没太大的反应。

倒是一旁的轻晚满脸着急，问：“医生，他怎么样了？伤得重不重？有没有事？”

医生示意他将手搁在桌子的垫子上，认真检查了起来。

Part3

轻晚眼睁睁地看着医生抓着如笙的手臂看了看，随后骨头咔嚓一声响，不用想，光凭声音就能感受到疼痛。轻晚同情地看过去，但见如笙眉头皱得死紧，额际都冒出隐隐的汗珠。

一定很痛吧？她在心里想，小的时候她因为从滑梯上摔下来，也扭断过手，接骨头的时候痛得她大哭了一场，至今她还能记得那种痛。

将骨头接回原位，医生接过护士拿来的药和绷带，一边亲自帮他上药，一边笑看着轻晚：“你怎么看起来比他还痛？”

“啊？”轻晚回过神，顺着医生的眼光看去，才见自己竟在无意识中将衣袖拧得跟皱坏了的抹布一样。

她呵呵地笑，关切地问：“他没事了吗？”

“嗯，上完药，将手用架子固定几天就好了。”医生边上药边说，“范同学不错，接骨头的时候哼都不哼一声，我以前治过很多人，连中年人都会忍不住冒出眼泪呢。”

如笙嘴角微勾了勾。

轻晚问：“那要多久才会好呢？”她没忘记如笙一天有好多兼职。

“差不多两周左右，如果好好休养的话，会好得更快。”

“那平常要吃什么对手的恢复更好呢？”

“呵呵。”医生忍不住轻笑了笑，“其实这样的伤不算太严重，吃一般健康人的日常饮食，选用多品种、富有各种营养的饮食就可以了。”

“哦。”轻晚点点头，将医生说的话都记在心里。

“还有就是每过五天来上一次药。”说话的同时医生已经将如笙的手臂用纱布包扎好了。她赶紧上前拿过他脱下的外套帮他披上。

医生看她的举动，好笑道：“你就是宋轻晚吧？”

“啊？”轻晚诧异地看着那医生，“你怎么知道我的名字？”

医生神秘地笑笑。

轻晚问：“该不会又是你女儿跟你说的吧？”

医生挑眉。

对于两人的对话，范如笙根本没兴趣，淡然却不失礼地对医生说了声谢谢便起身离开。

“如笙！”匆匆跟医生道了谢，轻晚快步追了出去，“你等等我。”

如笙站住脚步，瞥了她一眼：“我没事了，你可以回去了。”

“我送你回去吧？”

“不用。”

“可是——”

“我说不用！”他忽然抬高的声音吓了她一大跳，她睁着偌大的眸子诧异地望着他。

如笙自知自己失态，抛下一句：“你朋友来了。”转身便离开。

这一次她没有跟上去，只是呆呆地看着他挺拔的背影，苦涩在心中蔓延。

一只手搭在她肩膀上，叹了一口气：“我们回去吧。”

轻晚转过身，竟是苏艺，愣了愣，朝她微微一笑：“你怎么知道我在这里？”

"听到你们被车撞我就一路跟来了，在这里等了你们老半天……"苏艺解释道，突然话锋一转，"轻晚，你别笑了!"

"……"

"你都不知道，你现在笑起来比哭还难看。"

Part4

第二天清晨，轻晚来得出乎意料地早。

如笙远远地就看见了她，穿着白色的羽绒衣，戴着白色的帽子和白色的手套，笼罩在清晨的薄雾里，给人的感觉就是一团白。

似乎是很冷，她站在原地直跺脚，白皙的脸上染上了薄薄的红晕，是被冻着的关系。

他情不自禁地停住步伐，远远地看着她。

起初本以为她做这份工作只是三分钟的热度，但是几个月过去了，她天天报到，双休日的时候比谁都来得早，往往他是第一个进门，没过几分钟便可以看见她跟进来的身影。

一个娇生惯养的小姐变成对洗碗、端盘子已经熟能生巧的服务员，从来都没有喊过累，也不再会跟他出乱子，总是一个转身，便见她站在那，挂着一张笑脸。

他没想过她会如此认真，从她的举止外表，和身边不经意的传闻都可以知道她出身良好。现在这样的社会，一般的家庭都把自己的孩子当成掌上明珠，大多数孩子都没吃过苦。他以前甚至还讽刺过她，但是她总是不气馁，细嫩的手上有洗盘子时不小心的划伤，也有端盘子的时候不小心的烫伤痕迹，可是她却不像普通女生一样夸张地尖叫，无论什么事情，她总是抢着做，也应付自如。

有这样一个女生在身边，说不感动，怎么可能?

他范如笙不是铁石心肠，只是她要的东西，他给不起。

既然给不起，又何必给别人希望?

神思恍惚间，便见她转过身来，看见了他，眼神里先是掠过一抹诧异，接着依旧露出一抹笑意。

如笙别扭地转过视线，走到店门口，掏出钥匙开门。

"我来我来!"

她热情地走上前，一把夺过他的钥匙，手脚利落地开门。

也就是说，她这么早在这里实际上是为了帮他开门？因为他的手现在不方便？

“如笙？你怎么不进来？”

拉回恍惚的心神，他将目光由她的身影上收回，径自走到里间去换员工服。

如果说别人眼中的范如笙都是无所不能的高智商人才，那么人才也是人，也会遇到做不了的事情吧？就比如现在——

如笙瞪着自己被吊着的左手，再瞪着一旁被揉成一团的工作服，不过手受伤，怎么穿个衣服都这么困难？

身后传来轻微的响声，他回头，只见一双乌溜溜的大眼睛无辜地瞅着他，似乎没想到他会突然回头，胆怯地问：“要我帮忙吗？”

“……”

他沉默无语，只是径自盯着她。

轻晚自知无趣，耸耸肩膀：“我只是随便问问。”

她转身识相地离开，身后低沉的声音响起：“如果不麻烦的话。”

她背影一僵，几乎是立刻跑过去，原本忧愁的脸一下子就阳光灿烂了起来：“不麻烦不麻烦！”

她拾起桌子上的衣服，先将他脖子上的纱布取下来，接着小心翼翼地替他把左手穿进去。第一次离得他那么近，她呼吸都谨慎至极。

只是一个穿衣服的过程，她的脸红得滴血，连头都不敢抬起来。

直到一切都结束后——

“我、我先出去了。”她结结巴巴地说完，跟逃难一样地出去。

“谢谢。”

低沉的声音让她脚步一顿，她深呼吸一口气，转过身，朝他露出一个大大的微笑：“不客气。”

说完，迅速离开，就差没有把前面的两只手放下来帮忙跑。

Part5

今天因为是双休日，中午客人不是很多，晚上倒是和往常一样的忙碌。原本范如笙的左手受伤应该休息的，经理也说放他假，可是他说什么都不愿意，硬要带伤工作，于是西餐厅里便可以经常看见这一幕——

范如笙刚要端起一个只放了一盘蛋炒饭的托盘。

“我来我来。”动作比声音更迅速地抢过他手中的托盘，轻晚朝他露出一个微笑，看了看盘子上的牌子，乐颠颠地向三号包厢跑去。

刚端着盘子返回来，又有一道菜从厨房里送出来，这一次，如笙连盘子都没碰到，就被她抢先：“五号包厢是不是？我来就好了。”

如笙就这样眼睁睁地看着自己的事再一次被抢走。

这已经是今天的第几次了？连他自己都数不清了。

送完餐回来的曹洲暧昧地朝他眨眨眼：“这年头这么好的女生打着灯笼都找不到了，真是难得，可以娶来当老婆了！”

对于他的调侃，他完全当作是耳边风，连眉毛都没挑一下。

曹洲撇撇嘴：“啧，学医的，和尸体面对久了，都快没表情了，为什么那些女生会看上你？真是有眼无珠。”

范如笙白了他一眼，不屑回答这种没营养的问题，转身到员工室去了。

曹洲在后面哼哼叽叽，不知道在嘀咕着什么，刚要去厨房就看见门口大摇大摆走进来的苏艺。

“啊，美女的同学，你是来找美女的？”

苏艺一脚踩在他鞋子上，听着他鬼叫一声，抛给他一个“活该”的眼神：“什么叫美女的同学？我不美吗？啊？”

果然每个女人在这方面都一样，他曾经听某个哥们说过，女人要是听见别人说她不美，比欠了她钱还恐怖，欠了钱那是恨不得一刀把你捅了才好，说她不美，那却不是一刀两刀捅完就能消气的。

“你美你美。”曹洲赶紧拍马屁，“美女，你是我见过世界上最美的美女了！”真不知道轻晚同学那么温柔，怎么会有一个这么泼辣的好朋友。

斜眼瞧见轻晚正向这边走来，曹洲连忙找机会闪人。

“小艺，你今天来得好早！”轻晚跑过来笑着向她打招呼。

“闲着也是闲着。”将包包随手一搁，递出保温瓶：“你要的汤。”

“谢谢！”轻晚感激地接过，昨天她还在抱怨寝室限制用电不能做汤，没想到今天苏艺回家竟帮她煲好了带了过来，“真的谢谢你。”

苏艺抖了抖身子："客气什么。你可别以为这是我做的，晚饭的时候我妈刚好煲了排骨汤，我就顺便带来了。我可是看在你的面子上才带过来给那个不知好歹的家伙享用的！"

轻晚捂嘴笑了笑："我知道小艺最好了！"

苏艺也笑了起来："行了，我还有事得先回寝室了，我看你也迫不及待地想要把汤送给你的心上人吧？我这人很识相的，就不打扰了。"

轻晚脸红了红："你别把我说得好像很重色轻友的样子。"

"难道不是么？"

"……"

看着她害羞的样子，苏艺觉得特逗。

"哈哈哈……好了不逗你了，我真的先走了哈！"

"嗯，那我送送你。"

"不用了，你忙吧。"苏艺摆摆手，"我走了。"

Part6

轻晚抱着保温瓶就像抱着自己的孩子一样小心翼翼。

和经理打了一声招呼，她走进员工室，窗外的天已全暗，里面开了灯，一进门便看见了趴在桌子上闭着眼睛的如笙，眉宇间皱着淡淡的川字纹。

范如笙本想进来休息一下的，早上的时候头就有些昏昏沉沉，应该是感冒的预兆，在里面坐了一会儿，眼睛就像黏合起来一般，只能沉沉地睡去。

他不知道自己半昏半醒地睡了多久，隐约从鼻尖传来一股排骨汤的清淡香气。

肚子立刻叽里咕噜地叫起来，眼皮更是千斤重，睁眼都变成了一件极其困难的事情。

意识模糊中，他知道大概是因为受伤引发的高烧……

有一只温暖的手按在他的额头上，不一会儿，他的身子被扶起，由动作可以感觉到那人的小心。那人扶他平躺在长方形的椅子上，接着，额头传来湿凉的触觉，他涨痛的脑袋稍稍感到一丝冰爽。

耳边传来一个温柔的声音："如笙？来，喝一点汤。"

接着，一股异样的香气传进鼻尖，肚子更加激烈地叫了起来。

半昏迷状态的他张嘴，把汤喝了下去。

轻晚细心地用纸巾替他擦拭嘴角，细细地打量着他。病了的如笙看起来很温柔，紧闭的双眼退去了平常的睿智和冷漠，使人亲近了几分，他的脸色看起来差极了，这个人啊，就算病成这样了都默默地放在心里，不说出来，他从小到大，究竟吃了多少苦?

轻晚在心里长叹了一声，却是窃喜的，也有一点感谢他的病，让她有一次亲近他的机会。

慢慢地喂他喝完了一碗排骨汤，她站起身，刚想要出去帮他买药，想了想，将碗先放下，脱下自己的羽绒衣盖在了他的身上。

感冒的人一般都很怕冷吧？她记得自己感冒的时候就是这样。

走出门，轻轻地将员工室的门关了起来。

此时，是西餐厅最忙碌的时候，大家都忙着做事，无暇顾及这里。反正她刚才跟经理请过假，也幸好街对面就有个大药店，她穿着毛衣便跑出了西餐厅。

刚走到外面，她便冷不丁地打了个哆嗦。

真冷啊！牙齿都被冻得直打颤，见绿灯了，她才跑到马路对面去。

回来的时候，大家依旧在忙。

她走进员工室里，倒了杯水，在长椅边蹲下，轻抚他的额，欣喜地感觉热度似乎低了些，脸也没有方才那么红了。

大概是因为开了暖气再加上她的羽绒衣的作用。

“如笙，来，吃药了。”

她柔声道。

睡梦中的人仍然迷迷糊糊地张口，把药和水咽了下去。

朦胧中的如笙始终感觉有双温暖的手，一直在他的左右，时不时地轻抚他的脸颊和额头，那温柔的感触，让他觉得舒适极了……

“茉落……”他闭着眼睛，无意识地低唤。

轻晚怔了一下，嘴角勾起一抹苦笑。

“好好休息，我会一直在这里陪你。”她在他耳边轻语。

椅子上的人再度沉沉睡去。

轻晚凝视着他的睡颜发怔，不知道在想些什么。

Part7

半夜西餐厅打烊了，经理先离开了，其他的员工也陆续地走了。

曹洲半掩着门，伸出半个脑袋，朝轻晚道："小师妹，真的不要我留下来么?"

"真的不用啦。"轻晚轻轻告诉他，"我一个在这里就好了。"

"那好，那我先回去了。"

见她点头，他缩了回去轻轻地阖上了门。心想，如笙这小子还要执迷不悔那真该要被雷劈，如果他有一个这么好的女生在追自己，就算出门会撞车，走路会掉水坑，他都要好好珍惜。

"喂……师兄，你等等。"他转身，是轻晚。

"怎么了?"

"我是想拜托你明天能不能早点过来，差不多四五点的样子?"

"……"曹洲想了想，点头，"OK，没问题。"

轻晚的眼睛又笑成一条缝："谢谢你。"

"不客气。"曹洲说，"那我真走了。"

"好的！再见!"

"拜。"

走回员工室，她轻轻地走回椅子边，坐下，他没被惊动，显然睡得极熟。

为什么她会如此迷恋他？她不止一次在心里问过自己，是因为小时候他被别的小孩欺负时倔强的眼神，还是在她好心地想要扶起他时，他盯着她的小手时冷漠的眼神，抑或是他对自己妹妹露出的温柔眼神？那个时候她才知道他也会有温柔的时候。

那么遥远的记忆如今依然印象很深刻，然而对于他来说，她只不过是他生命旅程中毫不起眼的过客吧?

十几年后在这家西餐厅再见到他时，他那双如同深夜中星辰般的眼眸，写满了冷傲与孤独。那是她第一次，会心疼一个人，想要陪在他身边，即使什么都不做也好。

她的手不自觉地滑上他紧皱的眉头，微微有些胆怯，然后是他稍微削瘦的脸，最后，停留在他苍白的唇上，忍不住，倾身在他唇边印上一个吻。

只是这一个动作，就让她心跳骤然加快，远比上体育课跑完八百米还要急还要乱。

宋轻晚，你镇定一点好不好！干嘛那么心虚，反正他也是睡着的，只要你不说，这一个吻谁也不会知道的！

她站起来，想要出去深呼吸一下，轻轻地打开门，轻轻地关上。

餐厅外面已是一片黑暗和寂静。她水亮的眼睛不停地眨啊眨，耳边传来的是她跳动不安的心跳声，以及那不知是从哪传来的轻唱——“我承认我爱上你的美，你让全宇宙失眠，让我爱得像流星一样地坠……”

第八章
宋轻晚，别哭！

Part1

低吟了声，脑子有片刻是空白的，睁开眼睛，他怎么还在餐厅的员工室里面？

范如笙紧皱着眉头，拼命地回想。

昨天他只是想要进来休息一下的，接着便睡着了……再后来呢？再后来是什么？

他好像做了一场好长的梦，梦里面有一双温柔的小手不断地碰触他的额头，在他耳边轻声细语，可是她说了什么？他却怎么想也想不起来了。

他闭了下眼，晃了晃脑袋，烧已经退了下去。

"如笙！你醒了！"

一道熟悉的声音从身后传来，如笙转过头，黑眸中有明显的讶异："茉落，怎么是你？"

"不然你想有谁？"茉落手上端着的是刚煮好的白粥，浓浓的，隔着老远都能闻见香味，她走进来，将门轻阖起，语气里有些责备，"你昨天一晚上没回家，伯母担心死了，后来打电话给曹洲才知道你在这里病倒了，伯母本来想过来的，可我想她身体本来就不好，就让如萧在家陪她，自己来了。"她端了粥走过来，在椅子上坐下，"来，把粥喝了吧。"

如笙神情有些恍惚，这么说，他真的只是做了一场梦？

那道声音和那抹触觉，都是他的梦？他的幻觉？他承认，自己很少出现过这样的错觉。

回过神，茉落正微笑地对他说："事先声明，这粥不是我做的，我看见厨房里有现成的，就端来喂你了。"

如笙一怔，嘴角微微地勾起："谢谢你。"

她总是温柔中带些俏皮，他喜欢看她的微笑，从她进入他生命中的那一刻起，即便是她比他大一岁，喜欢扮成姐姐的样子，但在他眼底从来没把她当成姐姐，那是一种喜欢，她没问过，他也没说过，这样就够了，对他而言，就算只是偶然的出现，也是幸福的假象。

"怎么样？味道还好吧？"茉落凑过来闻闻，"很香的样子，馋得我肚子都饿得咕咕响。"

如笙刚把送入口的勺子放下，迟疑地问："你要不要尝尝？如果你不介意的话——"

"好啊！"他话还没说完便被打断，她微笑，"你喂我？"

沉寂片响，他低哑地应道："好。"

房门被悄无声息地关上，轻晚的手指搭在门把上，其实，不是她努力得不够对吧？只是他的心里早就有了别人，所以无论她如何努力都是徒劳的，对吧？

走到店门外，外面打着寒霜，现在是凌晨四点，街上灯火依旧那么辉煌，路灯散发的光芒刺到了她的眼睛，羽绒外套上还带着他的余温和气息，让轻晚的眼睛更加涩涩的。走啊，走快一点，快离开，回去睡一觉就当是做了一场梦吧。

轻晚开始在夜晚的街道上小跑起来，任由风吹乱了长发，她不知道自己要跑去哪，只知道脑海里小小的声音提醒她快跑，催促着她的脚步，像是在进行一场没有目的的赛跑。

跑过人行道，跑到学校大道，穿过教学楼，她在拐角处撞上了汤芃。

"轻晚，你去哪里？"

汤芃大手一抓，抓住无头苍蝇似的她。

去哪里？她还能去哪里？其实她也不知道自己该去哪里，不想回寝室，只想一个人好好地静一静，想一想，面对看不见目的地的未知的结局，她还能有多少勇气坚持着走下去？

一直以为，只要努力去争取就会有结果，所以她总是坚持不懈，每一次付出时，都会想，或许是她做得还不够，或许只要再努力一点点，他就会喜欢她一点，却不知，已是努力得够多，满溢了出来，只是别人根本就没有放在心上。

“轻晚，你在哭？”汤芃讶异地问。

“没有。”她吸吸鼻子，倔强说道。

Part2

“那可能是夜晚太黑，浓雾遮住了我的眼，我看错了？”汤芃一句话化解了轻晚的倔强与尴尬。

“……”轻晚的心情很糟，但是还是忍不住轻笑出声问，“你这么早就要出去？”

“嗯，约了几个同学去山上看日出，在行政楼集合。”他笑得温文，“你要不要也一块去？”

“我也可以去？”心里是有点想去，因为不想回寝室，也因为根本就睡不着，但是想了想，还是摇摇头，“算了，我不去了，你的同学我不熟。”

“人不都是在一起时间多了才会熟悉的么？”他笑笑，薄唇勾起的时候有很浅很浅的酒窝，“走吧，来G市不看看G市最美的朝阳和全景，是很遗憾的一件事。”

是这样吗？轻晚恍然地点点头，再看一下手表，还有两个半小时宿舍的大门才会开，为了省去不必要的麻烦，她去去也无妨，而且这一年来，她跟汤芃多多少少有过些交集，算得上是朋友了吧。

“那就麻烦了！”

“不麻烦。”汤芃微笑，“能邀请到美女加盟是我们的荣幸。”他话锋一转，“我们现在先过去行政楼吧，他们大概都到齐了。”

“好。”轻晚笑着点头。

到达行政楼，十几个同学在那等着，“青春痘”最先瞅见汤芃和轻晚，朝他们跑过来，语气颇为惊讶：“啊！真的是轻晚，没想到老大约了你，竟然连我都没说。”轻晚还来不及解释，他便转头问班长也就是这次看日出的发起人：“介不介意多个人?”

汤芃和轻晚都属于特引人目光的人，早在“青春痘”往这边跑的时候，其他人就看见了他们。

班长是个个子比较高，戴着眼镜一看就是好好学生的人，忙点头：“可带家属，可带家属。”

轻晚更尴尬了，偏偏汤芃在一旁装深沉，也不解释。

待他们一走近，一帮人丝毫不客气地对着轻晚上下打量，不可否认，轻晚果然是H大闻名久远的大美人，亭亭玉立，秀雅绝俗，自有一股轻灵之气，难怪见多了美女的汤大少爷会对她如此痴心。

人都到齐了，班长负责分配单车，轻晚发现十几个人中除了自己还有其他几个女孩子，这种时候自然是女生要被照顾，骑车的都是男生，女生负责坐在单车后面。

其中有几个女生比较郁闷，原本她们在前几天就想要争坐汤大少的车，可谁会想到半路杀出一个程咬金宋轻晚，到现在谁也没了机会，只能识相搭上别的男生的车。

一行人骑车出发，昏暗的凌晨，轻晚坐在车后面，看着一行骑车的少男少女，忽然就想起以前上高中的时候，经常会听见大人们感叹，一生当中，当学生的那个年代是最幸福的时刻，无忧无虑，青春洋溢。

这时候路过的人，就会看见在宽阔的马路上，三五个女生在车后面说笑，男生在前面努力地骑车，骑车的时候还不忘记要耍耍帅，穿行的风吹鼓他们厚厚的衣裳，短短的碎发在风中翻飞，耳旁是凌晨四点的寒风，沙沙作响。

经过红绿灯停下的时候，汤芃微微地侧过头，问了一句：“冷不冷?”

轻晚摇了摇头说：“不冷。”

对面车座上的女生阴阳怪气地开口：“高中的时候大家一起去冬游，坐你车后面的时候也没听你问过一句这么贴心的话，女朋友和朋友差一个字，待遇就一个天上地下呢!”

身后有男生听见，笑着大声说了一句：“瞧瞧这话说得，罗思思同学你早上用的是冷酸灵么？酸得牙都掉了。”

接着是大家哈哈大笑的声音，原本轻晚是有些不好意思的，但见那女生并没恶意，而且大家都笑得很乐的样子，她的心情也跟着好了起来。

汤芃笑得龇牙咧嘴的："思思同学，你说我们交情多少年了，说那些肉麻的话，你不会长鸡皮疙瘩么?"

罗思思翻了个白眼："交情归交情，但再怎么说我也是个女生，关心一下会死啊。"

"好好好……那请问思思同学，你现在冷么?"说话的同时，他的眼神还装得特温柔。

罗思思受不了地打了个寒战："别说，还真冷!"

Part3

这回连轻晚也忍不住笑出声来，苏艺的朋友以及苏艺的朋友的朋友都跟她本人一样，很有趣。

身边依旧环绕着薄薄的晨雾，车子又开始向前进，看不到尽头的柏油马路无限延伸，临风的少年少女，浑身透露着青春的朝气。

路程挺远的，这些男生们平常出门都习惯了搭车，对于骑自行车也不过是兴趣而已，差不多大半个小时，原本的速度就降了下来。

罗思思瞅了一眼刚刚从身边路过的清洁车，有些郁闷地说："我们这速度，会不会还没爬到山顶，太阳就出来了？你们看，那个扫马路的车都比我们快。"

"大小姐，你是坐车的就不要抱怨了，不然换你骑，恐怕比拖拉机都快不了多少。"

"哼!"

用乌龟的速度也总算是赶上了太阳出来的那一刻。

站在G市最高的山顶上，十几个人排成一排，颇有架势。

站在这个角度，整个城市的繁华与美丽尽收眼底，让人有一种世间景色尽收眼底，遗世而独立的情怀，时间正好，远处，天地相接，金黄色的太阳渐渐出现，璀璨的光芒照亮整个天际。

"啊——"有人忍不住双臂平摊，迎风招展，大叫着，"好爽！好爽——"

接着便是第二个伸展双臂大喊的声音：“啊——”

空荡的山谷回响着接二连三的“啊——啊——啊——”

汤芃侧过头，但见轻晚双眸微眯，嘴角飞扬，风吹着她黑长的发丝，令人着迷。

“怎么样？这一趟没白来吧？”

她睁开眼睛，但是光线刺得眼睛有些睁不开：“谢谢你，我想我今天一天都会有个好心情。”

“轻晚。”汤芃忍不住喊她的名字，“其实……”

“啊？”她转头，对上他晶亮而复杂的眸，他眼神中的爱慕那么明显，让轻晚有些不敢正视。

Part4

汤芃何等聪明，怎么会看不出她的反应。“以后……”他将目光移向镶着金边的云端，道，“还可不可以找你一起看日出？”

原来是这样啊，轻晚险些从嗓子眼跳出的心恢复到原位：“当然可以。”

其实有些话不说出来，大家都可以假装什么事都没有，若是说出来，原本的感情或许会变质，在这方面，汤芃显然是聪明人。

人果然不是铁打的。

轻晚一整个晚上都没睡觉，一大早又去爬山，当她出现在西餐厅工作时，基本上困得站着都能睡着了。

幸好中午没有什么客人，小凡看她脸色不好，便让她先去休息。

轻晚坐在角落的位置上，晒着冬日的太阳，昏昏欲睡。

“美女今天好像不对劲。”曹洲忽然对范如笙如此说。

范如笙看向不远处的轻晚，问：“她怎么了？”

“哟！你也会开口问她怎么了？我还以为你会直接无视我的话呢！”

“……”

轻晚迷迷糊糊地感觉到什么东西落在面前，她抬起头望着不可能出现在自己眼前的人，逆着光，她眯着眼睛都看不清他的表情：“如笙？”

“喝点热水。”顿了顿，他又道，“如果身体不舒服就回去休息，我帮你请假。”

“不，不用了。”轻晚受宠若惊，偷偷地掐了一下自己，看下是不是困糊涂了。

他张了张口，又闭上，转身做他的事情去了。

她怔怔地看着他的背影，突然开口：“如笙。”

他顿住脚步，回头看她：“有事？”

她有些傻了，有事？她都不知道自己有什么事，叫住他要做什么。

摇摇头，半天才编出一个烂理由：“谢谢你的水。”

“不用。”

“噢。”

看着如笙离开的背影，轻晚又重新趴回了桌子上，仍旧是无精打采的样子，看着透明的玻璃杯发呆。他刚才的脸色看起来好多了，病应该好了吧？也许是因为昨天自己照顾了他一个晚上，他才难得发发善心对自己这么好的？

她不敢多想，怕自己会自作多情，不，其实她一直都在自作多情。明明都知道他有喜欢的人了，她不知道自己还在挣扎纠结于什么。

想着昨天晚上那个意外的吻，心里意外地没了甜蜜，却是苦涩洋溢，手指无意识地在玻璃杯子上一笔，两笔，写着范如笙的名字。写着写着，心情就烦躁了起来，茫然无助。

Part5

经理看着轻晚面容苍白似乎即将要昏倒的时候，赶紧打电话让苏艺来接人。

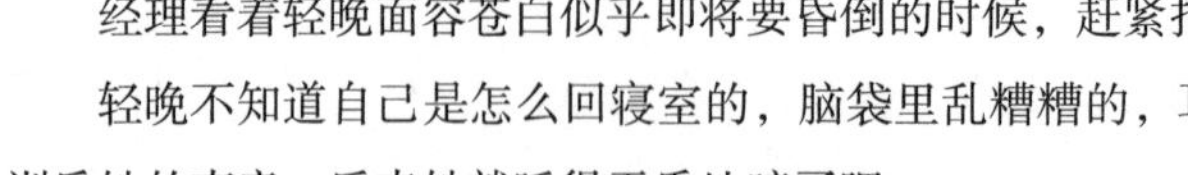

轻晚不知道自己是怎么回寝室的，脑袋里乱糟糟的，耳边还有苏艺叽里呱啦训斥她的声音，后来她就睡得天昏地暗了吧？

梦很糟糕，有个人不断地在哭，哭得撕心裂肺的，眼泪哗啦啦地流，耳边还不断传来这样的对话：

“我欠你的……下辈子……还给你吧！”

“我还以为你会说……下辈子也不想……再见到我……”

然后又是哭泣的声音，刺耳极了，仿佛要把心里的难过失望和委屈通过这样歇斯底里的哭泣宣泄出来一样。

然后又是童年的乡村，巨大的槐树和打盹的小男孩，仰望他的小女孩。

仿佛一种魔咒，她所有的记忆里面，唯独这一段异常清晰。

不知道睡了多久，感觉有人在推她，说："轻晚，你快醒醒，你在做什么梦呢？怎么哭得这么伤心？"

轻晚的意识依旧很混沌，翻个身继续熟睡，这一次梦里面没有哭声，不过侧脸上湿湿黏黏的，她不舒适极了，将枕头抽出去，继续昏昏沉沉地熟睡。

醒过来的时候天已经黑了，她坐在床上发了一会儿呆，听着陈娇娇的电脑里放着在梦中出现的煽情对白。印象里，她好像特爱看这种偶像剧，尤其是韩剧，常常能看见她一个人对着电脑笑得跟疯子似的，偶尔又哭得跟失恋了一样，刚才梦里面哭的声音应该就是出自她的电视剧吧？

她伸手摸摸自己的脸，好干燥，嘴角微微牵扯一下都会疼。

起床，刷牙洗脸，苏艺刚好端着饭盒进来，看见她起来了，道："醒得真准时，来，我给你带了饭，趁热吃了吧。"

轻晚点头接过饭盒，说了声谢谢。

苏艺坐在她对面，慢条斯理地说："吃这个饭可是有代价的。"

轻晚感到诧异，瞪着手上的饭，想了一下吃下去的危险性。

"看把你给吓得，你先吃吧。"苏艺笑道，"等下有'包子'的篮球比赛，在篮球馆，我想让你陪我去看看。"

"你知道我对这个不是很感兴趣。"她垂着头，无意识地用勺子戳着碗里的饭菜。

"你现在除了范如笙还对谁感兴趣啊？"

"……"轻晚抬头，苏艺看她的目光别有深意，她扯了扯嘴角，不知道该说什么。

"全当是陪我咯。"苏艺说，"你也可以当作是散散心。"

"我心情不好……很明显吗？"

"你觉得呢？"

轻晚有些后悔挑了个这样的话题，正想着转移话题，苏艺却笑眯眯地说：

“不过没关系，这么点小小的挫折怎么能打击到我们的宋同学？不就是一个范如笙么，丢了他一个，还有千万个在后面排队等着，我们学校别的不多，就是男人多，而且都长得不错，来日方长嘛，何况我们家轻晚长得这么漂亮，这满山的野草，还不是任由你挑？”

轻晚抿嘴笑：“说得我好像很迫不及待地想要男朋友一样。”

“可不是么？欲速则不达，我跟你说，上次听‘青春痘’讲了一个冷笑话，一只公鹿在路上跑，跑着跑着就成了高速公路。你说吧，人家‘青春痘’长得是不怎样，但是会讲笑话会养小动物，多有爱心啊，这说明这世界上又不是只有一个范如笙，你犯不着天天为了他一个人难过，影响心情。”

轻晚不由得失笑。

如果可以，她好想朝他大吼一声：范如笙！我那么喜欢你，你喜欢我一下会死啊？

Part6

轻晚跟着苏艺来到学校体育系边的篮球馆，苏艺人际关系好，早有人帮她占了位置，她拉着一脸无奈的轻晚坐到了观众席的第一排。

篮球馆爆满，每个人脸上都带着激动的神情，就连空气都像要沸腾起来一般。

篮球场上，是分别穿了蓝色和白色篮球服的两队男生。

篮球赛已经开始了十分钟，所以现场气氛很热烈。

在这样的场景中，轻晚出乎意料地看见了他，范如笙！

“怎样？是不是不再后悔跟我来这里？”苏艺的声音从旁边传来。

轻晚看过去，发现苏艺的眼神正盯着篮球场上的某个身影，她好奇地看过去，竟是汤芃。

和平常嬉笑的样子不同，球场上的汤芃认真极了，只不过苏艺看他的眼神，为什么那么熟悉，就像她在看范如笙时候的眼神，难道……

许是感觉到她的眼神，苏艺歪着头望着她，笑道：“今天是医学院对外语学院的篮球赛，范如笙偶尔也会打打篮球，这样的球赛，想必他肯定会参加，我就把你叫来了，看见心里的他的另一面，是不是更加放不下了？”

轻晚反问："那你呢？你是专程来看竹马的？"

"别乱说，我是喜欢篮球而已。"

"可是你的眼神告诉别人的可不止这个。"

"是么？"苏艺干笑一声，"我只不过觉得他像我喜欢的一个漫画人物而已，三井寿，你知道吗？汤芃投三分球的姿势和他一样漂亮。"她想了一下，又说，"你知道别人说你家男神像谁么？"

轻晚脸微红，却还是忍不住问："谁？"

"人家都说他像流川枫呢！"苏艺笑道，"《灌篮高手》都过去那么多年了，经典还留在每个人心里，我一直以为这样把人带入角色的幼稚行为在高中的时候才会有，没想到大学生也这么幼稚。我现在有点能体会我爸妈常在耳边唠叨，学生时代有多幸福了，轻晚，我们都幸福着呢，即便是你的目的最后没达成，但是过程有了，回忆有了，就够了不是？"

"其实我也不敢太奢望……"轻晚喃喃地说。

"说不奢望不过是自己欺骗自己罢了！"苏艺一语道破，她的眼神依旧看着那个穿着蓝色球衣的人，这么近的距离，轻晚第一次发现其实自己并不是很了解眼前的人。

她转头，看着球场发了一阵呆，忽然球场一阵闹腾，她还没反应过来，就看见一个篮球直直地向自己飞来，一抹身影迅速跑过来，在球将要砸过来之际，那人手轻轻一扬，那篮球似会听话一般被他整个抱在怀里，是范如笙。

Part7

整个球场安静了片刻后，爆发出一片掌声。

"啧，真帅！传说中的范如笙真不是盖的。"座位后有女生特兴奋地叫，"高材生加上运动男孩，我最期盼的就是这种人做我男友。"

"下辈子吧。"有声音不屑，"人家有心上人了，没看见刚才纯属英雄救美吗？"

苏艺别有深意地瞅了那位被英雄救了的"美人"一眼，推了推她，问："你跟范如笙之间真的什么进展都没有吗？我开始怀疑了。"

"怀疑什么？"轻晚一脸茫然。

“不要告诉我，范如笙刚才做的你没看见。”

“那不代表什么。”

“不代表什么？”苏艺说，“依着范如笙的性格肯定不会轻易帮别人挡球的，我敢肯定，他对你不一样。”

轻晚摇摇头，说：“有时候真的看不透他，他的心太扑朔迷离，像是雾里看花，什么都捉摸不住。”

突然，人群中传来一声尖叫，吓了轻晚一跳，看过去，只见范如笙被对手撞击，重重地摔倒在地板上。

轻晚倏地站起身……

Part8

倒地后的范如笙只觉得眼前一片漆黑，之前受伤的手剧烈地疼痛着，耳边是乱糟糟的声音，队员关切焦急的表情。

一切他都听得不真切。

朦胧中，他瞧见不知道何时蹲在他面前的模糊轮廓，接着便是一滴水滴落在他的脸颊上，他皱眉，意识流失前在想：宋轻晚，别哭！

这一次，帮如笙治疗左手的，还是上次那个医生，医生说他本来手恢复得很好，可能是他自身学医的关系，会照顾到自己的手，只不过这一次剧烈的运动又回到了原点。

当然，他也不忘记加上一句：“我听我女儿说，范同学是因为英雄救美所以手受伤了？”

医生的这位女儿消息还真是灵通。

轻晚在心里想着心事，趁着医生帮如笙打针的时候出去帮他买了宵夜。本来过来的时候有一帮人，可到最后知道如笙无大碍，都像商量好了一般不约而同地闪人，苏艺更是连医院门都没进，说是讨厌医院的味道。

买了宵夜回来，病房的门是虚掩着的，门缝里传来好听的女声：“受了伤还打球，你不想要手了是不是？”

"原本没料到会发生意外。"如笙的声音，依旧低沉，波澜不惊。

"什么啊，多危险。"茉落皱眉，"呐，在手伤还没好之前，不许再打篮球了，这个是警告。"

"嗯。"

"什么嗯啊，你快点答应，我要你亲口答应！"

"好，我答应你。"

轻晚转过身往回走，在拐角处碰见了一路跑来的曹洲。

"如笙没事吧？我刚接到电话就赶过来了。"

轻晚摇摇头，想了一下，把手上的宵夜递给他："你帮我送进去吧。"

"你自己怎么不进去？"曹洲好奇地问，目光越过她的头顶看向病房："走吧走吧，一起进去，既然买了就自己送进去，不然不是辜负了自己一片心意吗？"

"不。"轻晚坚持摇头，"我真不去了。"

"去吧，你不去，待会儿我走了，谁照顾他啊，你不知道人在受伤的时候特别容易感动吗？如果我是你可不会放过这么好的机会，进去吧？"

一股无名的怒气在她心里攀升，轻晚蹙眉，声音不自觉地提高："我说不去就不去了！"

"这么凶？和苏同学混久了，乖乖女的脾气都变坏了。"摇头叹息，曹洲同学的神经跟钢管似的，"我跟你说啊，男生都喜欢小鸟依人的女孩。"

轻晚猛地将手上的宵夜推在他身上，迈开步子便跑了。

曹洲一个不平衡，"哎哎哎"地好不容易拿稳了宵夜，脸都皱成了一个囧字："这女生吃炸药了？说翻脸就翻脸！"

走在回学校的路上，寒风不断地吹过耳朵，有种想要将她耳朵吹掉下来的架势。轻晚忽然觉得冬天已经这样近，风打在脸上真痛，痛得想哭，突然想起刚才如笙无可奈何的微笑，心里对茉落的嫉妒突然升到极致，因为至今，范如笙连一个笑脸都不曾给过她，那句他昏迷前说的"宋轻晚，别哭！"，其实是她伤心的时候出现的幻觉吧？

第九章
生活不是小说，不能太计较结果

Part1

离那天已经过去好几天了。

轻晚不止一次在心里告诉自己不要再陷下去，说不定随着时间的推移那不应该产生的感情便会随之忘却。

可是望着笔记本上不知不觉被自己写满的“范如笙”三个字，她在心里偷偷地鄙视自己：宋轻晚你真的没救了，你的信用早就破产了。

期待让人越来越沉迷，

谁和我一样，

等不到他的谁。

爱上你我总在学会，

寂寞的滋味。

一个人撑伞，

一个人擦泪，

一个人好累。

她趴在桌子上，听着耳机里的歌，一首很普通的流行歌曲，从中却可以听到她的心无休止地抽痛。

晃了晃脑袋，她拿起笔，想要做一下英语六级的卷子转移思绪，但没几分钟，又恹恹地想睡觉。

于是，就真的趴在桌子上睡着了。

结果，体质不怎么样的她第二天就感冒了，感冒引起发烧，最后严重到竟要去医院挂水。

“小艺，帮我去跟经理请个假吧？”

轻晚躺在床上，一脸苍白。

“我看我不只要给你请假，还应该连工作都帮你辞了。”

“小艺……”

苏艺在床边坐下，又气又无奈：“你告诉我，到底发生什么事了？从范如笙生病那个晚上起你就怪怪的，大不了就是追不上，至于这样吗？还是范如笙亲口拒绝了你？”

“不关他的事，我自己想不开。”轻晚沉默了半晌，才接着开口，“小艺，我一直没有跟你说，我认识范如笙，是很早很早的时候。”

“很早的时候？”

“嗯。”轻晚点头，“我认识他，是在五岁的时候。那年夏天我爸妈带我回老家，我就遇见了他。他就一个人蹲在那里，玩沙子，没有人陪他，那小小的身影看起来真的很孤独。或许你会笑我早熟，那个时候他便存在了我记忆里。他是我爱上的第一个人，虽然一直都是我一个人的喜欢，虽然那时我连能不能再见到他都不知道。”

“轻晚……”苏艺诧异，她本以为，轻晚只是和别的女生一样，因为范如笙出众的外表和才气才爱上他，没想到……

“我真的没有想过我会和他上同一所大学，可是凭着这么久以来的接触，很明显，他早就不记得我了。但是我还是觉得很开心，这样都能够再遇见，说明我们真的很有缘不是吗？其实有时候想想，为什么就不能悄悄地喜欢他，非得让全天下的人都知道？可是我就是那么贪心，想要接近他，因为总是看见他孤独的身影，特别想要在他身边陪着他。”说到这里，她有些难受道，“可是他一点都不喜欢我，就连做朋友都不愿意，所以我时常会怀疑，我这个人是不是特惹人讨厌？”

“傻瓜，你怎么会这么认为。”

“小艺，你说得没错，我真的奢望过或许有一天他真的能接受我，可是当我知道他可以对任何人温柔，唯独讨厌我的时候，我真的坚持不了了，小艺小艺……他有自己喜欢的人，这一次是真的了……”她的眼泪掉了下来，一滴，二滴，三滴……越来越多，最后泪流满面。

二十岁的宋轻晚没有真正经历过爱情，她不知道别人的爱情是怎么样的，那时候的她还是幼稚的，她当真相信了女追男隔层纱的话，却从未料想到自己和要追的这个男孩隔着一座泰山的距离。

在后来无数个夜晚里，她也渐渐想通一些道理。你可以喜欢他，但不能要求他给予同样的回报，正如你不能要求全世界的人都喜欢你。

感情的世界里，并不是你投入多少，就能收回多少的。

生活不是小说，不能太计较结果。

只能在受伤中变得更坚强，走好未来的路。

Part2

今天，范如笙一如既往地准时来到西餐厅门口，拿钥匙，开门，进员工室换好衣服，没有看见总是在他出来后就能看见的小身影。

没过一会儿接二连三的员工都来了，接电话，送完外卖，回来的时候依旧没见到她。

中午，到了用餐的高峰期，他和往常一样地忙碌，暂时没有心思去想。

当高峰期过后，餐厅里的员工一起坐下来吃饭时，没了人在他身边蜜蜂一样地忙碌，他终于有了些不习惯。

往常轻晚在的时候，都会把远处的好吃的都往他碗里塞，她似乎知道他只会夹面前的菜，所以帮他把好吃的都夹到他面前。

在范如笙的人生里，每一步路，大到整个人生，小到别人根本不会在乎的事情上，他都有计划。首要的任务就是将眼前的事做好，才能够去眺望明天。

他是怎么了？她不在不是正合他的意么？她能坚持到现在已经算是不错了，说不定是因为真的太累了，所以不干了？这不是很好么？又不是行军打仗，她真能精力充沛到百折不挠？尽管身边的人都说他冷漠无情，可这不就是这个世界所需要的么？他们没有经历过从小被人嘲笑到大的感觉是怎样的，不知道穷的时候他们只能吃青菜萝卜长大，更不懂他身上有多大的负担和抱负，努力想要家人过得好。

宋轻晚，一个莫名其妙闯进他世界里的人，她的单纯、善良、气质修养无一不是和他走相反的路线，就像一个富人在穷人面前显示他很有钱抑或是一个闲人在忙碌的人面前显示他有多闲。

他最反感的就是这种事情，犹记得他很小的时候遇见过一个小女孩，别人都说她是有钱人家的孩子，当他被别人欺负的时候，她伸出小手想要扶起他，他看见那双白嫩的小手，干净得好像被他这样的人一碰就会脏，于是他头也不回地走了。

他承认自己在这方面很嫉妒，为什么同一个年龄的人，有些人可以过得那么幸福，有些人却过得那么苦？他不喜欢这一类人，但是他从来都不会去招惹，可是却有人总是不断地自动上门，努力地想要在他面前表现她们有多顽固，他喜欢在她们自以为无私奉献的时候冷漠以对，看着她们眼底深深的失落，他有种报复命运不公的快感。

Part3

“今天轻晚怎么没有来？”

席间，有人不经意地问道。

“我听经理说她生病了，在校医院躺着呢！”

手一顿，如笙脑海里浮现四个字，她生病了？

“生病了？严重吗？难道是因为那天晚上所以被传染了？”

有人问：“哪天晚上？”

“就是范如笙生病的那个晚上啊，轻晚不是照顾了他一个晚上吗？第二天来的时候她的精神好差呢！”小凡说，“你们不记得了吗？最后还是经理打电话让她同学把她接回去的。”

“哦！记起来了，那有可能是被传染了。”有人朝如笙挤挤眉，“如笙，要不要去看看？再怎么说人家也是为了你才生病的。”

“对呀对呀，人在脆弱的时候最需要人贴心了，她那么喜欢你，说不定你一去，她就好得飞快。你看看这家西餐厅自从她来了以后，每个人都有活力多了，可她这么一不在了，瞧，多冷清啊？”

冷清么？他怎么不觉得。如笙不以为然，还不是一群乌鸦似的在耳边叽里呱啦吵？

他放下筷子，丢下一句“我吃饱了”起身走人。

“啧，真冷！”有人受不了打了个寒战，“轻晚真可怜，喜欢这样的人。”

“这叫个性……”也有人很花痴地看着他的背影，“我最喜欢的就是这种类型的男神。”

“受不了你，那你怎么不把他追上手？捧回家多好。”

“不行……”那人颇有经验地摇摇手指，“这样的男生只适合崇拜，不适合当男朋友。”

轻晚提早出院了，本来医生说要挂两瓶水的，可她还是偷偷跑出来。她也不喜欢医院里的味道，各种药水混在一起，闻着难受。

苏艺去上课了，她选的双学位，双休日都要补课，说好四点半来接她的，不过她得先回去才能给苏艺发信息说自己回了寝室，不然说不定她会从教室冲出来把她捆回医院去。

有时候她真的很羡慕苏艺，她性格开朗，总是什么事情都不放在心上，永远都没有烦恼的样子。有段时间，她时常会跟着苏艺一起出去玩，去结识新朋友，听他们聊天，有时候会被逗得开怀大笑。

有一次晚上被苏艺带去酒吧，这是她二十年来第一次进酒吧，比较紧张……

当时那里给她的感觉就是，很轻松很自由，那晚她第一次喝了黑啤，入口竟感觉很不错，她想原来啤酒也可以好喝，以前喝几乎都是闭着气瘪着嘴喝进去的。

后来，苏艺的很多朋友都来了，有男有女，他们很疯，但是却又不是那种令人讨厌的疯。一整晚她都很安静，但是却会被他们幽默的聊天方式逗得笑到流泪。

苏艺常说，这个世界又不是非爱情不可。

她想苏艺大概是真的看不惯自己自暴自弃的态度，所以才专门带她出去玩的吧？虽然大多时候都是无意义地瞎聊，但是她可以肯定自己那个时候是真的笑得很开心。也只有在那个时候，她才不会想起范如笙这个人。

偶尔也有人会问她，你跟那个范如笙怎么样了？

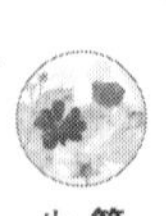

她总是笑得风轻云淡，可是内心还是会疼。

她会自嘲说："人家有喜欢的人了，可是不是我。"

他们会安慰："那是他没眼光。"

安慰也不过是安慰，只有她知道，事实上是自己还达不到他要的那种"眼光"。

Part4

其实他真的不是有意要来看她的，其实他不过是顺路经过而已。

范如笙不止一次在心里这么说，可是有谁能告诉他，他怎么会碰到这个女人？

苏艺对医学院第一高材生很反感，这是大家众所皆知的事情。

关于为什么很反感他这件事，苏艺想，大概就是因为他那种高高在上的态度，抑或是他对轻晚的冷淡，反正一见到他，她就觉得整个宇宙都在熊熊燃烧。

千万别以为这是冤家变成恋人的最初过程，她会吐！真的！她可不像轻晚那家伙那么没眼光，会喜欢这么高傲冷漠的人！

她停在他的面前，双手一横，堵住了他的路。

而范如笙的做法是——完全当作没看见，自动绕行。

苏艺气到肠子打结，冲上去刚要大骂，却见他竟然转过身："宋轻晚怎么样了？"

苏艺差点被他的问题问抽过去。

这家伙穿越了吗？竟然会主动问轻晚的情况？

"你问轻晚？"她皱眉，像是有些意外，也带点玩味。

"对。"

"你不是不喜欢她么？突然出现是为了什么？良心发现？"

"……"他无言，不打算再问，正欲离开——

"轻晚她真的很喜欢你。"苏艺突然改变了态度，主动提供情报。

如笙意外地回视她：什么意思？话题不用转换得这么快吧？

"轻晚是我朋友里面最温柔的女孩子，她喜欢你并不是一时的兴起，更不是像其他女生一样盲目崇拜，觉得有你这样的男生当男朋友很拉风。她是真的很喜欢你。”

她再一次强调：“恐怕不用我说，你也应该知道她家境好，从小到大没吃过什么苦，可是她为了你去西餐厅工作，原本柔嫩的手变得粗糙无比。餐厅吃饭都没时间规律，她很小的时候就有胃病，一开始工作的时候不懂得照顾自己，经常一个人偷偷躲起来忍胃疼。”

“每个双休日的早晨她去得比谁都早，却又怕你会不高兴，所以偷偷躲在拐角处，看你开门了进去换完工作服才当作是刚来一样。那么早起来，食堂都还没开门呢，所以早上她都是不吃饭的。每次吃饭的时候，她都抢着去端菜，把好的菜都摆在你的面前，因为她知道你吃饭的时候只夹眼前的菜。你生病了，她比谁都急，陪在你身边一个晚上，你手受伤了，她想着办法炖排骨汤给你喝，最后还是我从家里给她带来了，她抱着汤的时候就像抱着孩子一样小心。每次她累得筋疲力尽回来的时候，连洗澡的力气都没有，这一年的时间，她瘦了多少？可是她从来都没有抱怨过，每次你对她冷眼相待的时候，你有没有注意她笑得比哭还难看。”

“……”

“也许你会说不是你要她这么做的！对，她是自作多情，可是你就不能对她稍微好一点吗？她也不是做了什么十恶不赦的事情不是？你有必要表现得她好像是细菌一样令人讨厌吗？你知不知道你摆出那种厌恶她的神情的时候，她难过得连旁人都看不下去，她也不止一次问我，小艺，我是不是真的那么惹人讨厌？”

范如笙蹙眉：“我没说过我讨厌她。”

“可是你给她的感觉不就是吗？”苏艺说，“你都不知道她这几天是怎么过的，她说你有了喜欢的人，她认为自己再也没有机会了，如果你真有的话，就早点跟她说明白啊，让她趁早死心不好吗？非要到她越陷越深，自发自觉地看见你跟喜欢的人在一起你才开心？如果真是这样的话，范如笙，你会不会太自私，太残忍了一点？她不过是喜欢你，喜欢并不是什么伤天害理的事情！”

范如笙眉头蹙得更紧。

“如果你真的不可能喜欢她，就跟她说清楚吧！”

说完这句话，苏艺转身欲离开。

像是想起了什么似的，转过身，她又道：“范如笙，其实你并不是对她完全没感觉不是吗？否则你不可能会有耐心站在这里听我说这么多。轻晚是一个好女孩，你不要是你的损失。她那样的付出，想要什么，你不是不知道，只是假装看不见而已。”

Part5

若问医学院的第一才子有没有被女生这样当面训斥的经验？答案是没有。

一向自诩清醒的范如笙也不知道自己怎么了，若是换成平常，他一定会用看神经病的眼神看对方一眼，然后离开。

他每天忙得连睡觉的时间都没有，哪有那么多闲情去管别人有多喜欢他，为他付出了什么？她愿意自虐是她的事情，他装作没看见也是他的权利，两者没有矛盾不是？然而在听完一大段苏艺彪悍的话时，他竟会感觉震惊和难以接受，甚至还带着一点愧疚，同样和正常人一样会觉得这个人真不是人，怎么可以这样对一个女生？可那事件里的主角是他自己不是吗？而且他也的确这么做了。

可是他真的不讨厌她，只不过每次看见她那么纯真没有丝毫防备的笑脸的时候他会感到自卑。像宋轻晚这种女生，天生就是用来呵护的，他呵护不起，所以他便不给自己任何机会，就像是一件价值不菲的东西，明知道自己买不起，就不会去碰，万一碰坏了怎么办？他负得起责吗？何况对于爱情他从没有想过，像他这样的人，能够找到一个和自己平静过完一生的人就够了，他从来都是一个人，早就习惯了。

在他的人生规划里，参与他爱情部分的人便是茉落。对于她，他始终是带着说不清楚的情愫，是因为曾经做错的一件事，所以对于她，超乎寻常地好，只希望能够弥补过失，她陪在他身边的时间很久，更多的时候他早就将她当成是除了养母和如萧以外的亲人，或许有一天他会爱上她呢？这样的情况不是不可能，只是关于未来，谁也不得而知。只是，那个叫宋轻晚的女子好像已经在不知不觉中会扯痛他的神经。

轻晚很享受一个人在校园里散步的感觉，尽管初冬的季节有些偏冷，在操场上的人也不多，显得有些萧条。

可经历了这么多事之后，她忽然就想静一静。

想起之前，她对范如笙做的一切，还真是疯狂啊……

从小到大，她都过着循规蹈矩的生活，从没想过自己也有勇气这么疯狂。

不过，在年少的那些时光里，做一些疯狂的事，似乎也能被理解，或许等到老了的时候，这也是一种回忆呢？

凉凉的白色物体飘到她脸上，她奇怪地仰头一看，竟然下雪了。

不远处，有欢快的女生在男朋友身边尖叫：“看，下雪了下雪了！”

男生说：“下雪了，我们走快点。”

女生不依：“那么快回去做什么呢？你看这雪多美啊，在雪中漫步，多浪漫啊。”

“是啊是啊，浪漫到最后生病了自己去医院！”

“……”

“……”

后面的话听得不太真切，轻晚伸出手，一片小小的雪花落在手中，随后融化，她抬起脸，密密麻麻的小雪花从空中降落，看得人眼花。

女生好像都喜欢下雪，尤其恋爱中的女生，下雪的天气跟男友出来散步，走在漫天的白雪中，是多么浪漫的一件事。

闭上眼睛，轻晚感受着雪花落在脸上的凉意，再一次睁开眼睛的时候……眼花……真的是眼花了吧？不然她怎么会看见前方不远处，范如笙站在那儿发呆？

站在不远处的范如笙似乎感受到她的视线，抬起头，对上她的眼。

轻晚浑身一颤，心止不住地狂跳，他漆黑的瞳仁，将她看得定格，脑袋里一片空白，仿佛整个世界都失声了。

她的手情不自禁抓着衣摆，努力使自己冷静下来，告诉自己他不过是有事路过这里，恰巧遇上罢了，她只要上前笑一下，打一声招呼就可以了。

可是，他一定不想见到她，那，还要打招呼吗？

Part6

轻晚遇见了从未有过的纠结心情，她没有想过自己这么快就会遇见他，那种失恋的心情都还没有恢复过来呢。她本来想，在自己整理好心情的时候再去西餐厅，那个时候她会收敛自己，在心里默默地喜欢他，直至忘记。

那么现在呢？如果可以的话，她宁愿装作没有看见他。可是——

她没有必要怕他!

他不过就是不喜欢自己，那她在紧张什么?

有个声音在心里响起，轻晚眼睛微眯。

是的，她不需要怕他，又不是毒蛇猛兽，难道会吃了她不成?

这般一想，轻晚鼓起勇气，抬步往前走去。

范如笙站在原地一动也不动，看着她朝着自己走来。

她的确瘦了很多，比起初见时，简直瘦得好像一阵风就能把她卷走。

范如笙，其实你也注意过她的存在是吧?不然你怎么可能发现其实她是真的瘦了?

所以当看见原本往这边走来的轻晚，忽然转身跑开时，他反射性迈开长腿追了上去。

当他一把抓住了她的手腕，强迫她停住了脚步，看着脸色比方才还苍白的轻晚，他微怔，竟不知道自己想做什么，看着她惊错的眼眸，他半天才挤出一句话："……宋轻晚，你别跑!"

他连不知所措的时候都是那样盛气凌人!

轻晚当然不知道他心里是怎么想的，她只能气喘吁吁地望着他，脑子比他还空白，心想他追上来干嘛啊?什么都不说就让她别跑，可是她现在不是没跑么?他却什么都不说……

Part7

大学里有秋千其实并不奇怪，两个秋千上各自承载了一个人其实也不奇怪，奇怪的是为什么会是范如笙和宋轻晚这两个校园里的话题人物。

现在不是放学时段，偶尔路过这里的人也不是很多，但是只要是路过的人都会朝这边看一眼，诧异的、惊奇的、羡慕的各式眼神都有。

这一次轻晚没有在意别人的眼神，只是瞪着眼睛一眨不眨地偷偷打量着身边的人，想着为什么他会忽然出现在这里，又抓住自己?他以前可是连衣袖都不给她碰一下的啊!

想着想着，她又被他的侧颜给吸引住了，忍不住花痴地想，他真是个好看的男人啊，就连侧脸都那么令人着迷，以后谁要是能当上他女朋友，一定很幸福吧？

想到这里，轻晚有些失落，还是很喜欢他啊，怎么就忘不掉呢？

终于，坐在身边的他缓缓地开口："给我时间。"

"啊？"她莫名地看着他，完全不知道他在说什么。

"我不知道需要多久，但是我会试着去努力，给你想要的。"

"……"

几秒之后……有什么在脑袋里炸开，反应慢半拍的轻晚震惊地看着他，问："你、你这什么意思？"

医学院第一才子第一次露出困惑的表情，是他说得不够明显么？难道真要他说得那么直接？好吧，那就——

还未等他来得及开口，只听"砰"的一声，身边的人从秋千上摔了下来，尚未起身，就被荡过来的秋千正好砸中了头……

"我&%￥￥%%#……"

乖乖女宋轻晚第一次开口飙脏话。

"你没事吧？"如笙蹲下身，担忧地问。

喜悦多过了脑袋上的疼痛，她拼命地摇头："没事没事……我们继续刚才的话题，你说给你时间，是不是我有当你女朋友的优先权？……可是那样还是很慢耶，不如你让我先当你女朋友试试吧？反正最后你还是要考虑接受我的，不如给我个试用期，你也好看看这个女朋友好不好用啊？"

"……"他沉默地打量她一会儿，然后牵住她的手把她拉起来。

在轻晚梦游一般的眼神中，他朝她微微一笑，揉揉她额头，说了一句"我送你回去"，说完，便拉着她往寝室的方向走。

轻晚依旧如同在梦游一般，任由他牵着自己……

他、他刚刚是对她笑了吗？而且还那么亲昵地揉她的额头？

Part8

耳边传来下课的铃声，原本安静的大道上涌出许多学生，到处都可以看见成群结队的伙伴，成双成对的情侣。范如笙注定是那种走到哪里都散发着光芒的人，这一次，他们两人被看得彻底。

轻晚像是根本没发觉似的，心中只有窃喜，一边看着他一边傻兮兮地笑。一次两次无所谓，笑多了，如笙也发现了，在她第N次笑得跟傻瓜一样时，如笙终于捏了捏她的手，转头看着她，又是那种看神经病一样的表情……

直到来到她的宿舍楼下，如笙说了声："到了。"

她"哦"了一声，默默地走到宿舍的阶梯上。

晃了晃脑袋，还是觉得在做梦啊……

她转过身望去，范如笙还站在那里，黑眸定定地看着她……

那就是说……她真的不是在做梦？

也就是说她现在真的是范如笙的女朋友了？

她脑子里嗡的一响，快步跑回了范如笙身边。

范如笙问："怎么了？"

或许是她的烧还没退，或许是向老天借了胆子，宋轻晚踮起脚，飞快地在如笙的嘴角亲了一下，丢下一句："范如笙从今天开始我是你女朋友了，你不能反悔，反悔你就是小狗。"

然后落荒而逃。

直到回到了寝室，轻晚感觉自己的脸依旧跟烧着了似的，心像要跳出来似的。

苏艺见她回来了，拉着她噼里啪啦地说了一大通为什么没挂完水就跑了的话，轻晚一句也没听清楚，只是傻兮兮地看着她跟中了邪一样："小艺，是真的是真的！"

苏艺莫名其妙："什么真的？"

"我追到范如笙了，我还亲了他！"

苏艺的反应是直接伸手探了探她的额头，一本正经地说："果然还在发烧，难怪脸这么红。"

轻晚又好气又好笑，晃着她的胳膊说："是真的是真的，他刚刚还送我回宿舍呢！如果你不相信，明天你跟我一起去西餐厅。"她着了魔似的在寝室里走过来走过去，最后还在原地转了个圈圈，"怎么办怎么办，小艺，我太高兴了，兴奋得晚上都睡不着了！”

结果一整个晚上轻晚都拖着苏艺聊天，把今天发生的事情一股脑儿地说了出来，说到最后终于累了，忍不住沉沉地睡去。不知道是不是苏艺听错了，半夜上厕所的时候，隐约地听见她做梦般的声音笑得邪恶极了：“嘿嘿，范如笙，你是我的了。”

苏艺霎时间觉得厕所阴风阵阵……

Part9

关于范如笙和轻晚之间的关系，身边所有人都能感觉到有些东西在慢慢转变。

而对于轻晚而言，虽然范如笙没有开口说过他喜欢她，交往后，也依旧是那个不冷不热的样子，但却不会排斥她整天绕着他转了，这对于轻晚来说，已经是很好的转变了。即使在交往了之后，在西餐厅工作时，轻晚和如笙两人都没有刻意地表现。

不过，轻晚倒是依旧不藏着自己对如笙的关心，什么事情都抢着帮他做，在他忘记吃饭时，会帮他留着午餐，这样可以光明正大地表达她的关心，不用偷偷摸摸的感觉就好像已经对世界宣布：范如笙是我的男朋友了！

如果说以前宋轻晚这只活跃的小鸟只是偶尔出现在他生活中的一个小角，那么从那天开始，她便侵占了几乎他生活的全部，也是如此，她才知道，如笙的工作量远远超过她的想象，除了每个双休日固定的打工之外，还有N门家教。

“难怪他会那么瘦。”轻晚不止一次在苏艺面前抱怨。

他忙得连吃饭的时间都很少，总是吃得很简单，所以她老想着要自己做好吃的给他，可是寝室限制用电，根本就没办法，就因为这样，她跟食堂的阿姨都混熟了，也幸好她长了一张人见人爱的脸，食堂的阿姨每次一见她来就主动大方地把锅子让出来，还送上一记和蔼的笑：“又做汤给男朋友吃?”

其实她从来都没下过厨，记得刚开始的时候，被滚汤烫伤无数次，被菜刀切伤无数次，但是看到自己最后的成果被如笙吃下去的时候，一切都变得那么无所谓了。

她细心观察他的每一个动作和神情，他是天生的冷漠，不只是对她。有时候

她也喜欢他那么冷冷淡淡的样子，尤其是对待别的女生的时候，好吧，她承认她是那么的小心眼。范如笙真的太耀眼了，就像一个发光的钻石，你不小心翼翼地看着，他就会被别人抢走，他的身边永远有一群流着口水的狼。每当她这样比喻的时候，如笙就会用那种很促狭的眼神看她，问："你也算是那群狼里面的一只么?"

对了，她忘记说，高材生就是高材生，连说话都可以让人连反驳的理由都没有。

更多的时候，他也会被她惹毛，轻晚不知道自己是不是有点变态，总是做一些错事让他训斥自己，当他严肃地教训她的时候，她会抬起头，委屈着一张脸可怜巴巴地望着他，可是心里却开心得不得了，好像只有这个时候他才会留意到她的存在，只有这样她才能在他深黑的眼睛里看见自己的存在，所以每过一段时间她就会故意犯事，即使被他骂，也会让她乐不思蜀。

Part10

轻晚记起自己的生日是因为范如笙的生日和她是同一天，生日的前一天爸爸妈妈打电话来提前祝福，并且给她汇了生日经费庆生。

晚上如笙去做家教了，她跟苏艺一起在食堂里吃饭，苏艺问："明天好像是你生日吧？想要我送你什么?"

"想要什么?"她想了想，摇头轻笑，"我什么都不缺，最想要的……恐怕还得努力一阵子。"

苏艺知道她指的是范如笙。

"真的不要吗？可别说我小气。"苏艺扒了一口饭，"其实是汤大少想要约你出去庆祝的，不过我想，你希望陪你的那个人应该不是他，但人家送了礼物，待会儿回寝室给你。"

没想到还会有人记得自己的生日，还送礼物，她的胸口暖暖的，好舒心："小艺你真好，替我谢谢汤芃。"她说，"但是也不要老把我说得好像有多重色轻友一样……"

"不是吗?"

对上她很睥睨的眼神，轻晚只有举手投降："是啦是啦。"

“其实这也没什么。根据网络统计，基本上世界上百分之百的异性都是如此，不然怎么会说同性相斥异性相吸呢!”

“是吧。”轻晚瞅着她，“这么说的话，等你有了男朋友之后也跟我一样咯?”

“嗤。”苏艺翻翻白眼，“我的男朋友还在未知的某个角落孤独着呢！我以后找的男朋友啊一定要是有钱有势的，而且要特别地喜欢我，我绝对不要像你那样，累死累活地去喜欢一个人。”

轻晚问：“你有喜欢的人么?”

“你说呢?”

“那你喜欢汤芃吗?”

苏艺扯着嘴说：“拜托，那怎么可能?”

轻晚笑得很诡异：“可是每次提起他的时候你的眼神都不一样呢!”

“有么？你眼花了吧?”

“有些事，当局者迷旁观者清。”轻晚说，“再说汤芃家庭很好，性格又开朗，我觉得他如果喜欢一个人应该会对她很好吧？况且你们又是青梅竹马，你为什么从来没考虑过?”

苏艺长吁一口气：“喂喂喂，我必须先跟你讲明一些问题，你别把我当成拜金女看。首先，钱我是很向往，不过，我向往是因为我想得到，我想嫁这样的人是因为我不希望有家庭负担而不是想得到拥有它们的人，其次我嫁这样的人不代表我会爱他，你没听说过吗？这个世界上百分之九十九的结婚夫妻，彼此之间都不是对方深爱的那个，婚姻也就那么回事儿，日子久了，也无所谓喜不喜欢了。”

轻晚满头黑线：“你是不是太悲观了点，何况……我们这样的年龄想着结婚是不是早了点啊？我只是跟你谈男朋友来着。”

“我可不想谈朋友，要谈了就一定得结婚。”

“这么说来……你对汤芃一点兴趣都没有么?”

苏艺抓头：“真不喜欢啊……我要是喜欢他，我自己都不放过自己。”

很多年之后，轻晚才知道，世界上最厉害的骗子是连自己都能骗过的骗子。

第十章
幸福，路人都可见

Part1

由于范如笙生日当天晚上要补课到十点，轻晚跟范如笙约好第二天晚上他补完课后去一趟餐厅。

第二天晚上八点半的时候轻晚就提了一大袋子的菜来到西餐厅，这个时候差不多是打烊的时间了，轻晚借了餐厅的厨房，想要亲手煮一桌子菜为如笙庆生。

几个西餐厅的员工临走时，都过来看看轻晚的成果。

“这么多菜都是做给范师兄吃的?”其中一人瞄了眼丰富的菜色，“范师兄真幸福，我下辈子也要当男生。”

“得了吧，就你当男生也没人喜欢，你以为个个女生都像轻晚这么好?”小凡问，“轻晚，真的不要我们留下来帮忙吗?你一个人能行么?”

“行的行的。”轻晚微笑地点头，她们都不知道为心爱的人做饭是多么幸福的一件事情，光是想到他吃自己做的饭菜时的样子，她的嘴角便不自觉扬了起来。

“那我们可真回去了啊?”小凡说，“你有钥匙吧，晚上只要把门上锁就行了。”

“我知道。”

几个人说了再见然后开开心心地走了，留下轻晚一个人。

轻晚独自在厨房里忙碌，忙着忙着，竟不觉时间流逝，等她做得差不多时，抬手看了一下表，时间已经过了九点半。

灶台上，小火炖着的排骨浓汤发出“咕噜咕噜”的翻滚声，空气里飘着淡淡的排骨香气，引人食欲。

因为喜欢帮范如笙煲汤的关系，轻晚炖排骨汤的手艺是越来越好了，连餐厅的师傅都忍不住对她伸出大拇指。

待到汤好了之后，她将已经做好的饭菜点心一一端了出去，在餐桌上摆放好，然后又去拿了早已经准备好的两支长烛，固定在烛台上点燃。

于是一顿丰盛的烛光晚餐便准备好了。

轻晚满意地看着一桌子满满的菜，抬手看了一下表，如笙差不多要来了吧？她准备好了一切，连生日蛋糕都小心翼翼地摆上了，现在她要做的事情就是乖乖地坐着等他。

好在现在是冬天，室内开着暖气，菜倒是不会很快就凉下去。

轻晚趴在桌子上，想着如笙看到一桌了的菜在等着他的表情，是会惊喜，还是诧异？

不管是怎样的表情，轻晚都感觉很幸福，让她有一种等待爱人回家吃饭的成就感。

别人都说，要抓住一个男人的心便先要抓住他的胃，她爱上的那个男人，有他想要努力做出的成就和抱负，而她只愿当一个小女人，每天照顾他的起居生活，这便是她二十一岁的生日愿望。如果可以的话，顺便再加上，她想要他轻轻地对自己说一声“生日快乐”，他们的生日是同一天，彼此都要快乐。

只是，她没想到连这附加的小心愿都完成不了。

即便是再难凉的菜随着时间的流逝，也会凉得透彻。

一个小时后，轻晚望着满满一桌子的菜，怔怔地发呆。

蜡烛已经燃烧到了一半，他还是没有来。

如笙向来说话守信，她非常相信他，所以根本就没担心他会爽约。

坐在安静的餐厅里，她竖起耳朵，听着外面的声响，汽车声、风声、偶尔有人路过的声音，每次都让她充满希望，却也每次都让她失望，总以为他下一刻就会出现，却始终没出现。

时间一分一秒地流逝，原本满是期待的心渐渐地随着饭菜一起转凉。

强睁开困倦的双眼，12 点 20 了，不知不觉……生日，竟然就这样过去了。

她忽然有一种想哭的冲动，宋轻晚你这个白痴！为什么昨天不跟他说清楚，也许他知道就不会迟到，也许他会请一天的假陪你，也许……

可是，哪来的那么多也许，她只不过是想给他一个惊喜，却没想到他给的惊吓更大。

也许就像苏艺说的，范如笙本来就不是一个为了浪漫而生活的人，所以这种惊喜还是提早跟他说清楚比较好，免得惊喜落空而成遗憾。

可她偏偏不信，要去试图在两人之间建立有关浪漫的记忆，而这就是她的结局，任性的结局。

她忍不住，趴在桌子上痛哭了起来，她才发现，原来在爱情里，不是只要她努力一切就可以顺利，那坚强树起的信心并非那么坚不可摧，它甚至脆弱得就像一张纸。

Part2

哭得有些狼狈，轻晚走到洗手间去清理一下，她看着镜子里的自己，眼睛肿得像对大核桃一样。

发泄过后，她的心情反而顺畅了一些。

虽然她依旧不是很明白，是不是自己变得太贪心，当初只要遥遥地看着范如笙的身影，想着若有一天他身边多了一道像她这样的影子，她就会很幸福，可如今真的成了这样，她却觉得不够了。

从他们相遇的最初，她就在追着他跑，小时候追在他身后连她自己也不知道原因，交往的日子里，她追着他的步伐，陪他上课、陪他自习、陪他打工，像他这样的人，永远都是走在最前面的，如果你追不上的话，一个不留神，他的身影便消失在人群里。

她对着镜子努力地挤出一抹笑，笑完之后就不允许自己再难过，如笙又没有做什么背叛她的事，他只不过是不记得自己的生日，也顺带不知道她的生日而已，就当作是一次经验，以后不要惊喜，直接把话说明好了。

轻晚洗了洗脸就走了出去，现在已经很晚了，宿舍都关门了，看来她又要在这里将就一晚了。

那么，在这之前，她还是先把桌上的东西整理好吧。

她才走到转角口，就听见餐厅里传来一个女声："这些菜真的不是你做的么？"

轻晚顿住脚步。

于是她听见了那熟悉却让人心痛的声音，淡漠的："不是。"

"我看也是，如果你能变得这么浪漫，就不叫范如笙了。是不是你的同学准备好想要给你一个惊喜？你要是早点跟我说，我就不拉着你一起出去了，我可以跟你一起过来和你同学一起庆祝的，你看，菜都冷了。"语气里颇为惋惜。

不知道范如笙在想什么。

餐厅里有脚步的声音："这大门也没关，他们应该也没走吧？会去哪里了？我们要不要在这里等他们来，还是出去看看？"

他蹙眉，盯着盘中的食物，不语。

"如笙？"

范如笙说："我先送你回家。"

于是，原本的餐厅又恢复了安静，安静得比刚才还要让人窒息。

原来……他迟到了，是跟茉落出去了啊……

轻晚抱头蹲坐在地上，呆呆的，如果说在这之前，她对他今天的失约还有期待的借口，如今，却是连一个借口都找不到。

有时候偏偏想要努力去忘记的事实，都是因为它太过于残忍。

她真的差一点就忘记了，他的身边还有茉落这么一个女生，她不知道他们之间是什么关系，只知道那个对任何人都淡漠疏离的范如笙，只有面对茉落时，一举一动，眼角眉梢都是温柔的。

头顶上忽然出现一抹影子。

她抬头，昏暗的灯光下，那人显得不是那么真实，面孔模糊。

"如笙，你来了。"她依旧是微笑，只是撑得勉强。

她站了起来，眼睛是看着他的，只是他在她的眼睛里找不见自己的影子，她说："我刚要走的，很晚了，小艺估计还在为我留门，我先回去了，你也早点回去，晚安。”

说完，她低头从他身边擦肩而过。

Part3

“对不起。”低低的声音阻止了她的脚步，她着了魔似的转过身，定定地望着他，连说话都忘了。

沉默在两人之间蔓延，如笙也看着她，昏暗的灯光下，她只能看清他的薄唇又习惯地抿成一条线。

轻晚忽然轻笑出声：“我不要你的对不起，说一次喜欢我。”

他低头，没有出声。

轻晚撇撇嘴巴，走到他面前，抓起他的手笑了笑：“好吧，我不勉强你，也不生气了，你饿了没？我去把桌子上的菜热一部分好了。”

范如笙的回答是用力地拥住她，他抱得那么紧，以至于她连惊讶都忘记了，只能傻乎乎地看着不远处的灯，贪恋着他怀里的温暖，一整晚的委屈便在这怀里烟消云散。

两个人坐在沙发上的时候，轻晚已经换好了两根新蜡烛，本来她打算将饭菜都热一下，可如笙不让，说要她陪他坐坐，于是她只能陪他坐着。可是坐着就坐着，他也不说话，一直玩着她的手，她的手其实已经没以前好看了，有了茧子，一开始她还怪不好意思的。

她问他：“你怎么不说话啊？”

他说：“为什么不问我今天去做什么了？”

轻晚看向别处：“肯定有事的吧？是做家教做得很晚么？”她在装傻，她明明知道他刚才还跟茉落在一起。

“不是。”他说，“晚上做完家教赶来的时候，茉落打电话给我说家里有事，我就赶了过去，后来才知道她、妈和如萧做了一大桌的菜为我庆生，那是她们的心意，我没有理由不留下来，我以为你等不到我就会离开。”

“嗯，好吧，看在你是因为这样的理由而放我鸽子的分上，我就赦免你的罪吧。”她将头靠在他的肩膀上，眉宇间出现了些许疲惫。

他偏头，瞧着她的侧容："昨天说的重要的事情就是为我庆生吗?"

她一愣，坐直身子："这话是前天说的，虽然可惜了，不过还是要祝你生日快乐。"还有……我自己也生日快乐吧。

她没有说，不想徒增他的愧疚。

"谢谢。"如笙顿了顿，"还有，对不起。"

这已经是今晚他第二次跟她说对不起了，她知道依着如笙的性格要说出这三个字是很困难的，所以她也没有什么好计较的。她微微一笑，轻轻摇头："没关系。"从兜里掏出了一个包装精致的礼物盒，"这个送给你。"

如笙接过，打开："手表?"他挑了挑眉，看上去，价格不菲。可是……

"不许说不要。"轻晚难得霸道一次，"这个是用我打工的钱买的。"她的脸莫名地红了起来，"嗯……你知道，我打工其实是为了追你，如果不是这个原因，我也不可能会有这笔钱，所以这些钱就当作是我给自己的一个奖励，奖励自己追到了你。"

她说的有些失了逻辑，其实她只是想要找借口让他收下，她了解他的性格，这么名贵的东西，无论如何他都不会轻易收下的，不过，让她最担心的还是他会以为她是一个胡乱花钱，不懂节约的女生。

Part4

"明天把工作辞了吧。"

"啊?"轻晚千想万想也没想到他会这么说，连忙急急地解释，"如笙你听我说……"

"你听我说。"他的镇定打断了她的慌乱，她呆呆地望着他。如笙说："我是因为家庭原因才打工的，你没必要陪我，你的条件那么好，应该把更多的精力放在学习上……"

轻晚插嘴："我没有因为打工而荒废学习!"

如笙摇头："不一样，至少你可以不用这么累，如果换成我是你，绝对不会没事给自己找苦吃。"他握着手掌心的那双小手，尽管有茧子，但那天生的娇嫩细致却依旧存在，与他的粗糙手掌相比起来完全不一样，正如他们之间的差距一样，"我们本就不是同类人，不应该有交集，所以我以前才会对你那么冷淡，不只是你，其他人也是一样。”

“如笙……”

如笙说：“你大概还不知道我家里的情况吧。我是个孤儿，我有个妹妹，叫如萧，我和她是被养母捡回来的，虽然她只是养母，但是在我和如萧眼底，她早就跟亲生母亲没任何区别。从小到大，她都是靠捡垃圾为生的，她是一个善良的女人，因为小时候也被父母抛弃，所以她知道孤儿的滋味，听说我是在大桥底下被她捡垃圾的时候发现的，那是一个大冬天，这样的天气，我全身都被冻得发紫，如果不是被她发现带走，或许我就被冻死了。那天是十二月的第三天，于是便决定了我的生日，她为我取名如笙，意为如是重生的意思，她并不识字，有一次我病了，她带我看病的时候医生笔误写成了笙箫的笙。

“她靠着捡垃圾拉扯我长大本来就不容易，后来她又捡了如萧回来，她宁愿自己不吃，都要省给我和如萧。到了我上学的年龄，她每天都在外面捡垃圾，那个时候如萧就很懂事，也会跟在她身后帮忙捡东西，有时候甚至会趁我们不知道的时候扮成乞丐去街上乞讨。我上中学的时候，如萧差不多要念小学了，可是哪来的钱？那些钱供我读书都要每天勒紧裤腰带了，我趁着放学的时间去打工，妈更是每天起早贪黑地出去捡东西，有一天实在累得连动的力气都没有，躺在床上奄奄一息的样子吓坏了我们。我们想找人帮忙，可是路人都厌恶地逃开，没办法，我们扶着她去医院，可是我们身上没有钱，连基本的保证金都交不起，苦苦哀求的结果是被人赶出了医院。回到家，如萧就哭着拉着我的手说：哥，我不念了，反正女孩子念书也没什么用，哥，我可以出去洗盘子，我可以帮着家里做事，哥，我真的不要再念了。从那晚开始，我认清了社会的残酷，我在心里发誓，这辈子，我不会甘于庸碌，我会成功，让家人都过上好日子。因为那一次，母亲身体变得更差了，这是让我坚持学医的原因。我不怕她们变成我的负担，我只希望她们能过得好，她们是我在这个世界上最重要的人，即便是有时候这些压力会把我压得喘不过气，我也依然心甘情愿，每一次看见母亲和如萧脸上多了的笑容，我觉得一切都值得。”

听着如笙从小到大的生活，轻晚感觉自己的心就跟坐过山车似的，她凝望着他，怜惜他受过的苦。没想到，他所经历的竟是自己想也想不出的。有人连自己的生日都是随便想出来的么？二十多年前的今天，他在大桥下被冻得差点死掉，而她呢？躺在温暖的摇篮里，享受着生日的愉快，多么鲜明的对比。

如笙叹息："轻晚，我说这些不是要你同情我，我只是想让你知道我的过去，让你不要后悔喜欢上我。"

"怎么会后悔？"她坐起来，认真地看着他，"我喜欢的是范如笙这个人，跟你的家庭没关系啊，你没听过爱屋及乌吗？我喜欢你，我也会喜欢上你的家人，何况阿姨和如萧都是那么好的人。而且……而且……"轻晚垂下眸子，抓着他的大掌贴上她心脏的位置，"而且我一直都那么那么喜欢你，真的好喜欢你，难道你感觉不出来吗？"

"我只是担心，有一天，你会后悔今天的选择。"

本来她想说不会，只要是你，她永远都不会后悔，可是到了嘴边，却俏皮地变成："如果真的担心我会后悔的话，那从今天开始，你就对我好一些啊？"

"……"

"不要总是冷冰冰的样子，多笑一下，你都不知道你笑起来有多好看。"

Part5

如笙轻轻敲了敲她的脑袋："得了，别得了便宜还卖乖。"

"我哪有！"轻晚眼神忽然一亮，道，"如笙，你老实告诉我，你是不是开始有点喜欢我了？"不然，他怎么会跟她说这么多？

见如笙不回答，她便扯着他的手耍赖："说嘛说嘛，喜欢我又不是什么见不得人的事情，大不了我不到处乱讲。"

"……"如笙看着她，轻晚的大眼睛无辜地瞅着他。

两人眼神一下子对上了，周围的空气又安静得过分，加上烛光昏暗，轻晚忽然就不说话了，电视上演到这样的地方，一般都会做啥做啥的吧？她眨了眨眼，忽然闭了起来，心里不停地在叫：亲我，快亲我吧。

如笙正平心静气地看着眼前的人，想着这个女生究竟是怎样一种生物。有着"小强"一样打不死的精神，不管怎么受了委屈，也从不向他抱怨，依旧是给他满脸微笑。

这是他第一次这么专注接近地凝视她，眼神里透露着从来都没有过的温柔。

诡异的是蜡烛忽然灭了，轻晚倏地睁开眼睛，黑漆漆的，什么都看不见。

"蜡烛怎么灭了？"她反射性地站起来一脚踢在桌角上，整个人向前栽去。如笙立刻伸手来接住，她扑了个满怀，手下意识抱住他的腰。

这一次，他没拉开她的手，而是将她整个人搂住。

轻晚痛得抱怨："怎么会突然灭了，又没风……"

嘴被压下来的柔软物体堵住。

如果她没猜错，堵住她嘴巴的……应该是，如笙的……

一直都很期待，那如漫画线条般的唇吻人的感觉是怎样的，在这之前都是她主动亲他的，那应该不算吻吧？因为她不会将他的唇瓣轻轻地分开，然后深吻……

很久之后，四周还是一片黑暗，她气喘吁吁地靠在他的怀里，听着他的心跳声，竟和自己一样的频率。她傻傻地说："如笙，你的心跳也好快。"

他的胸口因笑声而轻轻震动："笨蛋，心不跳的人是死人。"

她说："那不一样，这样的你给我是平常人的感觉。"

他的眉梢微挑："难道我看起来是一个不平常的人?"

"是啊，你都不知道的？你给别人看起来总是……算了，我不说，反正我觉得现在很好，我一定会记住今天。"

因为这是她第一次靠得他那么近，那个冷漠骄傲的少年，不再那么遥不可及。

Part6

那一整晚因为宿舍关门他们都没有回去，两人窝在西餐厅里睡了一夜。

早上六点，宿舍已经开门了，以前轻晚最不习惯看见楼下经常站着情侣卿卿我我，难分难别，现在换成了她，说起来真是惭愧。

"我真的上去了啊，你要是实在不行就请假休息一下吧，不要那么累。"已经是第三遍说这样的话了。

如笙好笑地看着她："你这句话已经说了三遍了，有这么多的时间，我都已经到寝室了。"

"哪有那么夸张。"轻晚嘟囔，依依不舍，"那我真上去了啊。"

"第四遍了。"很无奈的语气。

轻晚转身，走了几步又回头，看见他还站在原地，曾经听人说过一个男人如果愿意看着一个女人离开的背影，那么这个女人就一定是幸福的。

轻晚突然就觉得自己很幸福，走进宿舍大厅碰见了管理员阿姨，她甜甜地叫了一声：“阿姨好。”

然后傻傻地偷笑，一溜烟跑上了五楼，以往觉得爬楼是最累的事，如今却觉得如此轻松。

宿舍的人还在睡觉，今天早上没课，大家都计划好了睡懒觉。

苏艺听到开门的声响，迷迷糊糊地抬起头，说了句：“回来了……”然后又趴下去睡着了。

轻晚轻手轻脚地来到洗漱台，挤牙膏，刷牙，洗脸，一切都进行得很欢乐，然后她呆呆地望着镜子中的自己，总觉得有什么不一样了，究竟是什么？她也说不出来，于是她又对着镜子傻傻地笑，后来苏艺起来的时候就问她：“你早上在干嘛呢？一个人对着镜子笑了那么久。”

她笑得像找到了组织似的，那个谁说的，恋爱中的女人都是神经病。

有了那一次的甜蜜，后来的吻就变得自然多了。不过也只是偶尔在自习完后送她回来的路上某个比较隐蔽黑暗的地方。如笙不喜欢像大多数情侣一样在很多人面前搂搂抱抱卿卿我我，即便是真的恋爱了，他的时间也很少，轻晚虽然见缝插针地跟着他，但是实际上也没有得到多少时间，每当他因为忙碌而忽略了她后用满是歉疚的眼神望着她时，她总是微微浅笑，要他别放在心上。

苏艺总是说她是一个容易忘记烦恼的人，不会太过于计较，所以每天总是那么快乐，以至于她自己也认为自己就是这样的一种人。很久以后她才知道，那其实是一种委曲求全，因为你爱上的人是这样的，你便要不计较地将就。

她有太多的回忆在图书馆到宿舍的那条羊肠小道上。他会在这里亲吻她，她会腻在他的怀里，玩着他那双长满茧子的大手掌，偶尔一抬头，他英俊的侧脸就在呼吸之间，她会忍不住偷偷印上一个轻吻。

渐渐熟悉了之后，轻晚知道如笙的骨子里其实是一个很温柔很细心的男生，他会在她摔跤的时候抓住她的手，将她抱紧，他会在她生气的时候递小纸条来找她和好，吃饭的时候有饭粒在她嘴角，他会替她擦掉。他喜欢与她十指紧扣，额头相触。那个时候他们的幸福，路人都可见。

第十一章
独家记忆

Part1

十二月中旬的时候，轻晚参加了六级考试，一月初的时候学校就放假了，寝室的人早早地就回家了，陈娇娇迫不及待地要飞到男朋友身边，徐分也老早就回去，苏艺的家虽然就在G市，可她跟表哥说好去旅游，也早早地收拾东西回去了，只有她赖在学校很长一段时间。

元旦的时候西餐厅关门，但这并不代表范如笙会很清闲，他依旧忙着四处打工，和她独处的机会仍是没增加多少。

在这样的情况下，轻晚向经理借了西餐厅的钥匙来，如笙在打工的时候她便一个人在西餐厅的厨房里研究菜色，每天变着花样做东西给他吃。

十二点到一点半是午休的时间，轻晚总是在这个时间段出现在如笙工作的地方。

时间久了，其他几个员工都带着羡慕的神色，偶尔有人还会开开玩笑：“哎哟，不错哦，女朋友很漂亮很贴心哦。”

女朋友，每次她听见这三个字时，心底都雀跃得像是要开出花朵来，于是第二天在煮东西的时候她都会多弄些点心，留给他们。

这是新年的第三天，已经没有第一天那么忙了，午休的时候，她照常来了，有戏谑的人扬声喊：“如笙，你老婆来了，还不快快出来迎接。”

轻晚的心就跟着“老婆”两个字雀跃得要飞起来，就算习惯了女朋友三个字，对这两个字难免会脸红。看见如笙往这边走来，她扬了扬手中的纸盒，献宝似的：“饿了吗？今天的分量很足。”

“哎哟，不错哦，把如笙当猪喂，每天分量都那么足。”冷不防的，一声调侃传来。

“你是不是嫉妒啊，别在这里妨碍别人谈情说爱，要哎哟滚远点。”另一个人顶了回去。

“……”

轻晚看着那两人的样子不由得扑哧笑出了声，每次听他说“哎哟”她就觉得超搞笑。

“别理他们。”如笙将她带到靠窗的位置，看着她将带来的菜一份一份放好，果然是超级大份，他失笑：“不是说不用每天做这么多么？我吃不完。”

轻晚却不这么想，如笙真的太瘦，这样会让她有一种错觉——眨眼就消失不见。

“反正我也没事，做着做着就做了这么多了。”她替自己找借口，“这个红烧肉是我最喜欢吃的，你尝尝，看下是不是比昨天好吃了一点？”

“嗯。”如笙点头，吃了一口，说了一句让轻晚喷血的话，“有妈妈的味道。”

她气得跺脚：“我才不是妈妈，我是女朋友！”

“那请问女朋友，你什么时候回家？”

“再过几天吧。”她说，“反正这么早回去也没事啊，而且，我会想你的。”

他好笑地看着她：“不过一个月不到的时间，用得着这样吗？”

“哼！你以为每个人都跟你一样无情么！”轻晚气愤道，“等我不在你身边的时候，你小心每天都打喷嚏。”

他问：“为什么？”

“因为我在想你啊。”她回答得理所当然。

202路公交车每十分钟一班，轻晚上了车，想起自己刚才说的话，忍不住笑了起来，她以为如笙又会训斥她，没想到他竟是轻轻笑了一笑，说：“拜你所赐，以后我每次打喷嚏都会想起你。”

想起他说话时的样子，就又忍不住笑了起来。

但是，他要她早点回去，这又算是什么呢？难道他就不想她多待些日子陪他吗？有时候她发现自己还是搞不懂他究竟在想些什么。从交往的最初到现在，他都没说过一句喜欢她呢。

她叹了一口气，望着窗外，完全没发现身边的人瞅着她的异样眼神，心想，这丫头咋了？一会儿笑一会儿愁的……

Part2

最后轻晚还是提前回了家，原因是如笙不喜欢看见她整天无所事事在他面前浪费时间。

她心知如笙对这方面实在是忌讳，他觉得浪费时间是一件很奢侈的事情，在他的世界里，每天做什么，要完成什么，甚至于未来的目标都是填得满满的，就像他小时候堆的那个城堡，密集的空间，没有一丝缝隙，而她也许是唯一的一道门。

她回去的那天，如笙早起了去送她。

“要不你先回去吧？待会儿你还要工作，很赶的。”因为担心他时间太赶，轻晚如是说。

他摇头：“我陪你等。”

如笙习惯性简洁：“晕车药吃了没？”他问。

她点头，好高兴他还记得自己会晕车。那是有一次班上组织去做实地参访，大家一起坐校车去，她晕了一天的车，回来后向他大吐苦水。

这一次因为学生都放假火车票紧张，她一开始又没打算这么早回去，买不到回去的火车票，只能坐客车回去。虽然只有四五个小时的车程，但是也可以要了她半条命。

“该带的都带齐了吗？”

“嗯。”

她应了一声，这样的对白好伤感。

“如果回到家就跟我发条信息报平安。”他说，“让我知道你是安全的。”

“好……”她盯着自己的脚尖，终于忍不住，一颗眼泪掉了下去，然后是眼泪大颗大颗凶猛地往下掉。

她听见他叹息了一声，放下行李，捧起她的脸，眉头依旧是蹙起的：“没见过这么爱哭的人。”

她还是在哭，肩膀一抽一抽地，哽咽得说话都不清楚了：“我，我真的，不舍得。”

“……”他望着她苦笑了笑，温柔地拭去她的眼泪。

她吸吸鼻子，可怜兮兮地望着他：“如笙，要不再让我待两天好不好？就两天，不多，我保证两天之后一定乖乖回去。”

他失笑：“别任性了，留两天也不能做什么，而且，我也没有那么多时间来送你，回去吧。”

车站的喇叭里忽然就响起了“从G市开往H市的旅客请上车，车马上要开了”。

轻晚的希望在如笙将她的行李安顿好的动作上破灭。

他牵着她走上车，挑了一个靠窗的位置，叮嘱了几句就离开了。

她把窗子打开，看着他下车，然后使劲招手，他便来到了窗口前，问：“怎么了？”

“没什么。”她语气闷闷的，水汪汪的眼睛瞅着他，像是要将他的模样死死地刻在脑海里，“就想要好好看你。”

“……”

“我会早点来学校的。”她说，“我一到学校就会去找你。”

“嗯。”

“你要好好照顾自己，不要因为太忙了，就不吃饭，我会叫经理帮我看着你的。”

“嗯。”

“还有……”她顿了顿，酸酸的感觉升到鼻子里，眼泪好像又要溢出来了，她努力吸吸鼻子，“你一定要记得想我。”

“好。”

“那……那你走吧，我关窗户了。”她咬唇说完，看了他最后一眼，狠心地关起了窗户不去看他，突然就抱怨起来，爸爸干嘛没事搬到H市去了啊！

车子终于缓缓开动起来。

轻晚只觉得心里难受极了，像是丢失了什么东西一样。

终于她还是忍不住，一把打开了窗子。千千万万人之中，只一眼便看到了他。他依旧独自一人站在原地，逆着光，看不见他的表情，却知道他也在看她。

忽然就想起张爱玲散文中的一句话：于千万人之中遇见你所遇见的人，于千万年之中，时间的无涯的荒野里，没有早一步，也没有晚一步，刚巧赶上了，那也没有别的话可说，唯有轻轻地问一声："噢，你也在这里吗？"

轻晚忽然将头伸了出来，卷起手掌放在嘴边，大喊："记得一定要想我……"记得不可以忘记我。

朦胧中，她似乎看见他唇瓣轻扬地勾起一抹弧度。

Part3

轻晚坐车坐得晕头转向，下车后，跟如笙打了个电话，结果是曹洲接的，问她有什么事吗？

她说自己到了，那边似乎很忙，他说如笙正在跟客人点菜，问她要不要他接电话，她是很想要，但是想想还是算了，说你帮我跟他说一下就好了。

挂了电话，车子停了，她最后一个下车，车外，爸爸妈妈已经站在外面等着了。轻晚扑上去，跟妈妈来了个熊抱。听着妈妈一个劲地抱怨她怎么瘦了那么多，她就觉得自己原来很幸福。

寒假有一大半的时间她在想范如笙，一小半的时间串串亲戚家门，和爸爸妈妈聊天。聊天中就说到了自己和如笙的事情，爸爸说："难得我女儿这么喜欢，什么时候带上小男朋友回家看看？"

轻晚就嘿嘿地傻笑："想带也没用，他那么忙。"

"听起来是个不错的孩子，很懂事。"宋爸说，"你这样的年龄，我也不反对你谈恋爱，不过就是要懂得分寸，什么事情该做，什么事情不该做，我想你应该清楚的。"

那个不该做的事情，轻晚自然知道其中隐晦的是什么。上高中的时候，有一次电视里在播一则新闻，是说青少年早食"禁果"，吃饭的时候，宋爸就在饭桌上感叹，现如今的青少年都早熟得很，谈恋爱的时候谈昏了头，结果小小年纪就把自己前途毁了，让家长担心云云。

轻晚知道其实他是说给自己听的。

不过那个时候她还是乖乖女一个，根本就不用担心。如今呢？其实也不用担心吧？他们之间最亲密的时候也只是亲亲而已，如笙从来都不做逾越的事，这一点谁都知道，何况从一开始主动亲吻的还是她呢！说起来，她好像比他还要饥不择食。

过年的那段时间，家里的亲戚轮流请客，都在大饭店里摆年夜饭，轻晚吃到看见大鱼大肉都要反胃的地步，那个时候她总是在想，如笙现在在做什么呢？

除夕的时候她给苏艺打了个电话，老远她都能听见电话里欢庆的气氛，还有烟花满天飞的声音。

轻晚就问："你在哪啊？怎么那么吵？"

苏艺说："被死包子拉到院子里放烟花，那么大个人了，还跟小孩子一样。你知道他最近也挺郁闷的，听说你跟范如笙在一起了，每次见我虽然嘴上没抱怨什么，不过我看得出他有些不高兴，还好他不是那种重色轻友的人……不过这也不能怪我，你和他本来就不是同一类型的，他自己也不行动，总说 nature，nature 到最后还不是让你被别人抢走了。难得他这几天失恋心情愈合，拉我出来，我也不好不出来。"

"那我以后见到他不是很尴尬吗？"轻晚说，"我没想过会这样，你说我是不是一个特别不会替别人着想的人啊？"

"你别乱想了，我跟你说这些不是要你自责，只是想让你知道，这世界不只范如笙一个男人那么好的，别只在一棵树上吊死。"

后来两人还说了些什么，最后她听见苏艺电话里传来汤芃的声音，叫她赶快接完电话去玩，电话就匆匆地挂了。

挂完电话，轻晚就在想，苏艺真的不喜欢汤芃么？

Part4

寒假说长不长，说短不短，好不容易过完，轻晚便匆匆回了学校，爸爸不止一次抱怨，女儿长大了，有了男朋友不要父母了。她心里虽有些难为情，但是一想到可以见到如笙心又雀跃了起来。

上火车的时候看见邻座的一个女生哭得凄惨，手上还抱着男友送的一大束花，男友在车窗外朝她挥手，旁人一看就知道是什么原因了。

看着那鲜红欲滴的玫瑰花，轻晚不是不羡慕，哪有女孩子不喜欢花的？虽然以前看见别人收到花的时候都会不屑地想，不就是个花么？要买自己也有钱，而

且那花一下子就谢了，多浪费钱。可是心里还是羡慕的，自己买的和别人送的就是不一样，即便是谢得快，那也是一片心意。

她来学校来得早，基本上学校还处于没人状态，她一个人把行李搬上了寝室，简单地收拾一下，就迫不及待地去找如笙了。这个时候他应该会在西餐厅，因为今天是星期六，她连日子都算好了的。

她回来的日期并没有跟如笙讲，也没跟任何一个人说，是有心要给他一个惊喜，但是，也许他又会蹙眉说："宋轻晚，你没事来这么早，又来消磨时间的?"

她都能够想象出他的反应了，不过没关系，只要能早点见到他，就算被训她也会感到很快乐。

哎呀，真是好怀念如笙训人的样子，大多数人都觉得他沉稳，但即便他再沉稳也会有被她惹毛的时候，每当那个时候她反倒是更开心，因为如笙只有对在意的人才会表露出自己心里的不满。想着想着，一个人走在学校里的她忍不住就笑出声音来。

她出了学校，因为的确有些心急，就打了车过去。又怕被如笙撞见说她奢侈，在离西餐厅两百米的地方她就让司机停了下来。

现在已经快到下午三点了，正好是西餐厅不忙的时候，远远地还能看见西餐厅大开着门，从外面的橱窗可以看见里面的确没人吃饭。走到店门口，她先把头探了进去，没见到如笙的身影，她提了从家里带来的特产过来，都是给以前的同事的。

就在这时，一个身形小巧的女孩从里面走出来，穿着员工服，赫然正是小凡。小凡一出来就看见了站在门口的轻晚，她的表情惊讶极了："轻晚？你怎么没知会一声就回来了？天啊，一个新年不见又漂亮了。"

其他人听见声音都往这边看来，无论什么时候美女总是受欢迎的，何况以前在这里工作的时候大家都很喜欢她，所以看见她意外地出现大家都热情极了。

轻晚把手中的袋子放在桌上，笑眯眯地说："这是我从家里带来的，不是啥好东西，都是些特产啊什么的，你们吃吃看。"

几个男生迫不及待地打开，糕点居多，还有些是鸭脖子之类的东西，香气四溢让人食指大动。

"那我们就不客气了啊。"大家全忙着吃，但仍不忘开口道谢。

"没关系，本来就是带来吃的。"轻晚心不在焉地说着，刚进来的时候她就已经四周瞅过了，没见到如笙的身影，这个时候他到哪里去了？

有人注意到她的眼神，哈哈笑："如笙回家了一趟，待会儿就回来。"

搞什么啊，怎么会回家了？她还打算给他一个惊喜呢，现在怎么办？原本期盼的心情变得失落极了。

Part5

曹洲凑近她，嘿嘿地笑着小声说："你这是想给他一个惊喜呢？"

"本来是想的，可是现在惊喜不上了。"轻晚有气无力地反驳，"运气真不佳。"

曹洲乐了，神神秘秘地说："那倒不一定。"

轻晚不解，狐疑地看着他，只见他眼神一转，她跟着瞧去。

大门口，一个挺拔俊秀的身影正向里面走来。依旧是印象中的淡漠如烟，从容不迫，即便隔得那么远，轻晚依旧能清楚地看到他的眼睛，黑夜一般沉静，似乎感觉到人群中多了一丝期待的目光，他朝这边看来，一眼便看见了她。

轻晚眨眨眼睛，和他对视了半天，加快脚步走过去，如笙看着她的表情依旧是淡淡的。

她停在他面前，深吸一口气，多么感人的场面啊，她都听见身后一群人停止吃东西的声音了，整个餐厅安静得让她都能听见自己心跳如鼓的声音。

就在大家都期盼他们将会来个深情之吻的时候，范如笙语调平静地说："你怎么来了？"

"……"

轻晚原本那颗火热的心，撞见冰块，自动熄火了，这一次是真的好失落。她垂着脑袋有气无力的样子，听见他说："你等一下，我去拿东西，然后送你回寝室。"

干吗那么着急回寝室？即使他见到她没有她想象的那么激动，但是……好歹也欢迎一下嘛，表面功夫也行啊。

可谁不知道范如笙啊，表面功夫是他最不会做的。

如笙进去了一会儿就出来了，轻晚哀怨地跟众人说再见，然后再哀哀怨怨地

跟在如笙后面，脸上的表情实在是哀怨至极。

穿过马路，来到学校大门，走了一段，轻晚才发现如笙带她走的是他们经常走的羊肠小道。

她有些郁闷，想这时候学校也没啥人啊，干吗要往这里走啊？她就那么见不得人吗？一个不留神撞到了前面人的后背。

他转身看她：“走路都不看前面，怎么走的！”

她本就失望至极，又听见他不耐烦的声音，忍不住呛声：“你管我怎么走，我从小到大这么走也没被车撞到，要你……”

“多管闲事”四个字吞没在他突如其来的吻里，那种不如往常一般的温柔让她倒抽了一口气，嘴唇微张，这一张，他更加深了那个吻。

轻晚被他吓着了，她从没有见过这么失控的范如笙，也许……她恍惚地想，也许这段时间的分开，并不是只有她一个人思念而已。脑海里朦朦胧胧蹦出这个念头，她的手已经主动回抱住他，回应他的吻，越吻越深。

片刻之后，他放开她，吻了是一回事，吻完又是另一回事。刚才还跟个流氓似的轻薄她的人现在却正经得好像什么事情都没有发生过。可她却发现自己成了标准的熟虾子，还是龙虾，血液直直地往脸上冲，不得不用手背消温。

范如笙拉下她的手，牵着，道：“我还没吃饭，你先陪我去吃饭吧。”

第十二章
许我一个承诺

Part1

英语六级成绩出来了，轻晚坐在电脑面前，闭着眼睛，没有胆量去看显示屏上的分数。“认命吧，谁叫你这个学期根本没花多少心思在学习上。”她沮丧地想，“如笙肯定会生气的。”

对面的苏艺探头过来：“怎么样？过了没？”

轻晚垂头丧气：“别问了，成绩不能见人。”

“能惨过我？”苏艺指着液晶显示器上三个数字，“我做梦都没想过我会考这个数字，被汤包子知道了，牙都要给笑掉了。”

“呵，彼此彼此。”轻晚指着显示器上的数字，“我好像比你更惨一些。”

苏艺凑过去一瞧，果然够惨，差一分过线耶。

“完蛋了，如笙知道的话肯定会骂我。”她趴在桌子上装死，“我还信誓旦旦地说一定会过的。”

苏艺在对面贼兮兮地笑：“有时候我真觉得范如笙真可怜，既要当男朋友，还要像老爸一样管着你的学习。”

轻晚做了一个很无奈的表情：“听上去，我最近的表现好像很糟糕。”

“没什么。”她大方地摆摆手，“恋爱中的女人都这样，何况你还有个国宝级的男友，强大到英语过八级，让他帮你辅导，六级对他来说可是小 CASE。”

话是这么说没错，可是要她亲口告诉他自己六级没过，那是需要很大的勇气啊！

后来她找了个很恰当的时机想当作不经意跟如笙提起这件事情，如笙的脸色果然不好看，轻晚就抱怨说："就只差一分，改卷的老师也真是的，多给我一分又不会掉块肉。"

如笙简直又好气又好笑，他说："宋轻晚，你好不好意思？你自己考不好还怪到别人头上去了？"

轻晚只能瘪着一张嘴不说话，后来如笙说："从今天开始，我来教你英语，要是下一次还没过，自己看着办。"

她赶紧点头。

范如笙是个任何时间都不放过的人，当天晚自习的时候他就测试轻晚的英语程度如何，掌握了实际情况以后，回去他又用一个晚上的时间拟定课程表，针对她比较弱的部分加强指导。

当轻晚第二天拿到那份课程表的时候，简直视若珍宝，回到寝室宝贝地把它贴在墙头，连别人碰都不给碰，苏艺就说："不知道的人还以为是什么国家级文物。宋轻晚同学，你晚上要不要抱着它睡觉？"

她倒是想，不过每晚睡觉前看着墙壁上那刚劲熟悉的字体，她连做梦都是甜的。

这样的状况英语一点都没进步实际上根本就是很正常不是？所以当如笙拿着一道昨天才教了一个晚上的语法题问她为什么会又做错的情况下，她看着那道题目，真丢人，没地缝可钻，把脑袋垂得要多低就有多低。

如笙不满："你的脑子里究竟在想什么？"

想你呗，还能想什么？她在心底很自然地回答，过后又想想，自从和如笙在一起之后，她的脸皮好像变得越来越厚，刚上大学时的腼腆和害羞早就是上辈子的事了。

她悄悄地抬眼看他，嘟囔："不然你还是不要教我好了，我每天自己学，你在我身边我根本就听不进去哎。"

如笙莫名其妙地瞪着她。

她干脆豁出去了，说："因为你在我身边，听你解说语法，我满脑子就是你的脸，你的声音，听着听着就想到别的地方去了。"最后还补上了一句，"谁让你长得那么好看，声音又那么好听。"想当然，如笙回答她的是一个没好气的大白眼。

Part2

后来的英语辅导就这样不了了之，范如笙不是一个喜欢半途而废的人，但是遇见了生命中唯一一个例外，他也只能向命运举起双手投降。某人已经不止一遍地在他耳边保证下一次一定会过，而且还经常抱怨他帮她复习的话很打扰她，什么叫做好心没好报？他在她身上着实体验了一番。

轻晚在他面前夸下海口说六月份的六级考试一定能过，这一次她也不得不认真起来，要是还没过，那就不但对不起他，还要对不起家乡父老了。

于是双休日如笙去打工了，她便跟苏艺一起在图书馆复习，两人英语成绩都半斤八两的，碰见难题目，她不会苏艺也不会，只能你瞪着我我看着你。

终有一天，苏艺把汤芃给拉了过来，印象里她一直记得苏艺跟她说过汤芃的英语很好，她说，要说汤包子唯一能跟范如笙媲美的那就是英文了，在 H 大几乎是两个顶尖级的人物。三个人在一起的时候，轻晚有时候遇见问题便会问他，图书室里又不能大声说话，所以声音小了就要凑得近一点。

当事人没感觉什么，但是身旁的人就会觉得有些什么。

于是 H 大校花和汤大少的绯闻一瞬间被传得沸沸扬扬。

后来轻晚自己也知道了一些，怕如笙误会什么特意跑到他的寝室楼下等他，顾左右而言他，瞅见如笙的表情和往常一样没什么异样，心放下去了一些，但是失落感更大。

周围的人都觉得如笙对她好像和别人也没什么不同，顶多是愿意让她经常跟在身边，可看起来就好像是她纠缠着他不放一样，在人前，如笙更不会做什么亲密的动作，就连牵手也不会。

她还记得自己跟苏艺抱怨过："如笙真的一点浪漫细胞都没有，有时候我真的怀疑他喜不喜欢我。"

苏艺就说："喜不喜欢应该可以感觉得出来吧。"

她问："那你感觉他喜欢我吗？"

"不喜欢。"苏艺道，"但也不能说是讨厌。"她那时候的样子别提多委屈了。

那天，三人依旧在图书馆里自习，轻晚晚上的时候约好如笙一起吃饭，完了就可以走。

轻晚刚问完一个题目，坐在位置上思考的时候，也不知道是不是第六感，脑袋一转，就看见熟悉的身影站在那儿。那是她第一次看见发呆的范如笙，黑眸里闪现出的是一丝的茫然失措。

范如笙会出现茫然失措的样子？说出去谁也不会相信，可是她相信自己的眼睛没有看错。

她急忙收拾好东西，跟苏艺和汤芃说了再见，飞奔到如笙身边。

她笑嘻嘻地说："如笙，今天怎么这么早啊？"

如笙没有回答，只是转身离开，轻晚连忙跟上。

去食堂的路上，基本都是她一个人在那里讲话，他本来话就不多，今天好像更沉默，从始至终都没有开口说过话。女孩子心思一般都比较敏感，到了食堂打了饭，她瞧了他好多次，脸上淡漠的表情，很认真地吃着饭。她终于忍不住问他："如笙，你今天不开心吗？"

他看了她一眼，说："没。"

"可是你怎么都不说话？"

他说了一句："吃饭的时候说话会消化不良。"

轻晚差点噎着。

Part3

好不容易等到他吃完饭，她刚要说话，看他瞄见她碗里根本就没怎么动的饭，有些不耐烦："怎么吃得这么慢？我等下还要去家教。"

轻晚心生委屈，心想我这没吃饭还不是为了等你吗？他反倒怪起自己吃得慢了。幽怨地瞪了他一眼，她说："那你先走好了。"

他冷冷地看着她："我等你吃完。"

"不要了。"她赌气，"你大忙人的时间我不敢耽误。"

"快吃。"他隐忍地说道，眉宇轻皱起。却见她依旧拿着筷子，半分不动，"你到底想怎样？"

"应该是我问你想怎样好不好！"轻晚气急了，从来都没用过这么大的声音跟他说话，四周传来异样的眼神。

如笙眼帘垂下，单薄的唇紧抿成一条线。

轻晚觉得自己有些过分，伸手扯了扯他的衣袖，可怜巴巴地说：“如笙，你到底怎么了？跟我说说嘛！你这个样子，我总感觉好像是自己做错了什么。可是又不知道自己做错了什么，你要是对我有什么不满，你说出来，我改好不好？”

“你没错，是我心情不好，你快点吃吧，吃完我们回去。”

轻晚把筷子一放：“我不吃了。”根本就没胃口，“你要走就走吧，我也回寝室了。”说完站起身就走，出了食堂门她就后悔了，如笙根本没有追出来。可是小说里一般不是都写女主角生气走了，男主角都会追出来的吗？

可是……宋轻晚，你自己都说了，那只是小说而已。范如笙别说跟小说了，就是跟现实生活中正常的男友相比都差了十万八千里，你能期待些什么呢？

她站在门口郁闷，想要转身回去又拉不下面子，最终还是咬牙一狠心往宿舍走去。

这是她第一次跟如笙吵架，心里难受极了，到了寝室跟苏艺一起去打水的时候她跟苏艺说起自己的苦恼。

苏艺一言不发地听了她说完，然后才说：“范如笙不是一个容易冲动的人，他会这样，应该是吃醋了。”

“吃醋？”轻晚觉得听见了天方夜谭。

“本来我们都以为他不会计较别人传出来的绯闻，其实他都搁在心底呢。男人总是把他们脆弱的一面藏得很深，并且死不承认，其实在恋爱的时候，他们和女人一样多愁善感，只是不太外露罢了，因为那被看成是女性的特权，范如笙是个情绪埋得很深的人，单从我们看来，就觉得他好像特别不在乎你，其实那只不过是我们表面的看法而已，实际上他心里在想什么，谁也不知道。听你刚才说的，我猜他肯定是吃醋了，刚才在图书馆的时候我也看见了他看你和汤芃的眼神，如果换成我是他，也会生气的。”

“你说你早就看见他来了？”轻晚有些懊恼，“那你怎么不跟我说？”

“我为什么要跟你说。”苏艺回答得理所当然的样子，“别忘了，我可是跟那家伙有不共戴天之仇，我没找他算旧账就对得起他了，活该让他吃醋，叫他整天拽得要飞天一样，哼！”

“可是如果真的是因为这个原因的话，那不是我的不对吗？我还向他发脾气。我本来以为他不会在意的，我真蠢！”

苏艺安慰她：“不要把错都揽在自己身上，范如笙就没错吗？更错的是他好不好，谁叫他什么都不说，你又不是他肚子里的蛔虫，能知道他心里想什么！”

Part4

听了苏艺的话，轻晚原本就不坚定的心更加动摇了。她朝苏艺挥挥手说：“我刚才没吃饱，现在下去买点吃的上来，你要不要我帮你带？”

苏艺笑笑说：“不用的，估计等你拿吃的来了，也许我都已经睡着了。”

她那点小心思她会不知道么？八成又是找范如笙解释去了。

轻晚的确是去找范如笙了，她在他的宿舍楼下转悠了一会儿，最终忍不住跑了上去。

大学的生活可不仅仅就是学习、吃饭、睡觉或是加上社团的训练这么简单，否则，学校的学生们岂不就变成了圣徒和圣女。尤其是学校里再有像范如笙、汤芃这样的人物存在，那么大学生活就不可能变得简单了。通常情况下，若想知道女生仰慕的对象是个什么样子，完全可以以他们两个人作为模板。事实也如此，只是某些人本身并没发现而已。在 H 大学女生的眼里，学生宿舍 1 号楼 312 室和 222 室是个很敏感的地方，因此被关注的程度当然会比其他房间要高出很多。

所以即便是她从来没问过如笙的寝室号是多少，只要在 312 和 222 之间剔除掉一个就行，何况在很早之前，苏艺就帮她调查清楚了范如笙的寝室号码，312 号。

她咚咚咚地跑了上去，找到了门牌号的房间，敲敲门，半天没有回应。

她看了一下表——六点半。如笙刚才说他要去做家教的，难道真的是连寝室也没回吗？

她站在门口干着急，她从小就是个急性子，想到什么就做什么，现在他又不在，她总不能站在人家门口一直等着，这楼道来来往往的人不免向她投以好奇的眼神，尴尬极了。

正在她转身要走之际，一个声音传来：“咦？你不是如笙身边的那个小美人吗？”

轻晚抬头一看，那张面孔有些熟悉又陌生，她脑袋忽地一转：“你是如笙的室友？”

“你还记得我？”那人受宠若惊，小美人在学校很有名，又的确是魅力不凡，礼数十足，特讨人喜欢。

“嗯，你以前经常跟如笙一起去上课，我记得你。你叫老袁是不是？”她浅笑，犹记得如笙是这样喊的，原来他们是室友。

“呵呵，我叫袁宇超，你也可以和别人一样叫我老袁。”他说，“你是来找如笙的？”

“嗯。”她点头，“请问一下，他什么时候会回来？”

“他啊，老是打起工来就没日没夜的，你恐怕要等很久了。”

她细眉轻轻拧起：“那你知道他大概什么时候会回来吗？”

“大概，最早就十点左右这样子。”他说，“要不你进来等吧？反正我们寝室也没什么人，就我跟如笙，其他两个在外面租房子住。”

从六点半等到十点的事反正她又不是没做过。正好她也想看看如笙的寝室是怎样的，于是她点点头。

第一次进他的寝室，其实没她预料的糟，虽然说不上非常干净，也谈不上是狗窝，至少物品原则上还摆在该摆的地方。

她一眼就望见了一张干净的桌子，刚想说话，身边的老袁就指着那个桌面说：“那个就是如笙的。”

她走过去，伸手摸摸那椅子，心里勾画着如笙每晚坐在这里看书的样子，一定很迷人吧？

老袁看她那样子，就觉得好笑，跟没见过椅子似的，他说：“你在这里等着吧，我先去下面打饭，都要饿死了。”刚说完，隔壁寝室就有人来叫他，两人拿着饭盒出去了。

轻晚一个人在寝室，老袁一走，她就坐在如笙的椅子上仔细地打量起他的地盘来。桌子上除了几本干净的书，一个台灯，还有一个玻璃杯子，就没别的了，是如笙一贯的简洁风格，也是她见过的寝室里最干净简洁的一个了，简直连女生都比不上。

第十三章
最有意义的一段时光

Part1

轻晚趴在桌子上，手指在桌面上，一笔一画地写着。

身后传来脚步声音，她好奇地看去，以为是以神速打饭上来的老袁，看到那熟悉的影子时，她呆了呆，傻傻地看着他，然后从椅子上站了起来，着了魔似的向他走去，站定在他面前，仰起头看清他的脸。

他的黑眸依旧镇定如初，看不清那里掩藏着的情绪。

轻晚拉起他的手，撒娇似的摇晃："如笙，不要生气了好不好？我都上门负荆请罪来了。"

他望着他，没有出声。

她傻笑："好嘛好嘛，不要生气了，生气会死掉很多脑细胞，多不划算，是吧？"

范如笙的回答是直接将她压在门后，狠狠地吻上她那张呱呱不停叫着的嘴，轻晚感觉自己的腰都要被扭断了。但是她醉倒在他吻中的最后一个念头是，亲吻这个东西真的会让人上瘾吗？

两人在寝室里的时候，她坐在如笙的大腿上，双手环绕着他的脖子，她问他："你不是说要去家教吗？怎么这么快就回来了？"

如笙看向别处，神情有些不自然，刚才在食堂碰见了老袁跟他说她在这里等他，他也不知道为什么，跟那边请了假就直接回了寝室。

见他不说话，轻晚径自道："让我想想看，是不是我们心有灵犀？你感觉到我在这里，所以就回来了？还是你根本就不用做家教，刚才是有意气我的？”

如笙失笑：“你少自作多情。”

她瞅了他一眼，坐直身子，正色对他说：“我跟汤芃只是朋友，很普通的朋友，我喜欢的人是你。”

如笙一怔，接着用手拂过她额前的发丝，轻笑道：“宋轻晚，你究竟是用什么做的？一个女生总是跟别人说我喜欢你，你不害臊吗？”

“以前会啦，现在当然不像以前那么害羞，而且我又不是抓着一个人就对他说我喜欢你，因为你是范如笙，你不是别人，我才天天给你说的，何况我是真的很喜欢你，为什么要放在心里不说？那样憋着，很难受的。”

一语双关，他不是不明白她话里的意思。

沉默，面对她的坦然，他能表现的只能是沉默。有时候真的很羡慕她这样的单纯毫无心机，心里想什么，嘴巴上就说什么，如果可以，他希望她一辈子都是这样单纯没忧愁。

通常人都会以为他性情冷漠，不爱说话，什么都看在眼底，放在心底。如果说他在对待任何事情方面都熟练得游刃有余，那么在爱情方面，他茫然得就跟走在充满危险的热带雨林里，每走一步，他都要在心里不断地问自己，这样走是不是正确的？走过去会不会掉进陷阱里，走到最后会不会迷路？不是没瞧见她眼中明显的怅惘，也不是不明白她的心意，只是——他不能保证自己是否能做到最好，不让她受委屈。

自从她走进他的生活里，他不得不承认在她面前，他真的变得更像一个正常人。她的笑声会卷走他一天的疲惫，她的饭菜让他有家的感觉，每每在亲吻她的时候，他总在想，要如何才能让以后的每时每刻都像如今这般甜蜜。他贪恋上了跟她在一起的感觉，却又不能给她什么实质性的承诺，就连“我喜欢上你了”这样的情绪也不能表达。

Part2

轻晚并不知道范如笙心里是怎么想的，在她看来，看过多少人世间的爱恨，就连木头也有皱纹。难道交往了这么久，如笙对她真的一点感觉都没有吗？

为什么他从来都不跟她说“我喜欢你”这四个字？

她垂眸，玩着他的手掌，看见上面明显的一个割伤的痕迹，就问："你这是怎么了?"

"不小心弄伤的。"他敷衍地解释。

她边玩着他的手掌边对他说："有的时候我真的一点安全感都没有，直到现在都觉得我们之间的交往是一场梦，总有醒的一天。如果可以，真想让我做一天的你，让我可以了解你心里究竟在想什么。"

如笙沉默了良久，就在她以为又是再一次习惯的失望时，他深邃的眼眸对着她说："轻晚，给我时间。"

只是她没有等到他的答复，却等到了范母住院的消息。

如笙说，这几年，母亲的身体一直反复无常，他经常劝她去医院检查，可是她总是敷衍他，他知道她是为了省钱，她节省了一辈子，从来没待自己好过。

接下来的几天，如笙变得更加忙碌，一边要为范母的住院费烦恼，一边还要兼顾学业。晚上的时候还要守夜。轻晚实在看不过去，主动提出她可以替他守，一开始他怎么都不同意，后来如萧在他旁边求情，他才勉强答应，但是前提是要在他们轮流守夜的情况下。

她没想到的是如萧竟然还记得她，当第一次见面的时候她就问："你是不是轻晚姐姐?"

她以为是如笙在她面前提过她，后来才知道她说的是那个很小的时候陪她和哥哥看过戏的姐姐。

在病房前，她看到了仿佛一夜间衰老的范母。眼前那个披散着花白的头发，容颜枯槁妇人看得人心抽疼。

她是一个伟大的母亲，如果没有她就没有今天的范如笙兄妹，在她心底，一直对她都有种敬意，是怎样的一个女人，才有这么大的勇气。

白天不上课的时候她总是会提着做好的滋补汤来医院，那个时候如笙不是在学习就是在打工，如萧每天都要上课更没空过来。

范母很好相处，很慈祥，一开始的时候虽然总是很客气地说让她不要这么辛苦，后来或许是如笙跟她说过了什么，她不再那么客气，每次看见她来就像看见自己女儿来了一般，几个邻床的病人每次见她来了，也总是夸她说："你女儿真孝顺。"

两个人独处的时候，范母经常会说起如笙小时候的事情，她说："如笙从小就聪明懂事，学习成绩又好，从来都不要我操心，回家的时候总是他做饭，连如萧也是他一手带大的。可如笙从小都没有朋友，小的时候因为我们家穷，大多数的家长都教育他们的孩子不许跟他接近，他也不介意，每天都跟如萧玩，也许是这样，他们兄妹之间的关系很好。但是也是这样的原因，他的性格沉闷，什么都不说，从初中到大学一直都是为了家里奔波，他从来都不说自己的苦恼，这些年了我也从来没见过他带任何一个朋友回家。我看在眼里，疼在心里，像他这种年龄的孩子，不正是最珍贵的年少时期么？我没读过书，懂得的道理也很简单，如笙的世界就像只有黑白两面，一面是他自己一面是我们，他把太多的精力花费在我们身上，他却从来都没有想过自己。

“我这人一生没什么奢求，能捡到如笙和如萧两个好孩子，是我这辈子最幸运的事情，也许你不知道，如笙一直都是我的骄傲，那么懂事，让人放心，对于如笙，我总觉得亏欠了他，我把他捡回来，从来都没让他过过好日子，有时候我常想，要是那天我在大桥下没有把他捡回来，也许他的命运就会不一样，或许正好路过一个有钱人家的人，又喜欢小孩子的，他就不会吃这么多苦。如萧不一样，她最幸运的是有这么一个好哥哥。”

轻晚艰难地安慰：“阿姨，你不要这么说，如笙不是什么都没有，他最幸运的是有你这么好的妈妈，你要想想，若是当初你没有把他捡回来，也许那年冬天他就活活地冻死在大桥下面了不是吗?”

范母慢慢地摇头，笑了笑：“我看得出，如笙是真的很喜欢你，不然他也不会叫我不要把你当外人看。小晚啊……答应我，好好陪在如笙身边，他是一个孤单的孩子，尽管他从来都没有抱怨过什么，但是我知道他是真的很孤单。”

“阿姨……”轻晚动容。

“还记得前几天，如笙做什么事情都没有心思，整天说不上三句话，难得回家一趟都是心不在焉的，他很少这样，吃饭的时候对着菜发呆，连洗碗的时候都会割伤了手。周末晚上他回家，我在临睡前去他房间找他，他看着桌上的英文书，半天眼睛都没眨一下，他是我的孩子，我从来都没见过他这么失魂落魄的样子。我很担心，想要去问他究竟怎么了，还是茉落告诉我说，如笙喜欢上了一个女孩，可是那个女孩好像跟别的男生挺暧昧的。

“如笙的性格我是了解的，就算他心里再在乎也不会主动去问。后来我找他谈，问他是不是真的有这么一回事，他沉默了一会儿，点头承认，我就说，如果

真的那么喜欢，就去告诉别人，你不说出来，别人怎么知道你心里是怎么想的？他却告诉我说‘喜欢上她，是个意外。我的人生路上要做什么，一切都是预先计划好的，却从没想过半路会出现她。她是一个只能捧在手心里呵护的女孩，说爱很容易，但是做起来却很难，现实有时候是很残酷的，我不能确定自己有足够的能力和决心去面对她的爱，也不能保证能够给得起她要的，我不想一时的冲动与激情，就陷进去，那样对她来讲只是伤害，目前的我，还要不起她，没有资格给她想要的’。……他就是这样一个实在的孩子，做不到的，他不会夸下海口，只有等到自己真的有把握，才会许下承诺。

“我知道这个要求很过分。但是……我的时间不多了。如果可以……”范母低声说，几乎听不见，“我希望有一个人能够陪在如笙身边，给他幸福。”

轻晚一怔，门口已经有两个熟悉的身影走了进来，范母的神情随即恢复了自然。

“轻晚姐，你又做了这么香的汤？我和哥大老远就闻到啦。”

“排骨汤。”轻晚轻笑，站起身，打开保温瓶，“你们也来尝尝，我做了很多的。”

“我来。”如笙放下书，走上去帮忙。

一旁如萧在和自己母亲咬耳朵：“妈，你看见没，哥对轻晚姐好温柔。”

Part3

如笙送轻晚出门的时候，范母已经睡着了，如萧在一旁守着。

她抬头默默地看着他消瘦的侧颜，原本就清瘦的脸好像又瘦了。怎么会有这种人，怎么吃都不会胖呢？

就在她恍惚的时刻，一双手用力地将她扯回了怀抱，她惊呼了一声，耳边汽车呼啸而过。

“什么时候才能不这么粗心？”头上传来无力的声音。

她吓得面色一白，而后微笑：“反正有你在身边啊。”忽而，她抓起他的手，认真地看着他手上的割痕，道，“如笙，我知道阿姨和如萧都是你的责任，但是你要答应我，要善待自己好吗？你看，就这几天，你就掉了好多肉。”

“嗯……”他凝视着她，喃喃道，“这几天，谢谢你。”

“不要跟我说谢谢，听来好陌生。”

“嗯。”

“我知道你在顾虑什么。”她说，“你身上的负担我看见了，虽然我不能亲身体会到，但是我可以向你保证，我不会成为你的负担。而且你也看见了，阿姨和如萧都很喜欢我，如果你错过我了，还上哪去找一个像我这么好的女朋友，所以如笙，不要考虑那么多了好不好？”

“……”最终，他轻点头，“委屈你了。”

她微笑：“不委屈，只要你一直对我好，就不委屈。”

范母出院之后，轻晚变成了范家的常客，连苏艺都时常感叹：“这还没结婚呢，你就跟人家婆婆和小姑处得那么好了，不错啊，宋轻晚同学，以前是我小瞧你了啊。”虽然每次她都会不好意思，不过心里还是甜滋滋的，就好像她真的已经是范家的媳妇了一样。

六月份她又参加了一次英语六级考试，并且信誓旦旦地说自己一定会过。

暑假的时候她打电话给爸爸妈妈说自己在学校里勤工俭学就不回去了，宋爸爸想，这个年纪让她出去多锻炼锻炼也不失为好事，就答应了。

她勤工俭学的地方就在范如笙工作的医院附近一家麦当劳里，如笙下个学期就升大四了，因为成绩优秀，被学校介绍到市级医院里实习，她不想跟他分开，又想时常见面，就找了个这样的理由，下班了还可以一起回去。

暑假的时候她都住在范家，和如萧住一个房间。

如萧是个双重性格的孩子，跟陌生人在一起的时候显得很腼腆，可是跟熟悉的人在一起的时候又特别放得开，老是在她耳边“嫂子”、“嫂子”地叫。

很久之后，轻晚回想起来，那大概是她过得最有意义的一段时光，每天和如笙一起上下班回家，就感觉已经是老夫老妻似的，回到家里，范母已经准备好了饭，一家人其乐融融。粗茶淡饭，但是很幸福，很多时候，她躺在床上时都会想，要是时光一直能停止在那里该有多好，没有变故，她可以一直陪在他身边，直到天荒地老。

Part4

这天，范母带着如萧去做礼拜了，晚上不回来，家里就剩下如笙和轻晚两人。轻晚那个心激动得啊，一整天都心血澎湃。

吃完晚饭后，如笙照常在书桌前看医书，她就坐在一旁看着他。自从放暑假他们之间很少有这么平静的时候，虽然只是实习，但医院工作量很大，如笙偶尔还要加夜班，有时候十二点多才能回来。

今天难得他不用加班，她一手撑着脑袋，颇有将他看个够的架势。

都说认真的男人最迷人，他不这么认真的时候，她都被迷死了，何况是这么认真的时候，难怪学校的女生就算知道他有了女朋友还那么迷他，就算已经成为他女朋友的她，整天看着他都还像看不够的样子。

爱情真是个恐怖的东西，一旦喜欢上一个人，就会像吸毒一样上瘾，越陷越深……她的视线，已经完全离不开了。

也不知道过了多久，被看的人终于受不了她的眼神，转头，蹙起眉："你没事做么？可不可以不要一直看着我？"

"为什么？我又没说话又没做什么，你当我不存在就好了。"

"可是你这样，很打扰我。"

"哪有！"她眼睛转了一圈，"莫非你心里有鬼？"她作势紧了紧自己的衣服，"我告诉你，即使我很喜欢你，即使这里只有我们两个人，你也别想乱来。"

如笙哭笑不得："心里有鬼的人是你吧？"他瞄了瞄墙上的钟，九点半了，"你快去洗澡吧，早点休息，不然明天又要赖床。"

"真小气，多看一下都不行。"她嘟囔着，颇为委屈的样子。

他失笑，安慰小孩子一般，亲了一下她的额头："快去吧。"

她乐了，心里得到平衡，还给他一个吻，乐颠颠地洗澡去了。

自从上次的谈话之后，如笙对她比以前更温柔了，别看他对别人都是冷冷淡淡的样子，要是真的在意起一个人来，那眼神温柔得都能溢出水来。

可能是因为乐得太糊涂了，轻晚居然忘记了拿换洗的衣服，就跑到浴室把自己脱了个精光，洗完了之后，才发现没拿衣服，自己的衣服又丢到水里去了，想让如笙帮忙拿，又不太好意思，瞄见架子上正好有一件男士衬衫，是如笙的，她想了一下，伸手拿来就穿了，出了浴室，还没来得及跑到房间去换衣服，就碰见出来倒水的如笙。

两人皆是一愣，走出浴室的她，过大的男式衬衫包裹着她细致的身子……如笙别扭地移开眼睛：“你怎么穿我的衣服？”

她憨憨地笑：“我忘拿衣服了。就让我穿一天吧，穿着心爱的人的衣服睡觉，感觉肯定很不错。”

“随便你。”如笙丢下三个字就去倒水了。

轻晚贼兮兮地笑，到了房间里换了裤子出来的时候，如笙握着被子站在窗前不知道在想什么，听见动静，转过身，深邃的眼眸看着她。

她甩甩过长的袖口，甜甜地轻笑：“好大。”

如笙从来不知道沐浴过后的轻晚会有这么性感的一面，尤其是穿着他过大的衬衣时。他耳根一热，再一次别开眼神：“把我的衣服换了吧。”

“为什么？”她不解，一屁股坐在床上，“不要，我今天就要穿你的衣服睡觉。”现在跟他在一起的时候，她偶尔也会撒撒娇，表现自己小女人的一面，这是苏艺教她的，说是什么男人都喜欢小女人，尤其是柔柔弱弱的类型。

柔柔弱弱她是表现不出来，不过偶尔的撒娇她还是会的。

如笙的喉咙一阵发紧：“我去洗澡。”几乎是慌乱地躲进了浴室。

轻晚自然不知道自己现在的样子多么地诱人犯罪，那风情万种的魅惑好像在不断向如笙招手，快来快来吃我吧！好在范如笙不属狼，不然她早就被啃噬得连骨头都不剩了。

Part5

如笙洗完澡出来后，就见轻晚斜趴在床上，一只脚还挂在床缘边，人却已经睡得香甜。

他擦干了头发，将毛巾放到一边，瞅着她不知什么造型的睡姿，不用几分钟就会从床上翻下来的架势。犹豫了一下，才弯身将她抱起。软软的身躯将他的怀抱填满，他瞪着那张熟睡的脸，已经不知道是第几次奇怪世界上怎么会有这样的生物，竟然敢在他的床上睡得如此安稳放心，她就那么信任他吗？

算了，从遇到她开始，他就拿她没办法。

无可奈何，他将她抱回了如萧的房间，将她放正在床的中央，正欲直起身子，半梦半醒间的她喃喃哼了一声，唇瓣不经意擦过他的颊畔……

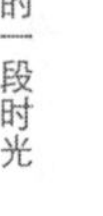

他一愣，惊慌地想退开，脖子却被她的双手勾住……

当轻晚迷糊地睁开眼睛的时候，看见的就是两人唇对着唇的情况，他们离得太近，闻得到对方的呼吸，彼此身上都有沐浴过后的清香，时间好像突然定格了，只能听见彼此心跳的声音。

轻晚的脸红得像熟透的螃蟹，燥热的气氛不断地在她身上蔓延，她不适地动了动，换来的是如笙闷哼了一声，低哑地命令："不要乱动！"

盛夏的晚上，即使开着电风扇，轻晚还是觉得好热，刚洗完澡便出了一身的汗，尤其是手掌心，都能把床单给浸湿了。

她看着他，那个冷漠而倨傲的少年，第一次在她面前彻底放纵自己，她想，此刻她是幸福的，他的世界从此为她敞开。

Part6

长假结束，同学们一个个返校，回到寝室的轻晚和苏艺来了个超级大拥抱，晚上吃饭的时候，苏艺好奇地问："怎么今天没跟你的宝贝如笙一起吃饭？"

"什么宝贝啊。"轻晚犹自嘴硬，"他才不是我的宝贝，每天都忙着实习呢。"

苏艺笑了："瞧你这张脸，跟独守闺房的弃妇一样，跟我说说，暑假两个月都在他家，有没发生什么特别的事情？"

轻晚心虚地扒了一口饭："能有什么特别的事情？"

"真的没有？"苏艺瞄瞄她，"可我怎么觉得我们家轻晚越来越女人了？"

轻晚脸红了起来，小声说："你别乱说，我有什么地方很不对吗？"

"嘿。"苏艺笑，"我乱猜的。我老听别人说，两情侣在一起不卿卿我我，除非男的不正常，看样子，你们暑假过得很幸福哦?!"她有意将那个"幸"字说得特别重。

轻晚这时却没害羞，想了想，说："小艺，帮我个忙吧？"

"什么忙？"

"帮我当如笙和我的结婚证明人。"

苏艺一愣，接着探了探她的额头："哎哟，这孩子，病得不轻啊。"

轻晚抓着她的手一派认真地说："我是认真的。"

"认真？我看你是过了头吧？你神志不清也就算了，难道范如笙也跟着你疯?”

“嗯。”她点头，“他答应过我，要给我一个未来的。”

“可给未来也不是这样给的啊？就算你再喜欢范如笙，结婚这么大的事情也要跟家里人商量一下吧？”

“跟家里商量的话，我爸妈不一定会同意的。”她顿了顿，想了半天才说，“小艺，不瞒你说，跟如笙在一起，我一直都有一种不安的感觉，好像他是手中的沙，抓得越紧，流得越快。我只能用这样的方式把他抓牢。我真的真的很害怕失去他，小艺，你不知道，如果如笙离开我，我觉得自己肯定活不下去。小艺，你帮帮我吧！”

见苏艺望着她半天不说话，轻晚拨着碗里的饭粒，可怜巴巴地说：“你说我蠢也可以，可是当你真喜欢上一个人的时候你就会跟我一样了。”

苏艺根本就没有拒绝的余地，她不是不知道恋爱中的女人都是疯子，但是没见过这么疯的，而且连一向稳重成熟的范如笙都可以跟着疯。

可是，感情这种事情，谁又能够料准，范如笙再成熟也只是个二十出头的少年，即便是自制力再好，思维再清醒也有混乱的时候。何况身边还有一个女生无怨无悔地付出，他不是铁石心肠，她所做的一切他从来没说过什么，但是却一直记在心里。

最后苏艺还是和曹洲两人为他们当了证婚人。

事后苏艺不止一次抱怨：“我这人见人爱，花见花开的年龄竟然要给人当证婚人，真是这辈子的耻辱啊。”轻晚想起那天苏艺打扮得超乎年龄的成熟就想笑。不过更让她合不拢嘴的是，她真的成了如笙的妻子。

结婚了，真好。她在他的怀中，那么亲密无间。从那一刻，他们之间的关系就不再是男女朋友了，有个好听的名字，叫做夫妻。

他从背后揽住她的腰，十指交错，银白色的戒指璀璨闪耀：“现在给你的只能这么多。”如笙抱歉地说，“以后补偿给你。”

轻晚转过身，抚平他的眉宇：“这只是一种形式，我并不在意，我在意的是你。如笙，只要有你在身边，我就很幸福，真的。”

他摸摸她的脸颊，怜惜地亲吻了她的额头。

“如笙……”她亲昵地唤了他一声，紧紧地抱住他，将脸埋在他的胸前。

那一瞬间，她真的感觉到了幸福，很幸福。

第十四章
爱情去死，自由万岁

Part1

上大学就结婚对于范如笙来说，可能是这辈子做过最任性的事情。

结婚之后的两人依旧和往常一样，每天中午一起吃饭，晚上的时候如笙打完工就会看见蹲在寝室等他的轻晚，他的桌子上不是放着她炖好的排骨汤就是一些小点心，如笙说："其实你不用每天都这样，我不吃也不会少块肉。"

她只坐在一旁傻傻地笑，每天的宵夜还是照样送。

他不知道，女人都喜欢把自己的男人喂得胖胖的，那是对于她们而言值得骄傲的一件事。以至于寝室的老袁连声哀叹，以后也要找这么一个贴心的女朋友当老婆。

知道他们结婚的人并不多，除了苏艺和曹洲，连范母都不知道，所以他们也不会在人前像别的情侣一样"老公"、"老婆"叫得甜蜜，那时的情侣之间比较惯常的称呼就是这样吧，苏艺就说："那是因为他们想当夫妻的愿望比较强烈，对于没有达到的事情总是有一种期盼的心理，这样彼此叫唤就是暂时地满足一下心里的幻想。实际上真正结婚了之后才知道，哪来那么多的浪漫，老公老婆叫多了也会肉麻。平平淡淡才是真。"

轻晚有时候就觉得，苏艺同学的想法太过于现实，苏艺却反驳："那是因为对于这个世界，我认识得太早。"

九月末的时候，英语六级成绩出来了，轻晚和苏艺一起过关，一雪前耻。

这样的大喜事不得不庆祝，在苏艺的极力煽动下，在学校附近的西餐厅大吃了一顿，当然还是如笙工作的地方。

苏艺一向人缘好，那天来的人很多，其中也有轻晚熟识的，比如汤芃和“青春痘”，还有曹洲以及以前在酒吧见过的几个人。

那天刚好是周六，轻晚早早地跟如笙说好，如笙也答应会来的，何况她就是怕他不来，所以选在星期六，这样即便是他不同意，在西餐厅工作的情况下，她也可以硬拉着他参加。可那天直到大家酒足饭饱之后，他都迟迟没有现身，问经理，经理也说今天如笙并没有请假。

喝得脸通红通红的苏艺悄悄地附在她耳边轻声说：“你们家男神也太不给面子了吧，虽然说我跟他有不共戴天之仇，但是好歹也是帮你庆祝，他怎么还没来?”

轻晚努力挥掉失望，替他解释：“可能是医院里有什么事吧，医院的工作哪说得准呢！病人生病就跟老天爷变脸一样，说变就变。”

果然被她料中，有些事情就像老天爷变脸，说变就变，让人措手不及。

范如笙的确是去医院了，却不是以一个实习者身份。

范母旧疾复发，这一次比较严重。轻晚后知后觉才知道范母原来患有肝癌。

她和苏艺赶到医院的时候，远远地就看到他——还有他身边站着的茉落。自从她跟如笙在一起之后，很久都没有见过茉落了，她没问过原因，就像她从来没有问过茉落和他是什么关系一样。可就是那一段距离，她却没有勇气走上去，只能遥遥而望，她戴了隐形眼镜，所以可以看见如笙的眉宇间有些困惑和矛盾，而茉落就像一个大姐姐似的在跟他交流着什么。

苏艺问：“那个女的跟范如笙是什么关系?”

她摇头，连她自己也不知道。

苏艺却说：“我怎么看上去那么眼熟？她叫什么?”

“我听如笙说她叫茉落。”

“茉落？好奇怪的名字……不过好像在哪里听过。”

苏艺拍了拍自己的脑袋，喝多了，脑子也不好使了，怎么都想不起来，而此时的轻晚心思却不在她那。

茉落好像往这边看了一眼，最后语重心长地和如笙说了什么之后对这边指了指，便转身离开。

轻晚和苏艺走上前去，如笙脸上的表情让人看不出他在想些什么，但是却让她有一种他即将远去的错觉。

她没有问茉落找他什么事，也没有责怪他没有去参加她的庆功宴，而是轻声地问了一句："阿姨还好吗?"

如笙沉默了一会儿，才道："进去看看吧。"

Part2

范母的情况实在不容乐观，为了挣到更多的医药费，如笙简直忙到昏天黑地，在这之前，每天本来就已经回家够晚了，现在不但比以前更晚，第二天天未亮的时候就离开被窝出门去，真正休息的时间还剩多少?

在这样的情况下，轻晚连见他一面都变得极其困难，其实她自己也很累，每天除了上课，就是来探望范母，为了替如笙省下时间，晚上都是她来守夜，病房里还住着其他的病人，大多是像范母这般的重病，每个晚上不是对床的病人翻来覆去睡不着的声音，就是斜对面痛苦的呻吟声，偶尔晚上还要扶范母去上厕所，所以基本上她每晚都睡得不安稳。

那天不知为什么她犯困得很，尽管睡得不安稳，却怎么也醒不过来，晚上她做了一个很可怕的梦，梦里面有如笙，范母，茉落还有她。

他对她说："轻晚，我后悔和你结婚，我这一辈子都不能任性，你瞧。"他指着病床上的范母，"这就是我任性的代价。"

然后他和茉落一起离开，决绝转身。

半睡半醒的时候，她感觉到有一双手抚了抚她的头发，然后是一双唇，轻吻了她颤抖的睫毛，她喃喃地说了一声："别离开我……"

触碰她的人身体一僵，看着依旧沉沉睡去的她，没有醒过来的迹象，才稍微安心。

一切发生得太快，站在门口的如萧看着自己的哥哥，半晌，才问："真的不和轻晚姐说吗?我们这样离开了，她会有多伤心?"

他又何尝不知道她会有多伤心。

只不过有时候选择比努力更艰难，既然他已经做了选择，就不能回头。

凌晨五点，将医院的行李收拾好。

出了门，茉落的车子已经在大门外等候。临上车的时候，范母对他说："我以为小晚能够给你带来幸福，如果你执意离开是因为我的关系，我……"

"妈！"他打断她的话，"不要再说了，现在我唯一想做的事情就是去美国把你的病治好。"

"可是如笙，那样，你快乐吗？"

"有什么不快乐的？"他说，"有些人一辈子盼都盼不来出国深造，再回来的时候，身份就不同了，妈，我说过要让你和如萧过上好日子。现在有机会，我不想放过。"

"那小晚呢？"

如笙闭上眼睛，脑海里忽然想起了那天茉落跟他说的话，她说："这次的留学机会是我跟我爸好不容易争取到的，只要出国，那边的医院就会免费为阿姨治疗，这样不但争取到了自己的前途，还让母亲的生命得到了转机。你还在想什么？

"如笙，你知道我爸是个非常珍惜人才的人，正因为他那么看得起你才会这么帮你，我也知道你有你的难处，如果换成是以前你一定会毫不犹豫地跟我走，但是现在……可你要知道若是你错过了这一次机会，也许以后就不会再有这么幸运的事了。丢了爱情你还有亲情还有你的理想，可若是你连理想都丢了，你有什么能力去保证你的爱情能够一帆风顺？你连母亲都会失去！何况，只不过是五年的时间，如果她真的那么爱你，不会连五年都不舍得等吧？所以，如笙，你要想清楚，有些事，错过了就不能重来。"

可，就如范母最后问的，那轻晚呢？

他真的想过要许她一个未来，结婚的决定也不完全是任性妄为，只是，世事难料，有些事情发生得措手不及，他不能为了她一个人而放弃自己的一切。

茉落说得残忍，却不无正确。

没有了她，他还有他的理想。

没有了理想，他便失去了一切。

那么，他拿什么许她一个未来？

那是他挣扎了很多天最终做出的抉择，在结果出来之后，他才发现，原来自己这么自私。可这世界上谁不自私？他们把一切都想得太简单，他们太过于年轻，很多东西都承担不起，面对这样两难的抉择，他唯一大方的便是不想让她苦等。

他想，未来还很长，或许有一天她的生命中会出现更美好的插曲，也许下一个路口说不定就会出现让她深爱的人，然后就牢牢抓住，一起写一个美好的结局。

却不成想到，人生中美好的人或物总是有限，一不小心就错过了。下一个会更好只是安慰自己的借口。

Part3

范如笙不知道当轻晚醒过来的时候看着空荡荡的床铺和桌上的离婚协议书是什么心情。

任何人都说，一定会很难过吧？

但是那也只是说说，不是当事人，怎么也体会不到那种撕裂身体似的痛。

轻晚打电话过来的时候，如笙正要上飞机，手机是茉落接的，他顿了顿，接过。

“我听说了……”话筒里传来她的声音，很平静，不如他所想的那么哽咽。

他沉默。

“不管你去几年我都会等你的……”

“不。”他几乎是立刻拒绝，“你别等。”

她沉默了半晌，才问：“为什么？”

“因为不值得……因为我要不起你的等。”

天地间的一切似乎突然间安静了下来，只能听见彼此轻微的呼吸声，那么地小心翼翼，生怕吵着了谁。

“轻……”

“嘟嘟嘟……”

当他选择开口说再见的时候，那边传来了一片忙音，她连说再见的机会也不给他了。

说再见太沉重，如果可以，她也许希望这辈子也不要再见到他了吧。

轻晚挂了电话，手还在微微地颤抖，站在H大的最高楼层上，她迎着风，脸上的表情淡漠得像是一片死水，没有任何的波澜起伏。

苏艺站在她身边，担心地看着她，“轻晚啊，你可千万别想不开从这里跳下去，太高了，会死得很难看的。”

她微笑，看看天。多美的云，多柔的风，她伸出手，闭着眼睛说：“小艺，看见了吗？我以为自己终于找到了幸福，没过多久，就从幸福的天堂里跌下来……”

原来最残忍的，最能伤她的人，依旧只有范如笙。

“轻晚……”苏艺望着她的眼神写满了担心。

“如果一切可以重来，我宁愿从来没有与他相遇。”她低喃，第一次这么后悔与他相识，“即使在一起这么久，我始终有种不安全感，觉得他会离开。可我还是试图努力，抓着最后一丝希冀，时时刻刻围绕着他转，就连结婚都想出来了。可是最终在他心里，我还没重要到那种地步。我跟他之间，一直都是一前一后两个人奔跑追逐着，就像一个X形状的线条，好不容易有了交织点，最终却分道扬镳。”

原来感情这种事，真的不是单方面的努力就能得到的。

苏艺看见了轻晚的不对劲，大声叫着她的名字。

或许是今天的阳光真的太过大，隐约间，轻晚只觉得周围一片安静，然后沉沉地昏迷过去。

Part4

再一次睁开眼睛，四周弥漫着医院的药水味，身体里，好像有一种东西已经流失，再也要不回来了。

门开了，一个穿着白大褂的医生走了进来，看见床上的她，轻笑了声：“醒了？”

苏艺不知道从哪里钻了出来，见床上的轻晚睁开眼睛，急忙跑过去：“谢天谢地，你终于醒过来了。”说完对着一旁的医生道：“爸，你快来看看她有没有事。”

轻晚愣愣地看着那个熟悉的医生走到自己面前看了看，笑道：“除了有些营养不良，没什么大碍，回去记得要多补补。”

苏艺自然瞧见了她带着问号的眼睛，挽着医生的手说：“你应该没忘记吧？这位就是经常说我听我女儿说啊……那个什么什么的，曾经跟什么什么人看过手的医生，他是我老爸。”

范如笙，三个字，是昨晚沉重得再也说不出的名字。

轻晚了然，微微一笑：“苏叔叔好。”

苏爸爸点头，给她换过一瓶药水之后，便把空间留给两个孩子。

“轻晚，我……”

“不要说。”轻晚打断她，“小艺，从这一刻后，我想重新开始。”

是啊，重新开始。

原来，心疼得麻木了，就不会再疼了，爱情没有了，他也没有了，只剩下她自己，忽然，就想做回自己，所以什么都不要说了……

大三整个学年，轻晚都在别人嘲笑与同情的眼神中度过，但对于她而言，连最大的心痛都挺过去了，别人的眼神又算得了什么。

每个人都以为她会做一些失恋者必须做的一件事情——大哭一场，可是她似乎一点也没有火气，只是平静，犹如大火过后的废墟。

她照吃照睡，和刚上大一的时候一样，庆幸自己身边有苏艺在陪伴。

住院的时候汤芃和“青春痘”都来探望过她，大家一起说说笑笑，从始至终她都没有流过一滴眼泪。

十二月二日那天，宋爸爸宋妈妈照例提前一天跟她打电话祝她生日快乐，照例寄了一笔小钱任她花费，不同的是她再也不用在自己生日的时候为了另一个人忙得昏天黑地。

她请了全寝室的人一起出去撮一顿，那天四个女孩喝得天昏地暗。陈娇娇和徐分都率先喝趴了，只剩下她和苏艺边大声唱歌边拼命敲着桌子，还时不时传来“哈哈”大笑。

所有人的目光都投向这边，这两个女孩是不是疯了？

老板看着她们，忍不住感慨：年轻真好！

轻晚看着苏艺，笑得暧昧："听说有男人在追你哦!"

"男人要来做什么?"苏艺撇嘴，"好朋友这么痛苦都是男人害的，男人都不是好东西。"

"嗯，不是好东西……"轻晚笑道。

"干杯！爱情去死，自由万岁!"

"自由万岁!"轻晚的眼泪掉下来，一滴，两滴，越来越快，所有的勇气全部毁于一旦。

那天，苏艺张开双臂，抱着那个脆弱的女孩，任由她将积累在心里的悲伤全部哭了出来。

Part5

大四学年期末来了，时光飞快溜走宛如飞机在蔚蓝的天空中划下了一道美丽的弧线。

上完了大学最后一门课古代文论，苏艺一如既往地随性，回答问题的时候把余秋雨的那篇文章批得毫无风骨，完全是辞藻堆砌，没想到也正合了讲师的意。

倒数第二个离开，宋轻晚坐在教室里和苏艺一起八卦了一些事情，眼见讲师正准备走，轻晚想应该说声"老师再见"的，犹豫间，讲师已经走到了门外，那声"再见"最终还是只留在自己心里。

晚上的时候，苏艺去洗澡了，轻晚坐在电脑前无聊，打开了QQ空间，看见了自己的上一篇日志还是一年前发的，那个时候，她还单纯得一塌糊涂。空间里不知道是自己什么时候放进去的歌，GiGi的《错过》：错过上天都有过错，创造悲欢离合，要我们承担结果，每一个人是另一个人的景色，在寂寞的时候，什么比爱更赤裸裸。

她十指在键盘上情不自禁地敲出了一篇日记："学生时代就这么结束了，有些'再见'没有来得及说出口，就再也没机会说了，比如说即将告别的老师、同学，以及……"写到这里，她的手顿了顿，最终没将那三个字敲出来。

这时，苏艺在浴室里叫："轻晚，帮我在衣橱里拿一下内衣，我忘记带进来了。"

她失笑，突然想起了更早的时候，她们一起计划着要如何追到范如笙，苏艺就忽然大变脸说要上厕所，结果竟忘了带手纸。

回想起来，一切都好像才发生在昨天。

记得曾经在哪本书上看过：对于女人来说，爱情是生活的全部，但对于男人来说，那只是他的生活的一小部分，不管当初他给过怎样的承诺，在面临选择的时候，他们永远比女人现实而理性。

有的时候，感情比纸，未必厚多少。

第十五章
五年不见，别来无恙

Part1

胃又疼了。

宋轻晚捂着自己的胃部。一整天坐在电脑前打字，打到思绪都断了路。

望向办公室的窗外，一如昨日一般下着雨，很大。办公室里安静得只能听见同时敲键盘的声音。

毕业了之后，她便来到了 G 市一家大型网站公司当编辑。

说起来也可笑，G 市有她的遗憾，有她不好的回忆。毕业之前信誓旦旦地说一定要离开这里，把这里的一切都忘掉，可最终还是选择了留下来，原因无非是天真地想终有一天，他能够回来，也许两人还能见上一面，可见了面又能做什么呢？她自己也找不到答案。

每天都生活得如同游魂一般，苏艺在毕业的时候离开了 G 市，她的身边再也没有过那么好的朋友。同学和同事，两者之间虽然仅差了两个字，可是隐藏在深处的不同点，却是怎样也说不尽。

从最初的公司只有三个人的情况下，到现在已经是座无虚席，距离那时已经过了五年了，说快不快，说慢不慢，小艺说他回来了，有一年了，可是却始终没有遇见。偶尔她会想，世界还那么小，总有一天他们会不小心擦肩而过，她在这里，他在那里，那算不算是他们彼此间最大的缘分？

其实在这几年，她身边不乏追求者，只不过她再也找不回当年的感觉，就连交往中偶尔的碰触她也会不习惯，所以最后都是以分手而告终，有时候她也会想，不爱就不爱，找一个对她好的人过一辈子也是不错的，而且她的年龄真的不小了，但有些人有些事，真的不是只要适合就好。

她们的公司是出了名的阴盛阳衰，通常这样的环境就会造就一群资深媒婆。像轻晚这样的大美女自然是她们眼中不可放弃的“食物”，什么表哥家的侄子，叔叔家的儿子，邻居家的儿子等等统统都是可以介绍的对象。

一开始，她对相亲这回事还觉得挺有趣的，只是一见钟情这种事在生命里只能出现一次，久而久之，对于相亲，她便避之犹恐不及。

公司刚下班，她便看见某位已经追着她说了三次媒的大妈又向这边走来，她连忙收拾东西闪人，急得连围巾都来不及系。正好抓在手上的手机响了起来，她飞快地接起，边接边往电梯口走去，避过了一场大劫。

“有非洲大象在后面追你吗？怎么这么气喘吁吁的？”电话里带着笑意的调侃声依旧那么好听。

轻晚在电梯里站稳：“你刚帮了我一个大忙。让我逃离我们公司媒婆的魔掌。”

那边传来轻笑声：“现在的女人都爱上了媒婆这一行么？”

“听你这么说，好像碰到了和我一样的困扰？”

“差不多。”那边顿了顿道，“既然我帮了你一个大忙，那你是不是应该有所表示？”

“啊？”轻晚一愣，接着玩笑道，“要表示么？等你有时间我请你吃大餐。”

他说：“好啊，那就现在吧！”

“啊？”轻晚一愣，直到电梯“叮”的一声响，门开了，一抹修长的背影对着大门，在门开的一刹那正好转过身，微笑：“我刚好来这边办完事，顺便来看你。”

Part2

在G市唯一有联系的同学也就只有汤芃了，他实现了少年时的梦想，目前是G市鼎鼎有名的高级翻译官。再怎么说也是同校四年，虽然交集并不算太密集，但用汤芃的话来说：“至少我们还有一起看日出的交情。”

轻晚还记得一开始跟他联系的时候，她颇有几分尴尬，因为苏艺在大三那年寒假说过的话。

好在汤芃是个很会调节气氛的人，幽默风趣，总在没话题的时候，不经意地挑起下一个话头。

后来两人便渐渐熟悉了，却也是平平淡淡。汤芃看上去个性温文，很会照顾女孩子，偶尔还会有些小顽皮，这样的男人很吸引异性的关注，何况还有他高级翻译官的身份摆在那儿，用苏艺的话说就是："人家青年才俊前途不可限量，人品我可以向你保证，错过了这家就没分店了哈！"

有时候轻晚也想过，如果说硬要找一个人代替那个人的位置的话，汤芃是一个很好的选择，而她自己也在尝试着慢慢接受中。

吃饭的地方是公司附近的一家高档法国餐厅，其实她并不是非常喜欢这样的格调，太浪漫的环境会让她有一种不知所措的感觉。而且这样的高级餐厅好贵，她的银子啊……

"为什么看起来愁眉苦脸的样子？在心疼口袋里的钞票？"回过神，汤芃坐在对面，黑色的西装外套被脱下，他穿了一件白色衬衫，衣袖松松地挽起，很是休闲。

"是啊，我可是平常老百姓，不像你们这样的能干，一年工资够我们吃大半辈子。"

他失笑："说得好像我的钱都是抢来的。明晚有时间吗？陪我参加一个晚宴。"

轻晚还未开口，汤芃便继续道："我可不希望这一次你还有其他理由搪塞我。你知道，我脸皮也很薄的，相同的要求被拒绝三次就没勇气再提第四次了。"

记不清这是他第几次邀约，晚宴这种场合陪异性出现的人，一般都是比较亲密的女性。像他这种工作的人，经常出席这样的场合是很正常的，每次他都会预先邀请她，但都被她以各种理由拒绝了，可这一次，她却改变了主意，这些年，她太亏待自己了，偶尔打开心扉给别人一次机会，也给自己一次机会。

"好啊。"她点头，微笑。

汤芃眼眸中明显闪过一丝讶异："我以为你会再次拒绝，我可怜的小心肝啊。"

"你有没有想过，其实我并没有你想象中的那么完美？"她不知道他为什么一直不放弃。

"人无完人，每个人都有自己的缺点，像我自己，缺点一大堆，我并没有把你认为得很完美。"

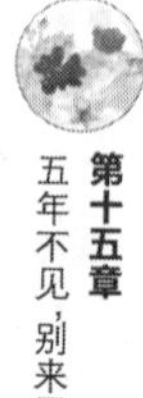

“那为什么……”

“谁让我先喜欢你?”

轻晚转头，外面依旧还在下雨，落在落地玻璃上，星星点点，折射出路灯的光芒：“如果我的心里依旧放不下过去，你不介意吗?”

“……任何人都有过去，但是那并不代表什么，除非失忆，谁又能忘记过去经历过的事情?”

“小艺跟我提过很多次你。”

“嗯?”他挑眉，“然后呢?”

“……却从没说过你这么善解人意。”

说完这话，两人都笑了。

Part3

当然最后还是汤芃付的钱，吃完饭，两人出来，轻晚不知道在想什么，习惯地就走出了门外，外面还在飘着雨呢，雨滴落到睫毛的那一刹那，一双手将她给抓了回去。

跌进他胸膛的时候，闻到了淡淡的古龙水味道。

记忆在脑海里翻滚，那熟悉的胸怀永远都带着淡淡的肥皂清香，那严肃却好听的声音总会说：“宋轻晚，什么时候才能不这么粗心?”

曾经以为一辈子不会离开自己的人，却给了自己一个措手不及的离开。曾以为不会有太多深交的人，却一直陪在身边，也许这就是人生?

轻晚抬头，看着那张逼近的俊颜，带着温柔的微笑对她说：“在下雨就没头没脑地冲出去?在这里等我，我开车过来。”

其实这个季节并不算特别的冷，可是G市只要一下雨，风就特大，温度也降得特别快，当初苏艺就经常在她耳边抱怨说：“最烦下雨了，湿答答的也就算了，昨天明明二十多度，一下雨就变成五六度了，还让不让人活。”

坐上车，温暖的气息立刻将她包围。

“我以为自己这段时间长大了很多。”轻晚说，“没想到还是和以前一样，粗心大意。”

“也没什么不好的，所谓纯真最可贵，很多人在走入社会之后变化太大。”汤芃说，“我看好你，颠覆这个理论。”

“你把我看得太伟大了。”轻晚笑了，“其实我特羡慕那些变化大的人，像我，好像无论怎么变都离不开初衷。”

如果真的可以变化，她真希望自己变成另一个宋轻晚，抛弃过去所有的回忆，珍惜现在所拥有的，或者干脆就像大多数走入职场的人一般，一切向“钱”看。

车子一路平稳地开着。

他问：“就这样回去吗?”

“嗯。”她点头，看着窗外的雨花，“我晚上还有个专题要赶，本来可以放到明天做的，不过说好陪你去晚宴的。”

“听你这么说，我好像罪过大了……”

话音刚落，巨大的撞击声传来，轻晚系着安全带，身体被惯性猛地前推，再甩向椅背。眼前骤然一黑，阵痛从后脑勺传来。

汤芃低咒了一句英文，接着是手机按键的声音，声音有些模糊不太清楚。

那个时候宋轻晚在想，要是这么快就要死了，也至少得让她再见他一面吧?

在医院检查的结果，是两人都有轻微的脑震荡。原因是开在汤芃后面的大货车司机酒后驾驶，加上今天下雨，路上打滑，才会撞上去的。

醉酒的司机被这么一闹，酒也完全清醒了，做完笔录之后主动要求承担对方的维修和医疗费用。

走出医生办公室的时候，汤芃摸了摸自己的头：“还好今天开的不是家里的那辆破车，不然被那大家伙一撞，我们两个还能有命么?”他转头对轻晚说，“你回家之后要有什么不适应，记得一定要开口，不然我良心要不安了。”

“应该不会有什么事吧?”她偏偏头，发现在大厅的橱窗里，白色的日光灯照射下，是一张熟悉的半身照，在医院众多著名医生的最顶上，下面写着黑色的宋体字——院长：范如笙。

Part4

汤芃还在耳边说着什么，她已经听不清楚，只是听见“你该不会真被撞傻了吧?”才回过神来，她笑了笑，有些牵强：“我真没事，明天还能陪你去参加晚宴呢!”

“是么?那就好。”他说，“我们在门口等等吧，我刚才打电话给大勇，让他过来接我们。”

“其实不用那么麻烦，我可以坐公交回去的。”

“这样多不好。我把你带了出来当然要负责把你送回去。”

两人说着走到了大门口，外面还在下着雨，于是两人又退了回去，打算找个地方坐着等，这时一个带着微微抱怨的声音传来：“……阿姨说美国总统都没有你忙，如果不是我过来，你还打算做到什么时候?就算你不替自己想想也要替阿姨想想，她好不容易才活下来，又要为你担心个半死，多不值啊……”

接着便是一个沉稳低沉的声音响起：“我知道了。”

“知道知道，你每次都这么说，可是每次都只是会说不会做……”

当轻晚看见他和茉落挽着手出来的时候，她脑海里出现的只有两个字：呵呵。

这些年她从来就没在任何一个人面前承认过，她在等他，就算是苏艺，她也只是说我会把他忘记，你以后都不要再在我面前提起他了。

有时候，自欺欺人是每个深爱过却又放不下的女人都会做的事情。

在每一个夜晚，她想他想到无法睡，她不断告诉自己，等吧，再等等，也许那个时候他的确有不得已的苦衷，毕竟他欠她一个解释。

无数次她在给自己，或者帮他找借口，找理由，一个等他的理由。

只不过当他真实地站在她面前时，他身边是那个能够让他变得更耀眼的女人，是那个在她的记忆中一直都不敢提起的女人。

多年的等待和思念在这一刻变得幼稚至极。轻晚从来都没发现自己这么可笑，就像是一个小丑在舞台上表演了五年的笑话，以为把自己涂上五颜六色的颜料，别人就看不清自己在想些什么，其实大家只是不说破而已。

当再次触及他眼神时，她已经将自己内心世界完全掩去。他的眼睛还是那么好看，还有一丝的诧异。

诧异?这两个字实在不该出现在他身上，当年的那个少年是那么高傲，如今的他更是英俊，成熟，却出众依然。

显然，他也看见了她，他嘴唇微动，似乎想要叫出她的名字，却又不知道该怎么喊出口。

也许时间太久，久到叫出这个名字都会觉得奇怪又陌生吧？

倒是她，大方地打招呼，仿佛他们只是各自出去吃了一顿饭，而不是分开了五年，她说：“范如笙，五年不见，别来无恙？”

“嗯。”他终究是范如笙，瞬间便恢复了以往的镇定，“好久不见，这几年，过得好么？”

不好。心里这么想，表面上她还是笑得甜甜的：“好啊，你呢？”她看了看他身边的茉落，“一定过得很幸福吧？茉落姐，我还没有正式和你见过面，一直都很喜欢你的名字，很特别。”

茉落笑道：“你是如笙以前的……大学同学吧？如笙好久没遇到过老同学了，难得这么巧，不如大家一起出去吃一顿吧？”

“不用了，我们吃过了。”轻晚微笑，“刚才我男朋友开车出了点小意外，才到这里来的，我们得回去了。”说完很自然地挽住汤芃的手，嘴角依旧保持微笑。

“没事吧？”茉落问。

轻晚摇摇头。

茉落转过头看向汤芃：“这位是你男朋友？很眼熟啊……我记起来了，是G市鼎鼎有名的翻译官，汤芃？”

“幸会。”汤芃保持绅士风度，“说起来，我跟范院长也是同校，不过和你以前没怎么来往过，改天有时间大家再熟悉熟悉。”

范如笙深深地凝视着她，目光从肩头滑下臂膀，落在两人相挽的手上。

Part5

轻晚别过头，不想再看他，对着茉落微笑：“我们还有事，先走了。”

转过身，她的微笑垮得一塌糊涂。

走出去的时候，外面还下着雨，汤芃看着外面的雨滴，转身将她挽在自己手臂上的手握在手心里，笑道：“我刚刚可是听到男朋友这三个字，你赖不掉了。”

“……”轻晚垂眼，睫毛轻微地颤了颤，咬了咬嘴唇，“刚才……那个人，是我以前的男朋友。”

“我知道。”汤芃点点头，突然放开了她的手，拍小孩子似的，拍了拍她的脑袋，“跟你开玩笑的，看把你吓得。”

“你生气了?”

“哪有?”他笑，“我像是那么小气的人么?”

轻晚沉默。

汤芃却突然又握住了她的手：“轻晚，我……”

“我会考虑的。”轻晚用小小的声音说着。

医院大厅，范如笙站在原地，手垂在身体两侧，越握越紧。没有想过会在这种没做好准备的情况下遇见，这一年来，不是没想过去找她，只不过一年的忙碌，根本无暇分身，终于安定下来之后，想要找一个恰当的时机却一直没找到，一句道歉的话，在心底演练了千万次，却始终没有机会能够说出口。即便是料想到她不可能一直都在原地等他，但是还是期盼着。

可，终究，还是迟了吗?

清晨醒来，胃部来得凶猛的疼痛感，让轻晚连下床都吃力。

无力地倒回枕头上，叹息着不再逞强。自从那个人重新出现在她的生活里，她已经连续好几个晚上都失眠，再加上这五年来，她一个人生活，饮食不规律，胃病泛滥，实在不足为奇。

这几年她一个人的生活太简单，工作，吃饭和睡觉，偶尔会因为工作上的忙碌而忽略了时间，一眨眼，好几天已经过去了，接下来就是麻木的重复。

她叹息了一声，从床上爬了起来，再难受，工作还是要做的。如今，除了工作上的忙碌，她实在不知道自己可以做什么，害怕把自己关在一个人的房间里，从工作至今只请过一次假，然后，再也不敢了。

好像爱了一个范如笙之后，就用尽了她所有的快乐。

她突然想起了大学的时候“青春痘”给她讲过的冷笑话：有一天，有一个人在钓鱼，他钓着就掉下去了。就像她的爱情，爱着爱着，就陷进去了，并且，再也爬不起来了。

第十六章
知道你过得不好，我也就安心了

Part1

轻晚有时候觉得这世界上的事情真的是很难说，有些人有些事，你想遇见的时候，偏偏老天不给你机会，等到心如止水的时候，那些人那些事又突然出现在你生命里，而且从来没有原因，就比如说如萧和她。

轻晚不太记得当初自己来公司应聘的时候是带着怎样的心情，她是学中文的，找个小杂志的编辑当当实在是合适得找不到理由。

那个时候轻晚争取这份工作的初衷似乎也没有多伟大，但是真正做起来了，才发现，这份工作真是再适合她不过了。她的手上有很多听话的小作者，每个人都有自己的故事，闲下来的时候，她便沉醉在别人的故事里，开心，或者不开心，幸福，或者不幸福，也曾想过，爱情本身与幸福无关。只是，这种事谁能说清楚呢？就如同陌生的面试者走进来，谁又能一眼就看清楚他们是为何要来应聘这个职位的，也许是就业竞争压力，也许是单纯的喜欢，也许是跟她当初一样的理由。

那时候的公司还没有开始这样大范围的招聘，每天络绎不绝的面试者走进来，她们早已连头都懒得抬起。轻晚就是在这一群懒得抬起头的人中，一不小心地抬起头，一不小心对上如萧的眼神，一不小心，心里又荡起小小涟漪。

如萧从应聘室出来的时候正好是午休的时间，于是两人便在离公司不远的茶餐厅挑了个靠窗的位置。

“如萧，好久不见，都成大姑娘了。”轻晚问，“应聘得怎么样了？”

“还没轮到我呢！”如萧说，“应聘的人太多了，我估计要等到下午，说实话，真紧张，我从来都没有过这样的经验。”

“放下心，其实也没什么难的。主编应该会让你写写书评啊，谈论一下对我们公司的了解，分析作者的作品之类的，你只要按照自己的思路回答就可以了。”

“轻晚姐在这里工作了很久吗?”

轻晚愣了一下，点头：“嗯，大学毕业就在这里了吧。”

如萧笑道：“没想到我们会在同一个公司遇上，真的好巧。”

是啊，好巧。

轻晚看向她：“美国的生活还不错吧？看你好像比以前气色更好了。”

“还好吧……”如萧浅浅一笑，“但也不能说完全很好，就像我哥……”

“怎么会想到来这家公司应聘的?”轻晚打断她的话时，眼睛是看向窗外的，雨过天晴，今天的阳光很温暖。

如萧一下子没反应过来，待到反应过来的时候，侍者已经将她们点的餐点端放了上来。

如萧有些不甘心，继续说：“轻晚姐，其实我哥……”

“如萧！”轻晚转过头，深深地望了她一眼，“有些事过去了就不要再提了。”

“不，我要说！”如萧倔强起来的性格真的好像当年的自己，轻晚当时心里是这么想的，只不过倔强的人总是容易受到伤害。

轻晚应该起身走人的，可许是时间改变了她的性格，她不再像当年那般的冲动，所以才会淡定地坐在椅子上听她说：“哥是有苦衷的。那个时候，我们家里所有的储蓄都用在妈妈的医疗费上，你知道我哥那时候也只是一个学生，就算每天拼命地打工也赚不了多少钱，妈又得了这样的病，如果换成是别人，还可以向亲戚借钱，可我们连一个亲戚都没有。最后哥没有办法，只能找到茉落姐，茉落姐的父亲是当时 G 市医院的院长，他是看着哥哥长大的，他很喜欢哥哥，不用如笙开口，他就帮妈妈把一切事情都办好了，他联系好了美国那边专门研究癌症的医生替妈妈看病，只不过那时候他还做了一件多余的事情，就是争取到两个出国留学的机会。他是好心，心想如笙可以一边出国留学一边照顾妈妈，甚至连我的学业都给安排好了，这样的恩情，哥哥当时真的无法拒绝。”

Part2

如萧顿了顿，苦笑：“哥哥就是这样的一个人，总是替别人着想，却从来都不想着自己。在美国的四年，他并不快乐，原本话就不多的他比以前还要沉闷。我曾经问过他，你真的一点都不想轻晚姐吗？为什么你来这里之后连提都没提过她？他给的反应只是笑笑，那个时候我不懂事，总会责怪他说哥你这样太无情了。大约在妈妈的病情得到了彻底治疗的那年，茉落姐拉着我和他还有几个同学一起去庆祝，他那天心情大概是不好，几乎是来者不拒，有几个暗恋他的中国女学生不断地敬他酒，最后他喝得烂醉，回到家我帮他清理的时候，他不断地说：轻晚，对不起，轻晚，对不起。那是我第一次看见哥流泪，原来，再坚强的人，也会伤心流泪。而像哥哥这样的人在伤心哭泣的时候，我会难受到连看都不敢再看下去。他不是不想你，就是因为太想了，所以连提都不敢提。”

“哥他没有对不起你，如果硬要说谁对你有亏欠，那就是我和妈妈，因为我们一直都是哥哥的负担……轻晚姐……你原谅哥好不好？我真的不想看见他再这么痛苦下去，这几年，他连笑起来都不快乐……”如萧的眼眶微微地泛红，却忍着不让眼泪流下来。

轻晚的心从来没有像现在这么乱过，她无可奈何地打断她的话：“别说了，真的不重要了。其实我们并不了解如笙，即使没发生这一切，我们也可能没有未来，他根本就没有你想象中的那么喜欢我……”

“不，谁都看得出来，他不只喜欢你，他还爱你。以前他和你刚在一起的时候，他会莫名其妙地微笑，每天的心情都好得不得了，而且……而且他还把你送给他的手表一直戴着，别人碰都不给碰。甚至在国外的时候有一次因为打篮球意外表被砸坏了，他拿去修过之后，就再也没有碰过篮球。轻晚姐，如果这都不算爱，那你告诉我，什么才是爱？”

她不知道，从听见如萧的话开始，她的眼泪就在掉了，然后，模糊了视线，心也疼得发颤了。

可是，那又能怎么样呢？即便是还爱着他，却早已经失去和他在一起的勇气。

她还记得大学毕业那年，苏艺回忆她二十三岁生日两人疯狂的那一天，她说：“那个晚上，你把心中积累的所有怨气都发泄了出来，像个疯子。”

她只是回她一笑，没多作回答。

爱情没有了，婚姻没有了，自己像一个疯子。没成为真正的疯子，已经说明她够坚强了。不是不够爱，只是如今，比起爱他，她更想保护自己，就像失去的时光再也要不回来，同样的，碎了的心也不是轻易就能拼合的。

五年的时光，也许很多东西都在变，他的爱，或许是真的，但是她却再也不是从前那个天不怕地不怕勇敢向前冲的宋轻晚了，她最最绝望的时候，范如笙不在她的身边。

Part3

轻晚不记得自己是怎么回去的。一整个下午不管是坐在电脑前还是开会，思路都不在现场。

庆幸的是，如萧成功被公司录取了。她知道，有一个这么优秀的哥哥，那么妹妹，也不会差到哪里去。

下班之前，她收到了一个礼盒，签收之后打开，发现是一套黑色的晚礼服，她突然想起了昨天答应过汤芃的事情。范如笙，毕竟是过去式，她不能辜负汤芃，她应该忘记他。

待到公司同事都走得差不多了，轻晚才到洗手间换了衣服出来。虽然是春天，但是穿得这么少还是很冷。披了件外套坐电梯来到了楼下，汤芃已经在那里等着了。

他穿了一件合身的黑西装，看起来像是童话里的王子。

其实男人在参加宴会的时候在服装方面都没有什么选择，不意外的都是一套衣服——西装。只有女人才会费劲地打扮自己，因为装扮的东西太多，到头来竟不知道究竟什么才是适合自己的。

见轻晚披着外套都冷得瑟瑟发抖，汤芃将自己的西装外套脱下披在她的身上：“昨天害你差点出车祸，今天要再害你感冒，我真的要良心不安了。”

轻晚弯弯嘴角：“我没有那么脆弱。”

两人一起上了车，虽然这样的天气没有开空调的必要，但是汤芃还是很贴心地早已经打开了。

不想太沉闷，轻晚笑笑说：“想不到你还这么细心？看来小艺真的是太不了解你。”

“我跟她更多的时候像是哥们。”汤芃哑然失笑，说，“如果我想宠一个女人，我可以对她非常好。”

“是吗？那当你女朋友肯定很幸运。”

“这种想法很好，”汤芃笑出声，“你要不要试试当一回？”他又转折，“不过，如果你真的没有办法忘记你心里的那个人，就不要勉强，我不怕等下去，但是我不想你自己折磨自己。”

“我没有折磨自己，只是还有一点放不开而已。”她说，她以为自己隐藏得很好。

“真的只是一点么？你想骗别人还是骗自己？”汤芃叹息，“知道我为什么会喜欢你吗？”

她侧过头，疑惑地问：“为什么？”

“就是因为你脸上那种落寞和彷徨的表情让人心疼吧。”

“……”她不解。

“我第一次遇见你的时候，你刚到大学没几个月，那一天大概是你父母过来看你，完了要回去了吧，你站在校门口和他们说再见，我还记得你看见他们转身离开的时候，脸上的表情像是被主人丢弃的小狗。那时候我就在想，世上怎么会有这么脆弱的女孩？好像随时随地都会经不起折磨……但是你追范如笙的事迹又让我看见了不一样的你，坚强而不认输，让人心疼。后来，范如笙抛下你去了美国……没错，你是表现得很平静，但自此以后你笑容总是那么不真实。……不过我虽然喜欢你，但是如果我没有办法给你幸福，我也不会勉强你跟我在一起，我愿意放弃。”

她今天真的好会哭，眼泪又不争气地在眼眶里面打转转，她强忍着笑出声：“终于知道为什么女人都喜欢听甜言蜜语，真的很好听。”

“这不是甜言蜜语。”汤芃忽然将车停靠在马路的一旁，在春天的黄昏，他的眸中有不一样的波光在闪动，“给我一次机会，我会一直守护着你。”

Part4

这是一场豪华宴会，聚会的对象都是知名企业的高层，现场采取的是西方自助式的餐点，轻晚很少出席这种场合，还是有些紧张。

“放松点，你这样的表情会让别人误以为你是被我绑架过来的。”汤芃调笑的声音从耳边传来，“不过我有些后悔带你来了，今天的你一定引人注目了。”

“会么？”轻晚不安地拉了拉胸前的衣服，在公司里试穿的时候怎么没发现这礼服的胸口竟然开得这么低。

“当然。”他从不时端着托盘在人群中穿梭的服务员手中拿了两杯红酒，将其中一杯递给了她，“你今天很美。”

“谢谢。”轻晚假装喝酒藏起自己的不适应，移开目光，却看到了一双绝不可能出现但却真实出现的双眸——范如笙。

他怎么会在这里？噢，她差点忘记了，如今的他地位极高，也是个难见一面的大人物。

这是轻晚第一次看见他穿西服的样子，英俊挺拔的外表，一举一动不但吸引着大家的注意，更是众美女的焦点人物，只不过他的身边早就站着一个美女，远远望去，郎才女貌，合适得不得了。

轻晚握着玻璃杯沿的手指情不自禁收紧，几乎想立刻转身就走，脚却像是在地上生了根一般，眼睛更像是落进了那双幽深如井一般的眼眸中，无法自拔。

仅仅只是对视，却让她连呼吸都紧促，她强逼着自己收回眼神，幸好汤芃有朋友要应付，并没有注意到这边的情况。

汤芃在这个圈子里的知名度很高，很多人都主动上前打招呼，不一会儿就开始寒暄了起来。当然少不了要介绍她，汤芃极其自然地说出口：“她是我女朋友。”当他伸手将她轻轻拥在怀里的时候，她并没有拒绝。

“汤先生，不知道我有没有荣幸请你陪我跳一支舞？”灯光暗下来的时候，一个声音传来，两人望去，竟是茉落。

她刚才不是还在范如笙的身边么？轻晚下意识地望去，范如笙深邃的目光，定定地锁在她身上。

汤芃轻笑：“美女主动相邀，我怎么好意思拒绝？”他低头，温柔地对轻晚道，“你先在一旁休息一会儿，等我。”

“好。”她顺从地应下。

意外的，他在她额头印上一个轻吻，然后在她讶异的目光下，和茉落滑进了舞池。

宴会的气氛让轻晚有些沉闷，有几个不相识的男人邀舞，她拒绝了，后退了几步。进门前她就看见了大厅的左侧有个不小的阳台，她想出去透透气。

屋内一室热闹，屋外月光清冷，真是鲜明对比。她穿着单薄的吊带裙，晚风吹在裸露的肩膀上，激起点点鸡皮疙瘩，她不禁打了个寒战。真冷！

就在这时——

一件带着余温的外套披在了肩膀上，她下意识地望去，竟是范如笙。

“谢谢你的外套，不过我想……”她刚将外套脱到一半就被他重新披了上去。

“怎么还是这么笨？明明里面那么暖和，非要到外面来，不冷么？”他淡漠地说着，用熟悉又陌生的表情，顺手将她的手特别自然地包进了他的掌心。

Part5

鼻子竟有些发酸，她闷闷地抽回手：“不冷。”她说，语气就像是当年生气跟他闹别扭的人一样。

如笙没说话，点了一根烟，站在她身边。

她还是忍不住转头看他，他的侧脸在缭绕的烟雾中显得很不真实，那修长的指尖很随意地夹着一支烟，动作熟练而优雅，可见，他抽烟已经有些时候了。

“你什么时候开始抽烟的？”她问。

“就这几年。”他模糊地回答。

是啊，就这几年。大学的时候，如笙是师长心中的乖乖好学生，从来烟酒不沾，可这世界上怎么会有一成不变的东西？就像她当初眼巴巴地讨好他，现在却对他又恨又……

爱吗？轻晚闭上眼睛，不想承认。

“谁给你选的礼服？”他问。

“怎么？不好看吗？”

“不是，很漂亮，不过我以为你不会喜欢穿这么暴露的衣服。”

“不要以为你很了解我！”几乎是冲出口的话，口气很坏，让她感觉自己就像是个怨妇，她闭上眼睛，深吸一口气，“人是会变的。”

他的脸色依旧很平静，他说：“那么，你变了么？”

她竟是笑出了声：“五年了，谁能不变呢？不只我在变，H大在变，这个城市也在变，世界都在变，何况是小小的我？”

“变成什么样子都无所谓，只要你高兴就好。”

如果是以前，她可不可以把这个当成是蜜语甜言？以前求都求不来的东西，如今却轻易可以听见。

“他很照顾你吧？”范如笙忽然问。

“是啊，他对我很好。”她说。

“那我就放心了。”范如笙微微一笑，“轻晚，这几年你成熟了许多，我真心地祝福你生活幸福。”

这算什么？无名的怒气在轻晚心里燃烧，她顿时被激怒：“谁要你的祝福，谁稀罕！你不是喜欢去美国么？为什么还要回来？为什么还要站在我面前跟我说这些无意义的话？这样的祝福就能显示你的宽容你的伟大，就可以让当初你赏给我的伤害将功补过？不可能！我告诉你，范如笙，不要用这么虚伪的态度对我，那样只会让我讨厌你。这个世界上谁都有资格说祝福我的话，就是你没有！我给了你无数次机会，你每次都食言，你对任何一个人都可以说到做到，可是给我的承诺却是一个巨大的谎言，看见没？这就是爱你的代价！范如笙，有的时候我真的好恨你！”

如笙的眼神分外空洞：“终究，你还是恨我。”

“是！我是恨你！我从来都没有像现在这么恨你。你一去就是五年，连句交代的话都没有给我，甚至连一句再见都不肯亲自跟我说！在我的心里，我把你看成我最重要的人，除了我爸妈，没有人比你更重要，可是你呢？你给过我什么？可我还是那么傻，即使你走了，即使你说不要我等，我还是傻傻地在G市等你，我骗过了所有人，可是我骗不了我自己。这五年我就是在等你，每个夜晚我都会被惊醒，我以为一睁眼就能够看见你，可是每一次给我的只有满室漆黑，你知不知道那种失望的感觉？我想要见到你，可我又害怕见你，就怕你身边有其他女人的影子。你说我恶毒也好，我就是会嫉妒，如果你有了女朋友，我说不出祝福的话，我只想诅咒你永远不能得到幸福！”

她还是没忍住在他面前哭了，这些年的委屈都化成了眼泪还给他。

如笙伸手想要去替她擦眼泪，却被她一手挥开，将肩膀上的外套丢给他，她说：“我不要你的同情，我受不起！范大院长。”

Part6

她没有走成功，他从后面追了上来，拉住了她的手。

但他却什么都没说，只是一动不动站在那里看着她，黑眸深沉，依旧复杂得让她看不出他在想什么，只是她终于看见，他的眼底有泪光。

那一刻，她的心是疼的。

她忽然就想起了他以前曾对她说过的话。

他说："拜你所赐，以后我每次打喷嚏都会想起你。"

他说："我陪你等。"

他说："宋轻晚，你究竟是用什么做的？一个女生总是跟别人说我喜欢你，你不害臊吗？"

他说："轻晚，给我时间。"

他说："委屈你了。"

他说："会后悔吗？"

……他一直用很心疼很怜惜的眼神看着她，温柔地亲吻她，低问："要怎样你才不会那么痛？"

可是这五年来，她无时无刻，心不在痛。他不知道，是因为他没有试过五年来，每天都在想同一个人。

他从来都没有说过爱她，连一句喜欢都没有，不过，她也不介意。等待，不是因为他会回来，是因为对他还有爱。

谁说的，世间也许有两种可以称之为爱的情感，一种是相濡以沫，一种是相忘于江湖。

如果可以，就让她假装一下自己是他最爱的那个人吧。

她从他的手心抽走自己的手，似笑非笑地说："我猜你为什么走，猜了五年。这些年，知道你过得不好，我也就安心了。"

擦干眼泪，转身离开，再见，她的初恋和回忆，五年前没说出口的再见，今天终于可以补上，看见他眼底的泪水，她有报复的快感。

如笙望着她的背影，久久地僵立在原地，直到她彻底地消失在他的视线里。

她在二十岁的时候就爱上了他，这一场恋爱中，付出的永远是她，她陪他度过了他的二十三岁生日，很久以后他才知道，那天，也是她的生日。

从小到大，遇见过多少冷暖世故将他的心逐渐打磨得冷漠和决绝，她是他生命中唯一的一丝阳光。

他一向没有什么奢望，在美国的那些年，或许有过绵长刻骨的思念，或许曾经无数次也想要放弃，可后来终于明白，她带给他的快乐，是世界上最大的快乐，是独一无二的。他何尝没有受过思念和悔恨的煎熬，可那是他咎由自取，他没有后悔的余地，他只希望时间可以善待他，当他回去的时候她还没有遗忘他。

而现在，恨比起遗忘，未必能好多少。

不知道过了多久，直到如萧的身影出现在他身后，她紧紧地抓着自己哥哥的手，哭着说："哥，你为什么不向轻晚姐解释，她还对你有感情，她还是爱你的。她爱了你那么久，从五岁的时候我们看戏的那个晚上，她就盯着你看了一个晚上。哥，这样的感情，不是说忘记就能忘记的。"

脑海中一个少女清脆带笑的声音仿佛从遥远的时空传来——

"如笙，你要记得，我喜欢你，喜欢了好多年。"

"很多年?"

"对，让我数数，一，二，三四五……"

"我们才认识了几年?"

"哎呀，反正你只要记得就是了。"

谜底揭晓的那一刻，他恍然惊醒。

过去的种种如潮水在如笙脑海中翻涌，六岁的时候，那个满村子追着他跑的小女孩和记忆中的身影重合。

他一直以为，轻晚的爱情，是在大学他们相遇之后，却没想到，萌芽的感情是在更遥远之前，他根本就没将她放在心上的那个时候。

他究竟伤害她到了哪种程度?

如笙闭上眼睛，脸上是从未有过的痛苦。

第十七章
你知道，我们已经回不到过去

Part1

经过了一个晚上的休眠，轻晚第二天依然是起床穿衣，搭地铁去上班。

如萧现在已经是公司的实习编辑了，也不知道是巧合还是怎样，总编分下三个实习编辑，如萧分给她带。

说实话，轻晚还是很喜欢如萧这个小女孩的，喜欢中带着心疼，但是让她遗憾的是，即便再喜欢也不可能再像从前那般亲密了，毕竟她是那个人的妹妹，如果两人还能泰然自若地亲密相处的话，不是没心没肺就是脑子有问题了。

不过在范如萧眼中可不这么认为，她一直觉得若不是自己和妈妈，哥哥是不会和轻晚分手的，所以时常在一起午休吃饭的时候，她便跟轻晚说起范如笙的过去。

宋轻晚觉得自己是个矛盾体，明明知道自己不该再去了解他的过往，她也跟如萧说过，这些对她来说已经没有任何意义，只不过每次到底还是会听上一些，并且每听一次，心就疼一次。

有一次，如萧说到茉落跟他们家的关系，她说："哥一直都对茉家有愧疚。其实，茉落姐以前有一个亲妹妹，叫茉菲。大概在哥哥念高中的时候，茉菲和哥是同一个班，她是一个很活泼很善良的女孩子，她非常喜欢我哥，就像你当初一样。当时哥对她的态度也是很冷漠，其实他心里是挺欣赏她的，因为全年级也只有她在成绩上能和哥并驾齐驱。不过茉菲没有你那么幸运，一场意外的车祸夺走了她的命。那天，是高中部的篮球比赛，她从家里赶过来想为哥哥加油……那是一次意外，却也是哥哥的遗憾，所以他对茉落姐很好，尤其是在茉菲的父母从来都没有责怪过他的情况下，那时候我们家穷，很多事情都是茉家帮我们的，因为茉爸爸很喜欢哥，觉得他跟自己年轻的时候很像，是个不可多得的人才。

“我知道哥从来都没对你解释过他和茉落姐的关系，以前，我也以为哥喜欢的是茉落姐，后来，在看见哥和你相处的时候我才知道哥真的喜欢你，那么对你，就是爱。轻晚姐……在我心里，大嫂只能你来当。”

轻晚心里难受，脸上却装成云淡风轻的样子，她说：“如萧，你太看得起我了。”当初，她就是太看得起自己了，才会输得一败涂地。

转眼就过了一个星期，星期六是个难得的短暂假期，昨天汤芃打电话约好了一起吃饭，早上她在家里睡了个懒觉，赖到十点才起床。

将屋子打扫了一番，再去洗了个澡的时间，汤芃的电话便打了过来，说是已经在楼下等了。

她匆匆地换了衣服，将长发束成一个马尾，拎着包就下去了，她从来就是个不愿意让别人多等的人。

G市的双休日从来都是热闹的，步行街上情侣双双对对，大多是在附近上大学的学生，脸上带着幸福得连路人都会嫉妒的单纯笑容。

轻晚一直都很羡慕这样的情侣，当初跟范如笙在一起的时候，别说逛街了，就是校园也没怎么逛过。就算是真的在一起闲逛，恐怕就连牵手他也会不自在吧？后来他飞去美国了，她便天天跟着苏艺逛街逛校园，望着一对对路过的情侣也只能有羡慕的份。有一次她抱怨：“为什么别人都是出双入对，就是摆明出来让人嫉妒的！”

苏艺就会抓着她的手说：“啧，我们现在不是也出双入对么？”

那个时候没有爱情，友情在身边全力相助。如今身边有了异性陪伴，可是却也失去了当初的热情。

Part2

“想吃什么？”

恍神间，汤芃的声音传了过来。

她愣了愣，道：“如果我说麦当劳，你会不会嫌我幼稚？”

“好啊。”汤芃欣然同意，在心里庆幸自己今天穿得比较休闲，自夸地说，还有当初在大学时候的青春活力。

两人一走进麦当劳，只见里面人头攒动，轻晚当下就后悔了，忘记了星期六的中午是麦当劳最爆满的时候。

“这么多人。”她吐吐舌头，“要不咱们换个地方吧？”

“也好。”汤芃说，“去前面看看吧。”

两人走出了麦当劳，阳光有些炫目，她再提一个建议：“不如我们去吃火锅？”这样不冷不热的天吃火锅的人应该不多，她是这么想的。

只不过走进火锅店，她又开始后悔了。

“今天过节么？”她郁闷，“怎么走哪，哪人都这么多？”说完掉头就要走人，原本的好心情也开始烦躁起来。

“等等。”汤芃拉住她，“跟我来。”他牵着她往前走了几步，一个服务员看见了他，连忙走了过来：“汤先生，请问几位？”

“两位。”

“楼上请，楼上请。”他带着他们绕过人满为患的一楼，上了二楼。

相对下面，二楼的空间算是安静。他们被安排坐在一个包厢里，两人就着菜单点了一些火锅菜式，服务员便礼貌地下去交菜单了。

“一看你就是经常来这里吃的吧？”轻晚环视了小房间一眼，“真看不出这样的火锅店竟会有这样的待遇，我以前只听说过这里很有名，每次来都爆满，根本没座位。”

“现在的社会风气就是这样，每次做完一次翻译，都要出来吃吃喝喝，有些人特别爱来这里，大概是因为这里的味道真的很好。”

“像你这样的工作应酬应该特别多吧？”

“工作的时候要和各种人打交道，应酬也算是工作的一部分吧，这也是没有办法的事。”他说，“有时候真的不太喜欢这样，所以就特想找个老婆，以后出去就有理由了，说妻管严。”

“别人一定不相信。”她笑，“你看起来不像是个怕老婆的人。”

“是么？”他模棱两可，“也不一定。”

这时，服务员将两人点的锅底端了上来，再用餐车推来了火锅菜料。

轻晚没吃早餐，早已经饿得肚子咕咕叫了，只是不好意思说。

吃第一口的时候，她终于知道这里为什么会人满为患了，这里的味道真的很好，别人都说菜有家的味道，这里连火锅都能吃出家的味道。

两人一边吃一边聊一些琐碎的事。轻晚是个吃饭特快的人，因为大学跟范如笙在一起的时候，他习惯了吃快，所以她也就得跟着吃快。在认识他以前，她都是细嚼慢咽的那种，所以说有时候人真的很奇怪，从小到大的习惯，碰到有些特殊的人时，说变就变。

吃完出来后经过一楼，人依旧很多，轻晚就说："以后再也不挑这种时候来这了，人挤人啊。"

汤芃满不在乎地一笑："别这么说，我觉得挺有趣的，要在平时，哪有机会见识这样的场面。以前遇到的时候还是上大学时，跟苏艺两人，现在挺怀念的。"

"跟小艺?"

"嗯，以前经常被她拉来这里，她特别喜欢吃这家的火锅。那个时候还是个学生，没这么好的待遇，两个人就傻兮兮地排着队等。等到有位置了，两人已经饿得看见什么都想吃了，所以她总说这里的东西是她吃到最好吃的。我一直认为那是被饿的。"

轻晚望了他一眼，阳光下，他英俊的脸上勾起淡淡的笑容。

她一直很欣赏小艺的性格，现在想起来，终于知道为什么汤芃能和她做好朋友了，他们两个对于生活总是积极的、乐观的，无论做什么都不后悔不抱怨，其实这样的人才能真正活得快乐吧。

Part3

回到家时，已经是深夜了。

吃完晚饭之后，汤芃便把车停在轻晚住的小区里，两人漫无目的地在人行道上走了好几个小时，她的手一直都是被他牵着的。清冷的月光下，有一个人陪在身边也是一种幸福。

就这样吧，她想。

站在楼下，轻晚转身向他说再见。

走了几步，发现身后没声音，她转过身，有些诧异："你还不回去吗?"

"太快回去，怕今天只是做了一场梦。"

"汤氏幽默?"轻晚笑出声，"不早了，你快回去吧！放心，今天你绝对没有做白日梦。"

月光下，她白皙的脸庞因为喝了点红酒的关系，面色红晕，她说话的声音小小的，竟让人感觉到一种撒娇的意味。

汤芃眼睛微眯，忽然一把将她拉进怀里，一双黑眸炯炯地凝视着她。

毫无防备的轻晚吓了一跳，抬头看他，抱着她的人身形高大，棱角分明的脸庞上有着浓浓淡淡的阴影。

一切发生得都太过自然，他们之间暧昧的男女关系，终是要到一个了结的时候了，她和范如笙已经不可能了，现在开始一段新的感情很自然不是么?

此情此景，她根本没有拒绝的余地。

当汤芃火热的唇覆盖上她冰凉的唇时，心里有什么碎了的声音，她的手竟不受控制地抵在他的胸膛上，脑海里知道自己不应该挣扎，可是动作却是连自己也控制不了。

感受到她挣扎的汤芃更紧地拥住了她，霸道得不容她有半分退缩。

那是轻晚第一次感觉到汤芃的强势，表面上，他并不像一个霸道的人，可那个吻中的强势和霸道，一步一步紧逼着她专注于这个吻。

可即使如此，轻晚的心绪却飘得越来越远，她想起了年少时候，那些并不浪漫，淡淡的吻，心忽然就绞痛起来。

一股巨大的悲哀笼罩着她，轻晚知道自己还不行……她还做不到，忘记过去和另一个人牵手走完未来的路。

当汤芃放开她的时候，她还来不及找借口，就看见不远处有一个人影，月光下，她的样子给人一种站了很久很久的错觉。

"小艺!"

站在那里的人可不是苏艺么？没有想象中的风尘仆仆，可见她不是今天才回来的。轻晚一个激动冲过去就把她抱住，"你什么时候回来的？怎么都不提前跟我说?"

"昨天来的，本来想给你一个惊喜的。"苏艺微笑，"不过，好像你们给我的惊喜更大吧？”她转过头，看向她身后的汤芃：“包子，不错么？悟空要成佛了？”

汤芃看着她，眼前的苏艺似乎黑了点，看起来更健康了，依旧是利落的短发，却多了一份成熟的女人味。

有近三年没见到她了，毕业后一年，她便离开了G市，没有跟任何人说原因。

“终于知道回来了，我以为叔叔和阿姨要等到满头白发你才舍得回来。”他说。

“我有那么没良心么？”苏艺习惯性地翻翻白眼。

轻晚迫不及待地问：“小艺你这次回来，还走么？”

“应该不会走了吧。”苏艺说，“再走我妈就铁定了要追得我满世界跑了。本来打算今天白天过来的，谁知道我一回来还没睡个懒觉就被她拉出去相亲，真无奈。”

轻晚大乐：“那今天晚上你可不可以跟我一起睡？我有好多话要跟你说呢！”

“今晚恐怕不行。”苏艺说，“我答应我妈早点回去的。”

“小艺……”

“别用这种眼神看我，反正我又不走了，要见面不是随时的事情么？”苏艺呵呵地笑，睥睨了汤芃一眼，“你们两个，还不快快招来，什么时候好上的？连我也瞒着。”

轻晚闭嘴，不知道该怎么说。

倒是一旁的汤芃打趣道：“还没怎么着就被你发现了，你要我们招什么？何况你回来不是也没说么？大家算是扯平了。”

“扯平了？”苏艺笑，“想得美，这辈子你都别想跟我扯平！”

轻晚不知自己是不是看错了，苏艺的眼眶里好像有晶莹的液体在流动。一开始的时候她以为是自己眼花了，可是如今看上去，却是那么的真实。而她的脸上并没有什么不正常的表情。

“小艺……”她迟疑地叫出声。

苏艺转头去看她，角度转换，轻晚又觉得她的眼睛和平常没什么变化。

轻晚心放了下去，笑自己总是疑神疑鬼的。

“没事。”她摇摇头，“我就是见到你太高兴了。”

"傻丫头!"她笑，"倒是我看见最好的两个朋友幸福地在一起，我才高兴。"

Part4

那天晚上，是汤芃送苏艺回家的，后来，轻晚打过电话约苏艺出来，可她似乎很忙的样子，说每天都被苏妈拉着，不是相亲，就是找工作，真是忙啊。

可轻晚却觉得隐隐的不对，难道说是因为长时间没见面的关系，所以她们之间的友情也大不如以前了?

昔日珍贵的友情还在脑海中回放，范如笙离开的那段时间，她们之间的感情更加好了。苏艺经常会把她从床铺上叫起来去做饭，因为她在恋爱时练了一身好厨艺。晚饭后两人会在校园里散步，会站在教学楼的走廊上听着校园广播很安静地发呆，偶尔还会很神经地跑到寝室的顶楼去吹风，那个时候友谊是她最大的支撑，而如今似乎也要随着时间的流逝慢慢地淡漠了吗?

至于汤芃，和他依旧不是很频繁地交往着，有个好听的名字叫男女朋友，究竟有没有到那种程度，只有他们俩清楚。关于那个晚上，谁也没再提起，有些东西，不说出来比说出来更好。

早上照常上班的时候，轻晚看到座位上有一大束的百合，洁白的花瓣看得人很有蹂躏的冲动。轻晚知道这样讲很不浪漫，可是她已经过了当初梦幻般的年龄。当初年纪小，时常会羡慕收到花的女同学，交了几个男友，也收到过，却再没有任何的情绪波动了。

"哇，谁送的?真漂亮。"一旁的同事羡慕得口水都要下来了。

轻晚在花中巡视了一眼，没见有卡片之类的东西，她G市的朋友少得可怜，汤芃喜欢送玫瑰，应该不会是他送的，那会是谁?

百思不得其解，她摇摇头，反正也没有卡片，说不定是谁昨天忘记了放在她桌子上的。

一周之中，周一和周五是编辑部的噩梦日，忙碌得一整天都有做不完的事情，作者的QQ呼叫也没有时间回，大大小小不断的会议开得人头晕。到真的闲下来的时候才发现天已经不知不觉暗了下来。

抬头巡视了办公室一圈，同事都走得差不多了，让她奇怪的是如萧也没说一声就走了，大概是因为她上次说的话，对她绝望了吧!

她苦笑了一声，瞄见了桌子上还放着的那一大束百合花。其实她很喜欢百合，不过从来没买过，工作了之后才知道人实际一点比较好，那些买花的钱都够她两天的伙食费了。有一个同事就跟她抱怨过："你这是身在福中不知福，大美女的反常心理。我想要，还没人送呢！"

就在她收拾东西准备走人的时候，手机铃声响起来。她看了一眼，是个陌生的号码，不知道为何，心突然跳了一下。

按下接听键，放在耳旁："喂，你好。"

"花还喜欢吗？"那边传来熟悉又陌生的声音让她心跳加速。

"你是……"

"范如笙。"

她当然知道他是范如笙，只是惊讶这束花竟是他送的，她愣愣地盯着那花，雪白雪白，脱俗无瑕，一时间喉咙有些发紧。

她从来没想过自己会有收到他送的花的一天，以前在交往的时候就算送根草给她她都会开心上半天，可是如今收到这么一大束花，却不知道心里究竟是什么滋味，好像酸苦涩辣都有，却唯独缺少甜。

"有事吗？"她一点都不意外他知道自己的号码，她的身边有他最亲近的帮手。

"晚上一起吃饭，好吗？"

"为什么？"

其实吃饭不需要理由的吧？

如笙的声音依旧柔和："只是吃个饭而已，就当是陪陪我。最近应酬很多，吃多了乱七八糟的东西，如萧和我妈晚上不在家，我不想亏待自己的胃。"

轻晚的心立刻就软下来了，以前在大学的时候他就是经常不注意自己的胃，吃饭吃得太快，亏他自己还是学医的，不知道那样对胃不好么？

"在哪里？"她在心里告诉自己，她不过是同情他，同情他而已！

电话那边的声音里带着隐藏的喜悦："我就在你楼下。"

挂上电话，她抱着那束百合，低首闻着，不可否认，这一刻的她，是快乐的。

Part5

从电梯里走出来的时候，轻晚深吸一口气，手却情不自禁地抓住了自己的衣摆，多年来紧张时的小习惯，好像总是在他面前才会不由自主地表现出来。

G市的春天还带着丝丝凉意，尤其是清晨和黄昏，气温差别很大。

他远远地站在那里，颀长的身影在地上打下剪影，今天的范如笙穿得很随意，简单的衬衫长裤，配上一件黑色的风衣，凸显出一份成熟却与众不同的英气。

以前的如笙因为家境的关系，穿着很朴素，可是不管怎样，她总是用很崇拜的眼神看着他。值得一提的是，那绝对不是什么情人眼里出西施，而是如笙不管怎么穿都那么好看。

五年来这是她第一次这么仔细地打量他，比起大学时的他，他好像又消瘦了一些。和前几日在晚宴上遇见时相比，又憔悴了一些，脸色也不好，她的心没来由地有点心痛。

她慢慢地向他走去，本来想昂首挺胸地傲气一把，谁让以前都是她跟在他屁股后面追着跑呢?！可真的到了他面前，到底还是没有办法坦然地直视他，于是转移眼神，问："去哪里吃?"

因为没看他，所以看不见他脸上的表情，只能听见他温润的声音说："先上车。"

记忆里，只有在最后相处的那段时间里他才总是用这样温柔的语气和她说话，让她觉得自己是他手心上捧着的宝。现在想起来，她有些怀疑是不是那个时候他早就料到自己要走，所以才对她那么好的?

轻晚忍不住在心里苦笑一声，怎么一旦恨起一个人来，能想起的好像就只有他的坏。

她选择的是后排位置，车子缓缓地驶进车流里。

沉默蔓延在车厢内。

如笙本就是个话少的人，这些年，似乎也未曾改变。而她却不再是当年热情如火的宋轻晚了，拿热脸去贴冷屁股的事情她已经好久不做了。

她转过头，看着窗外飞速倒退的风景，宽阔笔直的公路上，一辆辆车子的倒影好似被风打乱，路旁的风景还来不及看，就倒退不见。

她打开一些窗口，让夜晚的凉风灌了进来，吹散了一些沉闷，很舒心。

轻晚怎么也想不到如笙带她来的地方竟是当年H大附近的米罗西餐厅。

相较于五年前，西餐厅依旧没有太大的变化，不过是里面换了新主人，服务

员也是目前在H大的工读生。轻晚置身其中，看着穿着和当年一模一样的工作服的员工，恍惚地想起了以前的自己……一种酸楚的感觉涨满她的心间，这些年尽管一直都在G市，却从来没有勇气来H大，更没勇气来这里。

西餐厅里大多是学生，并不多，许是过了吃饭的高峰期。两个人被服务员领着进来时，有不少学生抬头往这边看来，有女生惊呼："快看，好帅的男人。"

轻晚从女学生眼中看见了自己当年的影子，即便是过去了这么多年，身旁的人依旧是如此引人注目。

点了菜，服务员下去之后，两人之间又是沉默。

轻晚拿起桌上的茶水喝了一口，眼神望着窗外。不知道为什么，如今反倒没了上次大骂他的勇气了，一路上连看他一眼都不敢，应该是心虚，带着一点点的愧疚吧！

其实如笙的为难之处她何尝不知道，尤其是当如萧将一切都说明了之后，她才发现自己并不是在计较什么，她唯一在乎的是他从没把她放在心上过。

菜很快就端了上来，轻晚看着那冒着热气的菜，眼神微怔。

红烧肉，排骨汤……

"这个红烧肉是我最喜欢吃的，你尝尝。"

"嗯……有妈妈的味道。"

过去的声音浮现在脑海中……

她不吭声，毫不客气地拿起筷子就吃了起来。

Part6

"我很可怕吗？"如笙的声音终于在头顶响起。

她诧异，抬起头不明白地看着他。

他说："为什么今天你一直都不敢抬头看我？"

轻晚用筷子拨了拨碗里的食物，思索半晌，干脆把话挑明："那你呢？为什么要来找我？我以为那天我已经把话说得很明白了。"

如笙的表情很淡漠，淡漠到让她似乎透过汤上萦绕的气体看到了过去的范如笙。他说："轻晚，你觉得我是为什么？"

轻晚愣了一下，接着笑出声："你别告诉我是因为想要跟我和好，再续大学之后未完的恋情？希望是我猜错了，从认识你开始，我就没猜对过你的心。”

如笙深邃的眸子盯着她：“如果我说这次你猜对了呢？”

心一悸，轻晚自嘲地勾勾唇角：“这个笑话很好笑。”

“我知道我现在已经没有资格要你相信我。”

“聪明。”轻晚说，“相信你的代价太大，我不想再来一次，不然我会死得很难看。”

本来是心平气和地聊天，可是聊着聊着轻晚就变成了浑身竖起刺的小刺猬。不过如笙却一点都不介意，也许这才是真实的她，那是他过去所没能见到的。

“我找你，是想亲自告诉你。”如笙顿了顿，才缓缓地开口，“轻晚，我们还是法定意义上的夫妻。”

此话一出，如一枚炸弹爆开，把轻晚的心炸得粉碎。

“什么意思？”轻晚捏着手中的筷子，力道几乎要将它折断，“你再说一遍。”

“我说，我们还是法定意义上的夫妻。”如笙耐心地重复了一遍。

“为什么？”轻晚不干了，“我当初明明签了字。”

他耐心地解释：“当初我们只签了离婚协议，可是彼此都没有到民政局办理离婚手续，所以目前只能算是分居五年，并没有正式解除婚姻关系。”

前段时间知道这件事的时候，他也很惊讶，但惊讶过后是一种无名的喜悦，她还是他的，这种感觉，真好。

“所以，你找我是要谈离婚的事？”

“不……我是想……”如笙轻声问，“你愿意给我机会，重新开始么？”

重新开始？

轻晚听了，只觉好笑。

“为什么？”她问，“为什么要重新开始？”

是啊，为什么要重新开始？如笙自嘲地笑，当初是他先放弃，就连等待的机会都不给她，现在她有另一个人守护在身边，他有什么资格来插足？可是，要就此放弃吗？如笙迟疑了……

向来都是，一遇见与她有关的事情，总是要花费他百分之两百的神智去思考。

他说：“我知道说这样的话很自私。轻晚，少年时代的我和别人不同，我太了解自己想要的是什么，我走的每一步都是朝着我的理想迈进，就像在走平衡

木，踩在上面保持平衡已经是一种本能。可是你的出现让我的平衡失控，我真的想过为了你从平衡木上跳下去，可是如果我真的跳下去了，我没有把握可以和你平稳地走下去，我不能丢下母亲和如萧在没有我的平衡木上不顾不管。

“在美国的五年，你不在我身边，我才发现，自己比想象中要想你。当然不只是怀念我的小厨娘或者是小妻子，我也试过做排骨汤，不算难吃，可是却始终找不到当初的味道。回来后的一年里，我找过你，可我不敢靠近，只能隔着很远的地方看你，因为我不知道你是不是已经有了生命中的另一半，也不敢面对你的恨。

“那段时间，工作上的忙碌加上母亲的病情还没得到暂时的稳定，所以我总是在找一个恰当的时机来见你。可是当那天你跟另一个男人站在一起，我才发现时间过得太快，以至于我没有及时地抓住你。那天晚上你跟我说了那些话，我仔细地想过，如果你真的找到自己的幸福，我唯一能做的就是真心地祝福你，可当真正要面对失去你的时候，我却又做不到那么豁达，我没有喜欢过别人，可我却能肯定我的幸福只有你才能给我。”

轻晚盯着碗里的大排骨，像是要将它盯出一个洞来才善罢甘休：“以前你和我说话从来不会超过三十个字，去美国的五年之后，反而更会说话了？”

如笙像是没听见她话里的嘲讽，说：“你不信也罢，在医院和你相遇之前，我已经打算要去找你。”

“你不觉得自己很矛盾么？当初要我不要等你，现在回来又说来找我？找我做什么呢？你觉得我们可能做朋友么？”

如笙怔怔地望着她，心里那熟悉的痛又开始肆意地扩散。

Part7

轻晚呵呵地笑起来：“如果我是你，选择了就不会再回头，反正从始至终都是我自作自受，是我太爱你，是我不知好歹闯入你的世界。如果我是你，就会选择茉落姐，她可以让你这块宝石散发更强烈的光芒，而我只会让你失去光。如果我是你，我就会追求她，跟她结婚，然后继续当G市最年轻有为的大院长，多美好，多梦幻不是？”

“轻晚……”如笙的这两个字里饱含痛楚。

"你知道吗？五年前，哪怕你亲口跟我说你要去美国，你无可奈何，我也不会像现在这样恨你，可是你连亲口告别都不肯，范如笙，我在你心里就一点地位都没有吗？"

"对不起。"

"别说对不起，也许你不知道我从来都不喜欢听这三个字。"她打断他，笑，"我突然想起来一件事，你走的时候，我没问你要青春损失费。"

"……"他没有说话。

她抬头看他，自顾自地扳着手指数了起来："我五岁的时候认识了你，二十岁的时候开始追你，二十二岁嫁给你，然后和你离婚，离婚之后的五年都在等你。你看，一个女人最好的时光都奉献给了你，可是除去二十岁之前和你走后的五年是我自作多情外，我的爱情回报就只有那么一点点的时光。"

"我可以补偿……"

"你知道，我们已经回不到过去。"

那天，他还是坚持要送她回去。

临下车的时候，他的声音在背后低沉而坚定地说："五年后，换我来爱你。"

她慌忙地逃走，一进家门，眼泪就不由自主地流了下来。

第十八章
经不住似水流年，逃不过此间少年

Part1

苏艺终于主动联系轻晚了，让她岌岌可危的友情得到了救赎。一走进约定好的茶餐厅，轻晚就忍不住抱怨："我以为你已经忘了我。"

"怎么会？我忘天忘地忘'包子'，也不会忘记你啊。"苏艺还是一如既往的随意。轻晚鼻子一酸，闷闷地不想说话。

苏艺瞅了她一眼，问："该不会是我找你找得不是时候吧？"

"怎么这么问？"

"你眼睛肿得很厉害，我可不会自恋地以为是因为想我想的。"

轻晚揉了揉眼睛，今天因为眼睛疼，妆也没有化就出来了："我突然觉得老天特爱捉弄人，有些事有些人，不出现则已，一出现，就乱得不能收拾。"

"所以前些天总是找我，很多话想跟我说吧？"

"是，谁叫我就只有你这一个好朋友。"

"听起来真可怜。"苏艺说，"快，有啥想要倾吐的赶紧跟我说说。"

轻晚把最近发生的事都说了一遍，包括和如笙的离婚没成功的事情。

苏艺问："那你想和范如笙重新开始么？"

轻晚沉默。

"你别忘记了，你和汤芃还在暧昧着。"苏艺搅着杯子里的咖啡，"你知道吗？我以前特别讨厌长得好看的女的，她们都会因为自己的长相拽到天上去。可你不一样，你是我所有朋友里面唯一一个美女，在我眼中，你一直都是个善良的女孩，不管追求者多少，都不会向别人炫耀半分。可是如今你把自己弄得陷进两难的局面，能怪谁？如果当初你放弃不了范如笙，你就不应该和‘包子’开始。”

轻晚愣了愣，才说：“我真的不是故意的，我以为我可以放得下过去，可是每当如笙出现在我面前的时候，我所有的心理防线都会崩溃。我也讨厌这样的自己。”

“范如笙这个男人真是个祸水。”觉得自己刚才说的话有些重了，苏艺叹了一口气，“可能是因为我跟‘包子’从小玩到大所以才站在他那边的。感情这种事，外人真的不好说什么。轻晚，你可别再哭了，再哭眼睛就要难看死了……算了算了，无论你做什么决定，我都支持你就是了。哪怕是你最后仍然选择回到范如笙身边，那也是命中注定的，谁叫你从一开始就爱惨了他？哼，至于‘包子’，反正他也不会缺女人，不过是伤心一时，总不至于会失恋到想不开。”

“其实……我也没说要回到他身边。”她闷闷地开口。

“你不想么?”

“有的东西不是说想就可以去做的，就比如现在我不想再去爱他，可是真实的情感是，我仍旧很爱他。”轻晚疲倦地说，“我真的不想伤害任何一个人。”

“那么，就不用勉强自己了，顺其自然吧。”

轻晚笑了：“一开始听你的语气，我以为你在生我的气。为汤芃打抱不平呢!”

苏艺也笑：“是么，那是我错了。这些天我终于想透了，这世上还有很多事情比爱情来得重要。就比如我们之间的友谊。从今天开始，我站在你这边，你和谁在一起，我都支持你。”

轻晚心中一片温暖，感动地说：“小艺，你真好。”

苏艺嘴角勾起一抹苦涩的笑：“傻瓜。”

Part2

两个好朋友很久没见面，自然有很多话要说，苏艺说了很多在去旅游时候的所见所闻。她说她真的遇到过传说中的“黄昏恋”，亲眼见证了一个七十多岁的老奶奶和老爷爷的恋爱故事。还有各个地方的结婚习俗，给她的感觉就是一个字——“累”，即使新娘脸上的表情很幸福，但依旧看得出她一点想结婚的欲望都没有。

最值得一提的便是她在回来的火车上，碰见了一个女孩，两人聊天时便说到了女孩初恋的故事。

女孩十二岁的时候喜欢上了比自己大一岁的邻家哥哥，可一直因为自己短头发又很男生气的样貌不敢跟他说，她知道男孩一直都喜欢有着长头发，眼睛很大的女生。女孩以自己年龄较小为借口经常欺负他，每天上学都老爱跟在他后面，给他制造一堆麻烦，赶走他身边所有对他有意思的女孩子。直到有一天，男孩对她抱怨说，你要是再这样让我找不到女朋友就不理你了。于是女孩打算做一次真正的女孩，她将上学时存的零花钱全部拿出来去买了一条黑色的裙子，因为她们夏天的校服是白色的，她觉得搭配起来应该会很好看。

为了效果好，她甚至还在头上夹了一个蝴蝶夹子，可是当她鼓起勇气出现在那个男孩面前的时候，得到的是那个男孩惊错的眼神，然后是捧腹大笑，说“你今天发烧了吗？怎么这副打扮？太搞笑了”。女孩脸上出现难得的窘迫，说，“我这样很丑吗?”“不是很丑，是丑毙了，我说你不是不喜欢女孩子的打扮吗?”好不容易鼓起十二分勇气要表白的女孩听到的竟是这样一句话，顿时，一股失望之情溢在心头。

回家之后她将那条黑裙子撕得粉碎，抱着枕头哭了一整夜，第二天却像没事一般出现在男孩身后，看着他依旧好看的笑脸，想着自己若是当真对他表白了，那张永远挂着笑的脸上会是什么表情？会不会当场晕倒？那是女孩唯一一次穿裙子，也是女孩唯一一次喜欢一个男孩，但是还没有表白就被拒绝了，从此以后女孩都没喜欢过任何男孩子。

苏艺说：“我刚听这个故事的时候就想到了你。如果那个时候女孩再大胆一点，主动去追求那邻家男孩，是不是就不是这样的结局，但是有的时候你就是不能不相信命运，冥冥中似乎什么早已注定。所以轻晚，不管你最后和范如笙的结局如何，至少你曾经努力地去争取过自己想要的东西，并且得到了，你比那个女孩可要幸福多了。”

轻晚问：“那现在那个女孩和男孩怎么样了?”

“能怎么样。”苏艺耸耸肩膀，“男孩有女朋友了，很漂亮的一个女孩。女孩依旧是他最好的朋友。”

轻晚没说话，苏艺也忽然沉默了下来，两人都把已经凉了的粥喝完，直到苏艺提议去逛街，两人才结账走人，不料刚走出门口，苏艺却突然停了下来，眼神愤怒地看着前方不远处的汤芃……还有身边的一位气质美女。

“死包子!”苏艺低咒了一声，轻晚还没反应过来，人就被她拉着闪到了汤芃那美女面前。

“死包子，你怎么又跟这个狐狸精勾搭在一起?”

汤芃估计没想到面前会忽然闪出两个人来，一时间还没反应过来。倒是那看上去像是白领丽人一般的美女一反常态，凶巴巴地说：“男人婆，你不是去全国旅游了么，怎么会出现在这里?”

“谁告诉你我去旅游的?”苏艺狠瞪了汤芃一眼，“包子，是你说的对不对!”

汤芃特无辜地看着她：“这又不是什么不能说的秘密。”

“谁让你跟她说我的事了，难道你不知道我很讨厌那只死狐狸么!”

“男人婆，注意你的口气，你以为我喜欢听你的事么!”

“不喜欢听你还听，你有病啊!”

站在一旁的轻晚目瞪口呆地看着两人就这样吵起来，从来都没见过这样的苏艺，即便是以前苏艺跟如笙吵架的时候也没骂得这么难听，就好像见到了情敌的样子。

骂着骂着，她就把眼神转到汤芃身上来，说：“包子，你忘记你答应过我的事吗！你说过不跟她来往的。”

汤芃头痛：“苏艺，有什么事改天再说，别在大街上吵。”

Part3

今天的苏艺无理取闹得就像个没长大的孩子，轻晚试图上前劝解，说：“小艺，不要吵了，我们先走吧。”

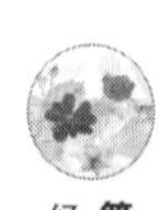

“不!”苏艺蛮横起来了，一把将轻晚拉到汤芃面前，“轻晚，我要你现在马上跟他分手!”

一时间，气氛僵化到了极点，那美女估计没想到她的反应会这么大，气焰瞬时消失了许多。

汤芃失去了往日的笑容，冷冷地看着她没有说话。

“小艺。”轻晚蹙眉又是担心又是无奈，拉着她道，“不要闹了，跟我走。”

“不走!”苏艺甩开她的手，“你是我的好朋友，就照我的话说!”

“我……”轻晚为难地看着她。

直到一个声音传来：“我们从来都没正式在一起过，谈何分手?”三人讶异地看去，汤芃的脸上是少有的冰冷，“你要闹就继续，我不奉陪了。”

说完转身就走。

“汤芃，等等我。”那女人连忙喊住汤芃，想了一下走了回来对苏艺说，“我不知道原来你还那么计较以前的事，我跟他根本就没什么交集，今天不过是工作上的需要而已。”说完，她就离开了。

轻晚怔愣了一会儿，看向一旁的苏艺，苏艺脸上的表情空洞极了，她担忧地看着她，问：“小艺，你究竟怎么了?”

“没什么。”苏艺闷闷地说，“我在发神经，别跟我说话!”

“……”

两人都沉默，最终苏艺深吸了一口气，她说：“刚才那个女人就是我跟你讲过的讨厌女人之一，以前同班的时候仗着自己漂亮就老是炫耀。我那时候就特瞧她不顺眼，后来包子居然跟她交往了，谁都知道她想要的不过是让她更令人瞩目的男友罢了，可恶的是包子竟然对她百依百顺，更可恶的是……反正最后那女人跟一个有钱人家的孩子跑了，居然甩了包子。我讨厌死她了，让包子发过誓不理她的。”

“原来就这样。”轻晚怪异地看了她一眼，“可是人家被甩的人都不介意，你干吗那么介意?”

“那是因为她做了对不起我的事情!”苏艺凶巴巴地说，“臭轻晚! 你究竟是站在我这边还是站在他们那边!”

“说真的，这次是你不对。刚才说那么重的话，你要我以后怎么面对汤芃?”

“我刚才气疯了。”苏艺缓和了一些，说，“等我找个时间，跟包子道歉好了。”

“有些事不是道歉就好的。”她说，“不过这样也好，让我知道其实他也没有把我当作正式女友看，小艺，你说你是不是间接性地帮我解决了一个难题?”

“不知道。”苏艺仰天长叹，“我只知道我现在是没心情去逛街了，想回家。”

“好啊，那我陪你回去。”轻晚说，“正好可以去见见叔叔和阿姨，好久都没去了。”

“你还说，我回来的时候我妈就老跟我念叨：轻晚啊，比你这个亲生女儿还孝顺，每个星期都会来看我们一次，每次来不但带很多亲手做的好吃的，聊天的时候更是把我们逗得乐不思蜀，要是我们有个这样的女儿多好！哪像你，一点良心都没有！……我听得耳朵都要起茧了，我爸妈喜欢你好像比喜欢我还多。”

轻晚忍不住笑出声：“那是因为我在G市又没什么亲人，所以没事就经常去看看啊，替你尽孝嘛。”

“是么?”苏艺睥睨她一眼，“那我要不要谢主隆恩?”

“不用不用。”轻晚摆摆手，“朕免了你的礼。”

两人对视一眼，同时笑出声。

Part4

晚上轻晚在苏艺家吃完饭才回来，看见别人家里其乐融融的样子，让她不禁想到自己的家人，坐公交车的时候给家里打了个电话，没人接，又打了爸爸的手机，响了三声就接通了，问起家里怎么没人，爸爸说是晚上和妈妈一起去看奶奶了，现在正在街上散步。

聊了一些琐事，电话就被妈妈抢了过去，问：“晚晚啊，五一节回不回来啊?”

她想了一会儿说：“再说吧，到时候公司没事就回去，妈，你知道我懒，五一节人山人海的，我不愿意出门。或者你和爸爸可以来我这里玩。”

宋妈妈说：“我跟你爸都一把老骨头了，更懒得走。其实我们也没别的意思，就是想想你年龄也不小了，赶紧带个朋友回家看看。楼上的大宝都娶媳妇了，我们两老只能眼巴巴地看着。你妈妈我在你这么大的时候已经把你养到两岁了!”

“知道啦。”轻晚敷衍着，“妈，我快到家了啊，先这样吧，等改天我再打给你。拜拜。”

说完便挂了电话，每次只要家里一提找另一半的事情，她的头就大，挂电话都来不及。

下了公交车，走在小区里，不过一晃眼的时间，天空竟然飘起了小雨。一辆黑色BMW停在她身边，她下意识地望去，车子的主人从上面走了下来，替她打开了前座的门。

坐在温暖的车内，看着灯光下，雨点一滴一滴地打在透明的玻璃上，汤芃

问：“在苏艺家玩到现在么?”

“是啊。”轻晚说，“今天上午的事，真是不好意思，小艺不是故意的。”

“我没放在心上。”他说，“只是从来没见她这个样子。还有……你没生气吧?”

“啊?”轻晚一愣，接着摇头，“不生气。”

“真的?”

“真的。”轻晚给他一个微笑，笑得云淡风轻，却没有看见汤芃脸上失望比高兴更多。

“其实你一点都不在意是不是?”他转头，看着窗外，问，“轻晚，你是不会为我吃醋的，对不对?”

“我……”她诧异地望着他的侧颜，却不知道该说什么。

“那么，如果今天我换成是他，你会怎样?”

轻晚愣了一下：“他是谁?”

汤芃不理会她的故作不知，说：“我一直告诉自己，只要等，只要给你时间让你试着爱上我，我们最终能走到一起。是我太相信自己的魅力，还是其实你从来就没有想过忘记过去试着接受我的感情?”

轻晚习惯地咬唇，半天才抱歉地说：“对不起。”

他转过头：“是后者对不对? 你不是忘不掉过去，只是你从来没有试着从过去走出来，所以不管是我，还是任何其他人，都不能走进你的心。你宁愿让他再伤害你一次也不愿意接受别人，是不是?”

轻晚不语。

汤芃闭上眼睛，绝望地问：“你到底有没有试过爱我?”

“有……”她轻轻地说，“有试过。”真的有过，只不过她自己始终走不出那个心结。突然有些明白范如笙当初说过的话，“我真的想过为了你从平衡木上跳下去……”只不过他的平衡木太高，跳下去也许就是粉身碎骨了。

她真的试过去打开自己的心，爱上另一个人，只不过五年的时间还不够让她学会忘记。

Part5

汤芃说送她到楼下，她拒绝了。

她站在雨中，望着那逐渐远去的黑色车子，心头一阵静默。那么阳光温柔的男子，该是许多女人心中的美梦吧，可是她不能欺骗自己，对于他，从始至终她都没有听见过自己心动的声音。

她的心，从五岁时候开始为那个人跳动，五年前死了，最近又活了过来。

这样反反复复地折腾，恐怕没过几年她的心脏就要受不了了。

站在原地，轻晚把头抬得更高了一些，任由雨滴和泪水混在一起。

蓦地，一把透明的雨伞遮去了那冰冷的雨水。

她看过去——

“如笙？”

她微怔，他怎么会出现在这里？

“你哭了？”他的声音里有明显的担忧。

“没有。”她倔强地擦擦脸，不承认自己有哭过。

知道她的性子，如笙没有追问下去，他说：“我送你回去。”

她应该拒绝的，可是鬼使神差地，说出来的话竟是：“好。”

回到家，她先到浴室里将自己头发擦干，再到房间将衣服换了。出来的时候看见的便是一猫一人和谐玩耍的画面。

猫是她养了三年的白猫，是她一个人太过于寂寞才养的，一只母猫，此时正优雅地趴在如笙的大腿上，享受般地眯着眼睛任他修长的指尖揉着它的下巴。

这只猫简直太令人发指了吧！第一次见面，就对那个男人那么谄媚！还能不能有点作为猫的傲娇了？

如笙早就看见了她站在房门口发呆的表情，却有意没有打扰。在相遇的这些天里，她像一只刺猬一样时刻地防备着自己，尽管他知道那是她为了自我保护而故意装出的高傲姿态，但依旧会心疼。如今她难得卸下防备，如笙只觉得心中一片温暖。

待轻晚回过神之际，看到的便是如笙幽深的黑眸，她心一紧，借着洗衣服的理由躲避他的凝视。

来到浴室里把换下的衣服丢到洗衣机里，按下清洗键，她望着镜子中的自己，却没有了再出去的勇气。她在心里暗骂自己发神经，干吗没事让他送自己回来，明明知道自己对他一点抵抗力都没有，每见一次面，心只能更加沉沦下去。

她懊恼地想着，自己这样躲在浴室里也终究不是个办法，反正他也不是什么

毒蛇猛兽，难不成她能被他吃了。这样安慰着自己，她转身就要出去，才发现如笙已经站在门口看着她，也不知道看了多久。

“还要在里面待多久？”他问。

轻晚顿时微微地脸红，本来还想找个理由，可话到了嘴边又无名地心烦，她就爱在这里待着不行啊！这是她的家，要他管！

她“哼”了一声，走到如笙面前，一把将自己的猫夺回来，可那猫那尖锐的爪子竟抓着如笙的外衣死都不肯放开。

妈呀！现在是要怎样，该死的猫！轻晚很用力地瞪它：“亏我从小把你养到大，见到帅哥就不认娘了！哪个才是你的主人！”

如笙忍不住笑出了声。

轻晚反过来瞪他：“你笑什么笑！”

Part6

如笙细心地将猫爪子扳开，嘴上说：“没什么。”但脸上的表情依旧是忍着笑的感觉。

闹腾了一会儿，轻晚自己也觉得这样的动作很小孩子气，抱着猫就出去了，如笙不紧不慢地跟在她身后。

轻晚把猫放在沙发上，边开冰箱边问：“你要什么喝的？”可开了冰箱发现里面竟全是可乐等汽水饮料，想了一下，关了起来，“算了，我还是烧白开水你喝吧。”她在家的时候很少喝水，都用可乐代替。

“不用了。”如笙阻止她，重新打开冰箱从里面拿出了一瓶可乐，“我喝这个就可以了。”

“不行！”她一把将他手上的可乐给夺了回来。

如笙不解：“怎么了？”

“你忘记了你胃不好了？喝这个很伤胃的！”

她说得太过于自然，就好像两人还在交往的那段时间，她总是很在意他的饮食。

“轻晚……”如笙忽然把一只手朝她伸了过来，还没触到她，她就像受惊的兔子一样，满脸不自在地说：“我去厨房烧水。”

窘迫得落荒而逃。

厨房还算用得频繁，一个星期两天假期的时候她偶尔还会练练熬汤。现在她不但会熬排骨汤，什么鲫鱼汤、蔬菜汤、鸡汤等等她都会，而且是非熬到好喝不可，不然的话好几个星期她都会专门研究这一款汤。有时候她也会觉得自己很无聊，做了那么多也不知道是为了谁。

轻晚在厨房里忙碌，如笙倚在门框上看着她，一言不发。

虽然轻晚背对着他，但是还是能感觉到他炽热的视线，让她头皮发麻。本来想在厨房里等水烧好了再出去，但待在厨房狭小的空间里让她觉得更难受。正打算转身出去的时候，一双手无声无息地从身后抱住了她，然后是他的呼吸，轻轻地在她的耳边，熟悉的拥抱，熟悉的气息暖得她想哭泣。

世界在一瞬间沉寂，她紧张得连呼吸都不敢继续。

然后他在她耳边说："以后能不能经常来吃你做的排骨汤？"

"G 市餐厅都倒闭了么？"

"没……可是没有妈妈的味道。"

"那你可以让阿姨做给你吃。"

"可是少了一份感觉……"身子被他转过去，她看着他的黑眸，温柔得能溢出水，他说，"少了一份有你在身边的感觉。"

他现在离她那么近，依旧是她熟悉的眼神，仿佛一切都没有改变，她还是当年的她，他还是当年的他。

他的眼睛慢慢眯起，朝她凑近了些。

"别……"她想要拒绝，可是他的双手紧紧地抱住她的腰，不让她有任何反抗的机会。

"我以前不说，因为觉得肉麻，还因为那是我给不起的承诺。"他顿了顿，"我爱你，轻晚。"

"轻晚"、"轻晚"那是无数次出现在他梦中的名字。

Part7

轻晚无法挣脱，双手却依旧抵在他胸膛，看着他越来越靠近的脸，一时间她仿佛失去了任何力气，始终还是经不住似水流年，逃不过此间少年吗？

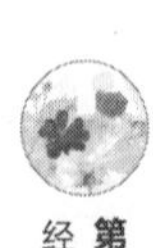

五年里，她想过无数次这样的场景，他终于从美国回来了，如果够勇气的话，她应该赏他一巴掌，或者像电视剧的女主角一样算计他，让他爱上自己，然后潇洒地把他一脚踢开。

可是她什么都做不了，爱情那么短，遗忘那么长，她不够时间遗忘，不够狠心将他推开，她能选择的只是闭上眼睛。

她想，坚持了这么久，自己内心期待的不就是那一句话，那一个时刻吗？她是真的累了，她不过是个女人而已，连一个跟头能翻十万八千里的孙悟空都逃不出如来佛的手掌，何况是她呢？

就在这时，烧水的壶忽然发出尖叫声。

她在那个吻落下来之前，推开他，转过身，装作忙碌。

如笙喃喃地唤了一声“轻晚”，低沉无奈。

最终，如笙没有喝到那壶水，他接到了一个电话，是医院打来的。轻晚倒了茶出来的时候见他挂了电话之后，眉宇轻皱，见她出来略带歉意地说：“医院有点事，我要赶过去。”

“哦，好。”她将杯子搁在了桌子上替他开门，看着他穿好鞋，跟她说再见，转身离开。

那一刹那，仿佛回到了那次放假他送她上车回家的场景，那时的少年是如此的单薄，而如今，他的身影依旧是那么的单薄，让她感觉这些年寂寞的不止她一人。

“如笙。”她倏地叫住了他。

如笙转身，凝望着她。

她怔了怔，迅速地说：“要是你想喝汤每个双休日过来就可以了。”

一口气说完她飞快地锁上了门，连看他一眼都不敢，仿佛回到了初恋时候的感觉。

她想了一下，又觉得好笑，都多大年龄的人了，还初恋呢！

再次打开门的时候，外面已经空空的，如笙已经离开了。

那一晚，轻晚睡得特别地早，这一次，终于不是带着寂寞入眠，而是她这五年来睡得最美的一次觉。

果然是人睡得好，精神也就好了起来。

早上一来到公司，就听到老远有人在喊：“轻晚啊，总编找你呢！”

轻晚放下包就来到了总编的办公室前，敲了敲门，里面很快有反应。

推门进去，总编是一个干练爽快的三十多岁女性，算是元老级的人物了，据说一直独身。这年头，美丽精干的白领反而容易惆怅。

“总编，有什么事情？”

“哦，是这样的。”总编说，“最近职场小说销售很好，这期我们公司打算做一个专题，对职场小说的作者进行采访，刚好你手下有个有名的作者叫欧阳柳絮的在G市，由你负责。”

第二天，当轻晚见到欧阳柳絮本人的时候，她在心中感叹，这个世界真小。在这之前因为参访突然，她准备采访稿就弄了一夜，根本没来得及看欧阳柳絮本人的照片，不知道她竟然是上次在街上和苏艺一起遇到的汤芃身边的那个“狐狸精”美人。

欧阳柳絮是G市一家大型商业集团的经理，年纪轻轻就有这番作为，一看便是女强人。两人约在了公司的会议室见面，欧阳柳絮见到她的第一句话便是：“我想我们是不是在哪里见过？”

还没等轻晚回答，她就说：“对了，你是苏艺的朋友？”

轻晚点头。

然后她也来了一句轻晚当时在心里感叹的一句话，“这世界真小”。

是啊，的确很小。

第十九章
我会好好爱你

Part1

采访进行得很顺利，欧阳柳絮表面上看起来是那种高傲得让人不敢靠近的女人，不过真正接触了才知道她并没有什么架子，甚至聊到她书中的爱情的时候，她竟会露出少女一般期盼的眼神。书中说女主初中的时候就爱上了一个男孩，可是那个男孩爱的不是她，她陪在他身边直到眼睁睁地看着他跟别的女人结婚。欧阳柳絮说："有时候我也会觉得这女人很傻，可是女人在面对爱情时，就算是再强悍的人，智商都是负数，终究要亲自受伤绝望了，才会学着聪明。"

采访结束后，轻晚习惯性地说："欧阳小姐，谢谢你的配合，这次的参访很愉快。"

欧阳柳絮挥挥手说，"没什么，我也很愉快。"起身刚要走，她突然问起苏艺，"你跟她是什么关系？"

轻晚一愣，接着反应过来："小艺吗？我们是很好的朋友。"

"是吗？那她现在有没有男朋友？"

轻晚有些讶异她这么问，但还是摇摇头。

只听她叹了一口气："她还是那么执着么？天下的女人真的都那么蠢？……"她像是自言自语，又像是在跟她说话，"算了，既然她不想说别人也不好说什么，如果你碰到她，就告诉她，我不是她的情敌，那么久的事情了，当时大家年龄都小，何况那时候汤芃是为了帮我才假装跟我在一起的。还有啊，你是她朋友，最好多劝劝她，如果真那么喜欢人家，就去跟人家讲，一辈子放在心里，谁知道呢!”

“……”

“好了，就这样，我走了!”说完挥挥手就要走。

轻晚半晌才反应过来：“请等等。”她疑惑地问，“你刚才说小艺喜欢的那个人是谁?”

“汤芃啊，还能有谁?”欧阳柳絮奇怪地瞄了眼她，“你不是她好朋友么，怎么连她从小到大喜欢的人都不知道?”

送走欧阳柳絮，轻晚一个人坐在椅子上，脑中仍回响着欧阳柳絮的话。

“她不喜欢汤芃干吗那么仇视我?如果不喜欢……一向大大咧咧的她才不会穿着裙子打扮成乖乖女去跟汤芃告白。”

小艺喜欢的人竟然是汤芃……

小艺从来都没跟她说过，甚至还想撮合她和汤芃。

当她看见自己最好的朋友跟汤芃在一起的时候，心里是什么感受?轻晚忽然想起了苏艺回来的那一夜，眼睛里闪过的水汽，原来那不是她的错觉，小艺那时候的确是很难受的吧?

轻晚呆呆地盯着屏幕，心里因为好友而心痛，小艺，真是很傻啊!

晚上回家的时候轻晚接到了一个电话，是小凡打来的，当年西餐厅同事里跟她联系的人也就只有她了。

小凡大学的时候法语很好，争取到了去法国留学的机会，在那边交了一个法国男朋友。小凡并不经常打电话来，这次是因为她说要在法国订婚了，轻晚一边抱着白猫一边听着小凡在那边轻快的话语，偶尔隐约传来年轻男子的声音，很有磁性。

小凡偶尔会在电话那边软软地用法语跟他说话，让人心生羡慕，都说法国人是最浪漫的，不知道在这样的一个夜晚，他们会不会在法国街上相拥而吻。

挂了电话，她无聊地打开电脑上了 QQ。

作者群里很热闹，她将猫放在桌子上，抱着双膝盯着电脑发呆。

群里聊到了一个男人原本要和一个女人订婚，可是到最后因为爱上了另一个人而悔婚。

谈 XX 说：我觉得一辈子没有被一个男人狂热地爱过，也是个遗憾，所以你也许赚到了，下一个男人肯定更爱你。

筑 XX 说：是呀，他悔婚，该由他承担损失。也许这是一件好事，说不定下一个男人更能给你幸福。

囊 XX 说：但是这个时候讨债还债的感觉不是很好，最好就是拂袖而去，从此铁石心肠不再理他。

轻晚很喜欢其中一个人说的一句话，“女人即便很坚强，适当的时候也要示弱，毕竟世人总是同情弱者。要想幸福，就要找一个温暖的人过一辈子。”

她将眼睛转移到茶几上放着的一把伞，那是如笙昨天留下的。

Part2

来的路上，轻晚一直在想用什么理由告诉他，她出现在这里？

不小心路过吗？理由实在太冠冕堂皇，她的公司在城市那头，他的医院在城市这头，真是没有所谓“路过”的理由。

此刻，站在 G 市最大的医院的走廊上，两名实习护士迎面而来：“昨天跟宝妹她们通电话，她们都要羡慕死我们了，说我们分配到 G 市第一大医院不说，还能够见到传说中的院长帅哥。”

“院长帅哥真的好帅啊，我昨天看见他给一个患者做手术，那专注的样子，看得我都迷死了。差点就只顾着站一旁发呆了。”

“我来这么久都没见着，你真幸运，快跟我讲讲院长帅哥怎么个帅法？”

“哎，就是极品帅。不过……”她叹息了一声，“帅是帅，看上去也挺平易近人的，不过总感觉……像是隔着一层墙壁，只能看，谁也别想接近。”

“很高傲？”

“也不完全是……感觉他有些孤单……不过我有听说院长以前读书的时候就是学校大名人了，那才叫一个高傲……”

两个护士越走越远，对话也听得不真切，只有最后两句不断地在她脑海里挥之不去——

“很高傲？”

“也不完全是……感觉他有些孤单……”

丢了魂一般地走到走廊尽头，丢了魂一般地上了电梯，电梯里只有她一个人，四面都是镜子，照出她此刻的样子。忽然觉得一辈子太长，下辈子太远，不如趁这辈子在还能够待在彼此身边的时候，珍惜彼此。

电梯门打开的一刹那，外面的人愣住了，她也愣住了。

“轻晚?”如笙俊颜上浮现诧异。

轻晚自然也没想到会在这里就遇上如笙，脑袋迟钝得只能抬头傻傻地看着他，一时半刻竟忘记了出来，就在电梯门即将关起的一刹那，一双有力的手将她拉了出来。

电梯门咔嚓一声关上。

“你怎么了?”如笙蹙眉。

她看着他，突然就好想好想抱住眼前的人，突然就好想好想他是那个值得珍惜的人……脑子里只是这么想，手就已经抱住了他的腰：“如笙……”

如笙被她突如其来的亲近吓了一跳，声音变得更加柔和：“发生什么事了?”

“没……”她头埋在他的胸前，贪婪地闻着只属于他的气息，努力控制住自己想要掉下来的眼泪。

如笙的手试探地摸了摸她的长发，像是要确定怀里人是真实的一般，然后握住她的肩膀试图了解她究竟是怎么一回事，可怀里的人却更加紧紧地抱着他，生怕一个松手就消失不见。

“轻晚……”如笙语气里满是无奈，“听话。”

她抬头痴痴看他，他那么近，眼神那么柔和……是她在心里盼了五年的人啊……

眼睛不争气地湿润了起来，她刚要挣脱开，身后却传来了一大群人的脚步声，见此情景，当场呆住：“院……院长……”

轻晚连忙从如笙怀里探出头来，看向不远处，吓了一大跳，一帮穿着白大褂的医生站在身后，有年轻的有中年的有老的，显然他们是刚开完会一起出来的，此时都看着他们亲昵的身影，神情各异。

这下脸丢大了，轻晚想。

没地缝钻，她干脆一低头再钻进如笙的怀里，死都死了一回，不怕再死！

Part3

带头的老头很识相，招呼着医院的精英们朝另一边的楼梯口走去。院长大人的终身大事，那可是头等大事，不容出现半个灯泡搅局！

医生陆续走了之后，走廊尽头瞬时又恢复了宁静。

“轻晚……”如笙强迫轻晚抬起头，看着她红彤彤的脸，问，“你在不好意思吗？”

“哪有！”轻晚瞪他。

如笙轻笑，问：“你来找我有事么？”

“呃……”她想了想，飞快地从包里拿出一把伞，“这个还你。”

如笙失笑：“你是专门来还伞的？”

“当然不是！”轻晚立即否认，顺便找了一个极烂的借口，“我是想来告诉你，我晚上做汤，你要不要来喝？”

“即使是这样，你打个电话给我也就行了。”

“我手机没电不行啊？”

借口说得理直气壮，依旧挡不住她内心的真实想法。

聪明的如笙怎么会看不出来？

他笑着摸摸她的头：“轻晚，承认你想见我有那么困难吗？”

轻晚抿唇不语。

她承认自从那天他离开之后她就非常非常地想他，这种感觉就像是刚恋爱的情侣每天都想见到彼此的那种强烈心情。

她不懂自己为什么会有这样的感觉，早早想好的理由也顺理成章地被他打乱，更可恶的是，为什么他总是能够轻易看出她心里在想些什么，而自己却始终看不透他的心？

想到这里，轻晚心中隐藏的不公平顿时爆发，狠劲一上来哪还顾得了害不害羞，她瞪着他，很不服气地朝他吼：“我就是想见你，怎样！”

医院本就是个安静的地方，她这么一大吼，回音袅袅，好几个办公室里的医生都探出头来张望，谁那么大的胆子，竟敢在医院里“河东狮吼”！

如笙忍俊不禁，牵着轻晚的手搭上电梯，来到最顶层的院长办公室。

也不知道是不是换了个新环境，轻晚气焰霎时灭了下去，看着关上门向她走来的如笙。今天他穿的是一件白大褂，传说中的医生袍，纤尘不染，步伐沉稳，更加英俊得让人挪不开视线。

“你……”她刚要说话，如笙俯身，一个轻吻便落在她唇上，一触即离。

她心一紧，瞪着大眼睛看着他。

“今天不用上班吗?”他泰然自若地问。

“我请了假。”她着魔般地乖乖回答。

“那好。”他牵着她的手来到了办公室的沙发上，“你在这里等等我，下班我跟你一起回家。”

鬼使神差地，她说：“好。”

一起回家，真好听的话。

轻晚坐了一会儿，在办公室里转了一圈，最后也不知道怎么了，只觉有些累，慢慢地靠在沙发上睡着了。

结果醒来的时候，办公桌后空荡荡没人，身上盖着的是如笙的外套，她发了一会儿呆，将衣服搁在一旁，站起来向门口走去，刚打开门就听见外面有人在说：“我刚才进院长办公室的时候看见了未来的院长夫人!”

“你怎么知道那一定是院长夫人?”

“那是你没看见院长看她时那眼神，天哪，温柔得都能溢出水来！哎……别看院长大人平时沉默不太温柔的样子，人家要是温柔起来简直不是人!”

“……”

轻晚将门关了起来，坐回沙发上，抱着如笙的衣服傻笑。

Part4

办公室的门突然被打开，伴随着一个男人的声音：“如笙，快要下班了，陪我去吃饭吧，我今天晚上没饭吃。”

来人吼完一声，看见坐在沙发上的人，愣了一下，沙发上的人看见了他，也愣了一下。

接着带着迟疑的声音响起：“轻晚？宋轻晚?”

轻晚站起身，浅浅一笑：“曹洲师兄，好久不见。”

“范如笙那小子脑袋终于开窍知道去找你了吗?”曹洲的性格还是那么直来直去，“我还以为这辈子他要就这样闷骚着单身一人孤独终老。”话语中戏谑味十足，“那你原谅了我家如笙了么?”

如笙……什么时候变成他家的了？

轻晚笑了笑说："师兄也在这家医院上班吗？"

"当然咯。我家在G市，我也就留在G市了，何况还有个院长同学可以护着我。"他说了一会儿，又怪叫了一声，"你别转移话题！难道说你还没原谅范如笙同学么？"

"……"轻晚还来不及回答，曹洲就说："同学，你这样是不行的！虽然当年我也有些不理解他怎么能不说一句话就离开，女朋友不要了，连兄弟都不要了么？可后来我知道他也是身不由己。别看他好像出国很风光的样子，回来的时候，瘦得跟竹竿一样，接任院长的时候更是每天忙碌得连饭都顾不上吃。刚留学回来就当院长，那时候他承受的压力真叫大啊，医院里很多的资深医生和精英都不服气，那段时间估计是如笙压力最大的时期，可是他却什么都不说没日没夜地工作，要不是有茉落姐在，恐怕他早就胃出血挂了。你说堂堂一个医院的大院长都能得胃出血，说出去是不是很丢人？"

"胃出血？"她被这三个字惊到了。

"以他这种一路开挂的工作方式，某天壮烈牺牲都不足为奇。其实知道一些事情的人都能看得出来，他那么拼命工作一半是为了他自己，还有一半原因就是为了你，他想借着繁忙的工作不去想你。"曹洲回忆地说，"那时候他每天工作到很晚，连饭都会忘记了吃，却不会忘记每天都要跑出去那么一会儿，有一次我好奇地跟在他身后，他在外面，我在车里，然后我就看见你从小区里走了出来，才知道，那是你住的地方。我就纳闷为什么如笙能够受得了每天只站在那里看你，却不上前跟你说话，我还记得，那天下着雨，挺冷的，他就一个人站在屋檐下。"

是那次吗？她看见他的身影匆匆地上了出租车，她以为是自己眼花了，然后回去的时候就接到了苏艺的电话，告诉她，他回来了，已经有一年了……

轻晚呆愣着，被这句话镇住了，手紧紧地握成一个拳头，不长的指甲掐进肉里却是钻心地疼，如笙，如笙，为什么为她做了那么多，却从来都不说，任由她误会……

曹洲站着说不过瘾，最后一屁股坐下接着说："你别看如笙那个人不懂得浪漫，可是他在背地里默默做过的事情让我这个身为男人的男人都要感动，可惜我不是女人，要不然我可是非他不嫁……"

“那也要看我要不要你。”

低沉的声音打断他的话，两人同时望去，是走进门的如笙，手上还拿着病历。

“你说的是什么话！我刚才可是在帮你把女朋友劝回来，真是好心没好报！”

“那感谢你的好心。”如笙睥睨地看着他，加上一句，“……男人的男人。”

范氏幽默？轻晚忍不住笑出了声。

以前很少看见如笙这样跟别人说话，即便是对那个时候跟他玩得算好的曹洲，他也是爱理不理的样子，不熟知他的人会以为他这人太狂妄，实际上是因为他不想说那么多无意义的话，也不习惯与人争执。

曹洲太了解他的性格了，在大学的时候他就是这样子的。这世上，唯一可以让他有喜怒哀乐面面俱全表情的人，除了宋轻晚，别无他人。

Part5

“算了，看来今晚孤身一人的就只有可怜的我了。”曹洲耸耸肩膀，从沙发上站起来，“我还是回家吃饭得了。”

轻晚想了一下，问：“今晚我煲汤，师兄要不要一起来？”

曹洲刚想说好，又想了一下：“谢谢小师妹盛情，我这人还是有自知之明的，电灯泡这种事不好做。”他挥挥手，“我先走了哈！”想了一下，“如笙，我期盼着喝喜酒，你们速度可要再加快一点。”

说完像是后面有猛兽追一样，连忙走人。

如笙笑了一下，走到轻晚身边，摸摸她的脸颊，道：“还好，不是很冷。”

轻晚疑惑地瞅着他：“什么意思？”

“坐在沙发上都能睡着。”他说，“工作很忙吗？这么累？”

“……没有。”她转移话题，“你下班了么？我们可以走了吗？”

“嗯。”如笙点点头，将病历搁在了桌子上，转过身，外套出现在眼前，轻晚看着他，说：“我帮你穿。”

如笙眼睛弯起来，温柔地吐出一个字：“好。”

穿好衣服，如笙拿了钥匙：“走吧。”

走了两步发现她没跟上，转身，奇怪地问：“怎么了？”

“没什么。”轻晚微微一笑，拎着包跑上前，牵起他的手，说：“走吧！我们先得去超市买些吃的。”

如笙心一动，俯视着她的俏颜，低低地应了一声“嗯”，心里一片柔软。

两人一同走出去，少不了满满的回头率，如笙换下了白大褂，依旧是昨天的黑色风衣，看起来一点都不像是个大院长，多了份闲适。

轻晚走在他身边，偷偷地打量他的侧颜，没想到他竟然突然低下头，两人对上眼，轻晚急忙把头掉开。

以前如笙走路的时候是从来都不乱看的，怎么现在……

她脸微微地一红，感觉到两人十指相扣的手紧了紧。

再偷偷地看上一眼，如笙薄薄的唇角弯弯地勾起。

她的心情也跟着愉悦起来。

晚上除了煲汤，轻晚还提出了包馄饨吃，不过她不会，好在如笙会。

来到她的小公寓，如笙坐在椅子上包馄饨，轻晚站在一旁学着，小猫每次见到如笙来都特热情，现在正围在他脚边打转转。

轻晚有些看不过去，将猫一提丢到沙发上，将电视边打开边说：“你不要再缠着你的如笙叔叔了，乖乖蹲这儿看电视。”

猫很懒懒地叫了一声，眼神看上去很不屑。

如笙看着那一人一猫的对话，薄唇扬起了一抹笑意：“它会看电视?”

“是啊。”轻晚去厨房里洗了个手出来，擦干，“以前不知道，后来有一次我把电视放着去煲汤的时候，出来就见它的眼睛盯着电视，动也不动，后来我又这样试过很多次……你瞧，它现在就盯着电视不动了。”

如笙瞄了一眼那当真不动的小猫，再朝她勾勾手指：“轻晚，过来。”

她乖乖地走了过去。

他看着她问：“为什么你是小猫的妈妈，我就是小猫的叔叔?”

“……”这个问题……很深奥，很值得探讨一下。

她眼睛一转，看着包得整齐的馄饨，说：“如笙，你包的馄饨就像我妈妈包的一样。”

如笙心肠好，放过她：“你在家经常吃?”

"嗯，是呀，以前很喜欢吃妈妈包的馄饨，加上几片紫菜和虾米，简直是美味！有一种无论如何在外面都吃不到的熟悉感。我还记得上大学的时候，每次放假回家的第一天，妈妈都会准备好馄饨，知道我在学校里馋坏了……不好意思说，在回家的火车上，我都是一路想着馄饨回家的呢！"轻晚一边回忆一边说给他听，如笙在一旁安静地听着，并不打扰。

这样的时光来之不易，他望着她脸上洋溢着开心的表情，听着谈吐间轻松的话语，就仿佛回到了以前。

这样的时光，让如笙倍感珍惜。

Part6

馄饨包了两个人的份，煮好之后，轻晚就迫不及待地开始吃自己碗里的馄饨，偷偷地瞄了眼如笙，他吃得很优雅，基本上没有声音。就像他以前在西餐厅里吃饭一样，不说话，仿佛吃饭是一件很严肃、正经的事。

他不说话，她也没说话，只有电视里在放着动画片，一个清脆的声音问："大咪咪，你在哪里？"另一个清脆的声音回答："咪咪大，我在这里。"

这时，小猫跳上了餐桌，"喵！喵！"叫了几声，向轻晚讨东西吃。

轻晚从碗里夹了块馄饨肉放在桌子上任由它啃。

小猫咪吧唧吧唧地吃着，吃完之后犹觉不过瘾，踏着猫步走到如笙旁边又喵喵地叫。

如笙也夹了一块肉喂它，它毫不客气地继续吃。

"咪咪，够了哦，习惯吃肉，以后就不吃猫粮了！"轻晚板着脸，抓起小猫，将它放到餐桌下，"不准你上桌来了。"

吃得饱饱的小猫也不理她，踏着优雅的猫步头也不回地坐回沙发上看电视。

轻晚看着如笙碗里的馄饨差不多吃完了，道："我帮你再盛一点！"说完就要跑去厨房。

如笙连忙拉住她："不用了，我吃得差不多了。"

"那我也吃得差不多了。"她说，"我去洗碗。"

说完，端着碗屁颠屁颠地去洗，刚放了水，手还没伸下去，便被如笙抓住。

“我来。”他说。

衣服袖子早已经被他松松地挽起，他做这些事十分熟络，可以看出平时没有少做。

其实如笙的手很好看，只是由于从小到大一直都很辛苦，手掌心始终都有几颗小小的硬茧。很早之前，她听别人说过，嫁给会做家务的男人的女人一辈子都会很幸福，她不知道别的男人如何，但她一直都相信能嫁给如笙的女人才是一辈子真正能幸福的人。

即使是他离开的那五年里，她也一直这么认为。

脑子里这么想着，没想到嘴巴就出卖她将她所想的事说了出来：“如笙，以后你的妻子一定很幸福。”

如笙将盘子放进碗柜的手一顿，转眸定定地看着她：“那么你幸福吗？”

幸福是什么？即使她相信嫁给如笙会是幸福的，但也不代表她以为这样的幸福就属于自己。

经过五年里，她已经不敢奢求幸福了。

轻晚垂眸，并没有回答他的问题，而是从流理台上拿起毛巾：“把手擦干净吧。”

随后转身离开。

有些事何必追究到底，还能在一起就默契地不提过去，只珍惜现在岂不是更好？

可如笙并不是这样想的，他抓住她的手腕，将她搂进怀里，语气里有自己都未发觉的害怕和紧张：“轻晚，告诉我为什么……”

“什么为什么？”她问。

“为什么突然对我的态度改变？我以为我需要努力更久，甚至一辈子的时间，你才会原谅我。”

要怎么说呢？

也许在每个人的生命中都会出现那样一个人，深深地恨过他，却可以反复地原谅，再继续去爱他。

“那是因为之前想让你感受一下心痛的滋味，想……想知道你心里究竟有没有我……”她终于说出了实话。

他低头在她颈项间咬了一口：“所以那次在医院里相遇，在我面前装作有男朋友，也是骗我的？”

“才不是！”她反驳，“本来我是真的想要找个男朋友的，可是谁让我……”

“忘不了你！”他替她接下没说完的话。

为什么每次她心里在想些什么他都知道？轻晚感到心里不平衡，她秀眉一拧：“你少自作多情了，我才不是因为忘不了你，只不过是我不想交男朋友而已！一个人生活多美好。”

“是吗？”如笙轻轻将她下巴勾起，他凝望着她，英俊的脸上带着微笑和深情，“那你告诉我，你还爱我吗？”

为什么认识了他这么多年，从来不知道他那双漂亮至极的眼睛竟会放电！

心里毛毛的，她别过视线，一抹红晕还是悄悄爬上耳根。

Part7

他凝视着她娇羞的神情：“轻晚……”他唤她。

她眼睛一眨不眨地望着他。

“告诉我，你在G市五年……”他说，“你在G市五年是为了等我吗？”

因为这一句，莫名地，一股委屈在心中蔓延，也许是环境问题、也许是他在身边、也许是自身压抑了太久，轻晚终于忍不住亲口说出五年来的委屈：“范如笙，你好可恶！是啊！我在等你，我一直都在等你，等了你五年了，可是那又怎么样！你以为你吃定我，就可以像当年那样不说一声就离开我吗？有时候我真的好恨你，你让我觉得我自己前所未有地可怜！范如笙！你就是个混蛋！特大号混蛋！”

“对，我是混蛋。”他抱着失控的她，不断地道歉，“对不起，轻晚，对不起……从今天开始，我再也不会放开你的手，这是我对你的保证。”

以前，范如笙从来不会向她许下任何诺言，而这一次，他用那么认真的表情告诉她，他不是在说笑。

第二天早上，轻晚是自然醒的。

很久都没有这种感觉，有人陪伴的感觉。

她转眸看着一旁好看的男人，心想，会不会以后每天清晨醒来，都能够有他陪在身边？

许是感觉到她的视线，如笙睁开惺忪的眼睛，声音因为刚醒而显得低沉而沙哑：“醒了？”他习惯地拿起搁在床头的表看了看，“还早。”

那块表轻晚很眼熟，怎么可能不熟识？那是她曾经送给他唯一的生日礼物。

他俯身亲亲她的小脸，说：“你再睡一会儿，我去做早餐，待会儿叫你。”

她没有阻拦，只是乖乖地点头。

看着他离开的背影，轻晚陷入了迷茫，她原本以为一大早醒来，彼此都会尴尬的，可是如笙完全都没有尴尬的表情，反而自然得就像这已经是很习以为常的事情一样，就好像他们已经是做了很多年很多年的夫妻一般。

她忽然想起上次他跟她说过没离成婚的事情，她不知道是不是冥冥中一切早已安排好，但是她知道自己已经不会去排斥他再一次出现在自己的生命里。

早餐是简单的煎蛋、吐司和牛奶，替她做好早餐之后，如笙并没留下来吃，他的衣服昨晚弄脏了，必须回去换一套。在玄关处穿好鞋之后，他给了她一个告别吻，动作自然平常，仿佛他们从来没分开过，仿佛他们这样自然的亲吻告别已经习以为常。

Part8

自那天起，如笙真的做到了每天都陪在轻晚身边。每天晚上下班时，他都会开车去她的公司楼下接她，然后两人一起留在轻晚的单身公寓，两人一起做饭、嬉笑打闹。小猫依旧很喜欢围着如笙转，就像当年上大学时的宋轻晚。

两人饭后有时还会一起散步，有时候也会分享彼此工作上的不顺利和小成绩。

某次回家之前，去小区的超市里买些日常用品时，老板娘趁如笙去拿东西的时候暧昧地对轻晚说：“这个就是导致你长期生活不规律的罪魁祸首？”

轻晚在一边傻笑，点头承认。

那一段时光大概是她最幸福的时候。以前都是她追着如笙跑，那时候的如笙每天的重心都在工作上，根本没时间陪她。

如今，他的生活工作都已经稳定，他已经不需要再那么辛苦，可以空出很多时间去照顾她。

别看轻晚这五年来看似生活得很好，其实一点都不会照顾自己。大学的时候她时常盯着他的胃，可没有他在身边，她却一点都不注意自己的身体，经常空腹喝可乐和啤酒，三餐不按时吃，最后公寓里冰箱里的可乐和啤酒基本上都被如笙清理光了，换进去的都是纯牛奶。

如笙很宠她，她在工作上遇到什么不顺心的事情跟他讲，他会耐心地听完然后提出自己的想法与意见。他会每天早起，为她准备一份精致可口的早餐，双休日的时候他会拉她出去玩，不让她总是待在家里发闷，会耐心地陪她逛商场，眉宇间没有半点不耐烦，会在别人羡慕的语气中紧紧地牵着她的手。

这样的如笙是一个很容易让人依赖的人，让她几乎真的要相信那句书上的话：牵着你的手，闭着眼睛走也不会迷路。

有一次，苏艺来她家过夜，她连忙将如笙赶回了家。

晚上两人聊天聊到很晚，只不过轻晚始终没有提到上次欧阳柳絮跟她说过的事情，或许是因为不知道怎么开口，抑或是没有找到一个好时机。

两人窝在床上叽叽喳喳说了很久，跟明天不用上班似的。

“真的好像回到了以前。”最后轻晚感叹。

是啊，真的好像……苏艺在心里想，当然还是有点不一样了。比如公寓里多了一些男人的生活用品；比如刚进卧室的时候，轻晚收拾如笙的睡衣。

“喂。”黑暗中，苏艺戳戳轻晚的胳膊，清了清嗓音，“范大院长平时都睡在我的位置吗？他应该很嫌弃我吧？好不容易跟你和好，我却霸占了他的时间。”

“小艺!”轻晚娇嗔一句，白了她一眼，拒绝回答。

“干吗呀！我就是问问嘛！你害什么羞。”

“我没害羞!”

“切!”显然苏艺不相信。

“说真的。”半晌苏艺幽幽地开口，“你真的原谅他了吗？你跟他说过这些年你是怎么过来的吗？”

明显感觉身旁的人身体顿时僵硬。

苏艺在心里叹息，即便是如今再幸福，曾经受过伤的烙印还是深刻地烙在心头。

“他不知道。”她小声说，“我也不想告诉他。说了也是没用的，时间过去了就过去了，再怎么追究，那些时间也回不来。小艺，过了这么久我终于有些明白，固执地计较过去的人，是无论如何都不会幸福的，倒不如珍惜现在和未来，至少目前我很快乐……如笙真的在用心地补偿我、爱我。”

“……那就好。”苏艺不再多说，她静静地望着黑暗中的天花板，直至眼睛酸涩，身边的好友已经睡着了，她却一直一直都没有睡意。

第二十章
每个人心中都有一座隐匿的城

Part1

以前的大学同学打电话来，说 H 大周末有场篮球赛，问如笙来不来看。

如笙跟轻晚提了提。

轻晚眼睛瞬间放光："去！"

只要是能跟他在一起，不管做什么都是一件幸福的事。

周末，因为赖床不想起来，导致两人去 H 大的时间有些晚。

走到篮球馆外面的时候，如笙接到了曹洲的电话："你来了没？我们都到了，就差你了，老袁大教练说你不来就太对不起他这个当年的室友了。"

老袁就是当年和如笙同寝室的袁宇超，毕业后留校当了篮球教练，算是跟如笙关系比较好的一个。

"我们已经在球场外面了，你们在哪里？"

"我们在球场大门口等你呢！你快点过来吧。"

如笙收了手机，牵着轻晚一起走到了篮球馆大门口，几个高个子男人站在一起聊天，都是以前认识的同学。

轻晚只认识曹洲和老袁，其他几个只是有些面熟，却不认识。

一位个子较高的男人最先看见他们打了声招呼，接着便是其他人接二连三地转头。

"大家都到了，就你最慢！当了院长的人果然不一样！"

几个男人抓准时机自然不会放过他，别说女人有嫉妒心，其实男人也有的。当年如笙大名远扬到H大的女生连找男朋友的条件都要有几分“如笙味道”，比如说容貌有些相似，或者神态有些相似，背影举止啊什么的，搞得其他男生个个郁闷得很。

再加上那时候如笙因为有兼职工作的缘故，每次篮球赛总是迟到，没想到几年后的今天依旧是如此，新仇加旧恨，他们不挖苦一下才怪！

“嗨，这个是以前那个痴情的小师妹吗？”有人看见了轻晚，笑着问。

“各位师兄好，我是宋轻晚。”轻晚主动露出灿烂的微笑，打招呼。

“久仰大名。”其中一人说，“当年你追如笙的事可是感动了我们不少人，我们在寝室的时候就经常感叹，以后找女朋友铁定以你做典范。”

“不过那时我们也说，要找一个单纯勇敢、眼里心里只有范如笙一个人的宋轻晚还真是很难，所以范如笙同学有福了。”

如笙从始至终都沉默着，这些人他还不知道嘛，越是狡辩越是来劲，所以他干脆任由他们说。不过那薄薄的唇边洋溢的微笑，告诉别人此刻他的心情很好。

轻晚也只能傻笑，不知道说什么好。好在球赛马上就要开始了，一行人有说有笑地走进了篮球馆。

位置是早就订好的，如笙一行人都坐在最前排。

让轻晚感到意外的是，在球赛开始时不经意地回头竟看见了苏艺和汤芃，苏艺自然也看到了她，朝她打了招呼，而汤芃则是跟身边的一个美女说说笑笑，很愉快的样子。轻晚本想要过去的，可由于人实在太多了，别说走了，根本挤都挤不过去，所以只有安安稳稳坐着的份。

如笙大概是发现了她的小脑袋总是不安分地转来转去，俯身到她耳旁轻声问：“看什么？”

“小艺也来了。”她顿了顿，“还有汤芃。”

如笙点头，并没多说什么，把目光移到赛场上，运动员正在做热身运动。

轻晚像是想到了什么似的，扯扯如笙的衣袖，凑上去问他：“我记得以前我在这里看过你打篮球。”

“嗯……”他挑眉看她，“然后？”

“我记得那次有球飞过来差点砸到我，然而被某人挡了下来。”她眼珠子调皮一转，“我一直想问，你是从那个时候开始喜欢上我的么?”

“……”如笙摸摸鼻子，揶揄道：“改天我帮你问问某人?”

她瞪着他，噘嘴拧眉。

他薄唇微勾，伸手捏了捏她的下巴，笑道：“嘴噘得这么高，都可以挂香肠了。”

“哼!”

如笙嘴边的笑意更深，握紧了她的手，目视赛场，低沉而温柔的声音在她耳边响起：“傻瓜，我很早的时候就喜欢上你了。”

有多久呢?

其实他也不大记得，也许是某天梦见她的清晨？也许是不经意的一次转眸?

但就是在不知不觉当中，她进入了自己的生命中，再也无法忘记。

Part2

漂亮的进攻。

激烈的碰撞。

严密的防守。

这是一场很平常的篮球赛，轻晚清楚地听到了人群中发出的惊叹声，可是她的心思却不在这上面，总是有意无意朝身后望去。

人群中的那三人，汤芃和一旁的美女很亲密的样子，他依旧是社交高手，好几次把那美女逗乐，只是苏艺的情绪有些不对，表面上她似乎看球赛看得很认真，可轻晚知道那不是真的。

苏艺脸上的表情太熟悉，就像五年前的她——

当一个人的眼睛直直地盯着一处一眨不眨的时候，那种表情叫做发呆。

轻晚还记得第一次跟苏艺来篮球馆看比赛，那时苏艺的眼神就一直盯着场上穿着球服的汤芃看，当时她虽然有一些意识，却终究因为苏艺的不承认而没有追问下去：每个人心中都有一座隐匿的城，里面藏着许多许多只属于自己的秘密。

如笙自然注意到了她的心不在焉，却没开口点破。

比赛结束后，如笙婉转地拒绝了大家一起去饭店吃饭的邀请，他本就是不喜欢热闹的人，今天来只不过是因为宋某人兴致高，而此时，宋某人却带着心不在焉离场。

此时的宋某人正在思考着要找什么理由过去见苏艺，如果拉着如笙一起好像不太好，毕竟她跟汤芃以前的关系很尴尬，但是如果她一个人去让如笙在旁边等着又不舍得。

就在她两头为难的时候，苏艺的声音在身后响起："轻晚？"

她转身，苏艺正向她跑来："能不能搭你们的顺风车？"

"当然行！只不过……"轻晚问，"你不跟汤芃一起走吗？"

"你也看见了，人家卿卿我我地散步回家，我今天已经做了半天的高瓦电灯泡了。"说完转头对如笙说："嗨，范同学，好久不见啊……噢，对了，现在应该尊称范大院长了吧？"

如笙失笑，他对这个女人印象很深刻，基本上她属于和他水火不容的状态，印象最深的便是那年冬天，她在路上骂了他半天。当时给他的印象就是……世上怎么会有这么蛮横的女人？

"叫我范如笙就好。"如笙说，"你们在这里等会儿，我去把车开过来。"

说完，对轻晚勾了一记笑，转身离开。

看着如笙的背影，轻晚心中蔓延着甜蜜。

"很贴心嘛。"一旁的苏艺拱拱她的肩膀，促狭道，"幸福中的小女人。"

"小艺！"她娇嗔，忽而很严肃地说，"我知道了。"

苏艺一愣，奇怪地看她："你知道了什么？"

"我知道其实你一直喜欢的人是汤芃对不对？"

苏艺怔了怔，失笑："我表现得很明显吗？这都被你猜到了？"尽管她依旧在笑，可是轻晚还是没忽略她表情中的一丝无奈。

"为什么喜欢他这么多年，却不跟他说呢？看见他跟别的女人在一起你不难过吗？"轻晚看着她，认真地问。

"有什么难过的？他爱跟谁在一起就在一起，我又不介意。"

"真不介意么？"轻晚拉着她的手，疑惑地说，"可是你脸上的表情告诉我的可不是你不介意，小艺，不是你跟我说过的，喜欢就去追吗？其实那个穿黑裙子的女孩是你对不对？你当时也说如果你再勇敢一点，结局就可能不同了，为什么你不能勇敢点？"

她没想到的是从没向她发过脾气的苏艺忽然用力地甩开她的手："我都说了

我不介意了，喜欢他是我的事，你那么较真干吗？”

轻晚被她的声音吓了一跳，她从来没见过这样的苏艺，在她面前苏艺总是很贴心像姐姐一般。她并没有什么坏心思，只不过是出于对好友的关心而已。

她目光闪了闪，看着前方不再说话。

苏艺也许是觉得自己的态度有些恶劣，想说些什么，却终究什么都没有说。

Part3

直到如笙将车开来，两人都没有说话。轻晚本想和苏艺一起坐在车后座的，想了想还是选择坐副驾驶座。

一路上只有苏艺和如笙随意地聊了几句，轻晚目视前方也不知道在想些什么。

不过如笙话少，也没聊多久，车内便一片沉静。

这样的气氛有些尴尬，苏艺有些后悔，但好在，很快苏艺家就到了，她下了车和如笙说了谢谢，面对轻晚时想说再见，可始终也没说出口。

车子重新发动，如笙转头问她：“跟苏艺吵架了？”

轻晚的声音闷闷的：“很明显吗？”

“你说呢？”他反问。

轻晚闷不吭声。

“不介意的话，说给我听听？”他道。

轻晚郁闷极了，十分不开心地把刚才发生的事讲了一遍。

“别想太多了，每个人都有自己不想说的事情，她也是这样。别看苏艺表面上很豁达，其实也很敏感。”他安慰。

“我跟她做朋友这么久了，她从来都没有向我发过火，就连大声一点说话都没有，今天就因为这样的事情莫名其妙地跟我发火，我真不懂她。”

如笙轻薄的唇瓣勾起一抹无奈的笑，许多事情只有单纯的她看不透而已。

“等过几天，气消了，再跟她好好说说。看得出来，她也在后悔对你发脾气的。”

“有么？”轻晚颇为委屈，“我是为了她好，她居然还怪我太较真，我真有错

么？我不是想帮她么！”

“你啊，就是太天真了，这种事情她一直瞒着你就是不想让人知道，你倒好，什么都说了出来，换你站在她的角度想想，你会不会很难过？”

“可我也是好心啊……”

到了家楼下，如笙转头看着她道：“她知道你的好心，所以她不会怪你的。”

“是么。”轻晚心情还是没好转，抬头望了望窗外，熟悉的环境，车已经停了，她问，“到家了吗？”

“嗯。”他笑了笑，忽然倾身过来，在她唇瓣上印上一个吻。

不知道是不是她的错觉，他的温柔中带着少有的霸道，甚至有点微微……恼怒。

当纠缠的长吻终于停止时，轻晚气喘得厉害。

“这是惩罚。”在她不明的眼神中，他说。

轻晚瞪大眼睛，她做错了什么事情吗？

“为什么是惩罚？”

“……你走神了一天。”

“我……那是因为我看见了小艺，汤芃带了女朋友来，她一定很难过，我就……”急着解释有些语无伦次，轻晚懊恼，很愧疚今天自己竟然一直把他给忽略了，“以后绝对不这样。”她举手发誓。

如笙浅笑：“逗你的！来，下车。”

晚上如笙在洗澡的时候，轻晚接到了苏艺的电话，约她明天去家里玩，她气还没消，闷闷地说：“我才不去你家。”

电话那头苏艺笑出了声：“还生气啊，我认错了行么？今天是我太冲动了。”

“哼！”

“好了，你明天过来吧，我再跟你好好解释一下。”

轻晚虽有些心不甘情不愿，但苏艺始终是她最好的朋友，最后“嗯”了一声算是答应了。

Part4

如笙出来的时候看见轻晚坐在沙发上发呆，腿上坐着小猫，难得两个没打架。

他上前连猫带人一起抱在腿上，鼻息间是她身上的香气，若有似无，却足够诱人遐思。

此时，怀里人已经回过了神，有些迷糊地问："如笙，你在干什么？"

"没什么。"声音有些沙哑。

为什么她觉得有什么？也许是他的怀抱太温暖，以至于她来不及细想，就沦陷。

于是，那个晚上她在沙发上被彻底攻陷。

第二天见到苏艺的时候，轻晚没少拿脸色给她看，苏艺拉着她来到自己的房间，笑得一脸灿烂："还生气啊？让我看看，你这肚子里都装着氢气呢？再生气就要变成人肉气球飞走啦……"

其实轻晚早就没生气了，好朋友之间怎么会真的较真呢？

她不过是做做样子而已，现在被苏艺这么一逗，忍不住笑出声。

苏艺深呼了一口气："终于笑了，跟'青春痘'学的笑话真没白学。"

"哼！"轻晚瞪着她，"你要不跟我好好明说你跟汤芃究竟怎么回事，我还生气！"

苏艺的笑容消散了一些，指了指一旁的沙发说："坐下我跟你说吧。"

轻晚这次倒是很配合地坐了下来。

过了一会儿，苏艺才道："我知道你是为我好，是我自己一直都在逃避罢了。昨天心情本就不好，所以说话才那么冲，你别放在心上，其实我没有怪你。"

看见自己喜欢的人和别的女人那么亲密，轻晚自然能想到她昨天不开心的原因，她说："究竟是怎么回事？你昨天怎么会跟他们两人一起来的？"

"是汤芃约的，我来的时候才知道他还带了一个人，说是他女朋友，专门介绍给我看的。"

"他怎么可以这样！"轻晚有些愤愤不平。

"不能怪他，他一直都不知道我喜欢他的事。"苏艺道，"而且这也是我要求的，上大学的时候我就跟他说过，要是他交了女朋友第一时间就要告诉我。他当时挺奇怪的，但是还是拗不过我答应了。那个时候只是单纯地想，如果他有了意中人，我希望自己不是最后一个才知道，或者，干脆不要让我知道更好。可是怎

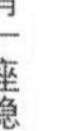

么可能？别说我们在同一个大学，就连家都住在一起，始终还是会知道的吧。”

轻晚皱眉：“那为什么当初还要把我跟他凑在一起？”

“因为他是真的很喜欢你。”苏艺说，“那是我刚上大学的时候，他忽然跑到我家里来找我，请我出去吃饭，我当时真是受宠若惊，直接怀疑饭菜里面是不是加了迷药。后来才知道他找我是要我帮他追你。起初我也以为他只是随口说说的，可是当你跟范如笙在一起之后，那年寒假，他真是难过了很长一段时间。后来范如笙去美国了之后，他经常会不经意地向我问起你的情况，那个时候我才知道他一直都没有放弃你。毕业的时候，其实他有更好的发展前景，可是他最终还是决定留在了G市，如果不是真的喜欢，怎么会为你连前途都放弃了？以前他也交过不少女朋友，可始终都是带着玩玩就算了的心态，分手了也无所谓，可我知道他对你不一样。那段时间我很矛盾，又希望你不接受他，可又希望你能接受他。”

“所以……你那个时候才决定出去旅游的吗？”

“嗯。”苏艺点头承认，“我不希望他每次跟我出来说的都是你，再听下去，我怕我会承受不了，我怕自己会忍不住去嫉妒你、伤害你。一个是我从小玩到大的哥们，一个是我最好的朋友，我真的不希望因为我的嫉妒失去你们，那种情况下，我只能选择逃跑。在外面旅行了一段时间，遇到过很多事，感悟了许多，有时候想想，人生不就那么回事，既然那么喜欢就放在心里默默地喜欢好了。可人总是把事情想得很简单，到真的做起来的时候，又发现自己根本就做不到、放不下。”

她顿了顿，道：“当我打电话给你，知道你还没有忘记范如笙的时候，我承认自己是开心的。所以我选择回来。那一天，看见汤芃在你家楼下吻你，那一刻，心真的很疼，我想要跑，想要逃，可是脚却像是生根了一样，走不动，逃不了。所以被你们发现的时候我只能强逼着自己微笑。那一晚你留我在家里睡，我没答应，因为我怕我会忍不住在你面前大哭一场。接下来的几天，我闭门不出，你打电话约我出来的时候，我只能假装很忙，不然你看见的会是一个头发蓬乱，两眼无神的疯子。”

Part5

轻晚心疼地看着她：“既然那么喜欢，为什么不去争取呢？”

“理由很简单。”她笑，“我没你那么勇敢。”

“为什么？”

“有时候人就是那么可笑，有勇气去鼓励别人追求自己想要的，可是真正到了自己身上，却没了勇气。何况，如果我真的跑到他面前去表白，估计他不是吓傻了就是拔腿就跑。”

“你别那么悲观。”

“我不是悲观，这是事实。”

轻晚的语气闷闷的：“我始终觉得，如果努力去争取也许还会有希望，如果你不争取，不是连一点希望都没有了么？”

“这种事，不说也许还能给我留有幻想，说了，如果被拒绝，也许朋友都做不成了。”苏艺说，“其实我跟他认识这么多年，始终不是很了解他，他表面上看起来很豁达，什么事情都没放在心上，实际上却是一个很有心思的人。”

“小艺，告诉他吧。”轻晚握着她的手劝慰，“就像你以前跟我说的，喜欢对方却什么都不说，他又不是你肚里的蛔虫，怎么会知道？而且汤芃不像是小心眼的人，就算真的不喜欢，他也不会做得太绝，毕竟你们是从小一起长大的，感情摆在那里，没了爱情，友情还在不是么？希望和绝望，总比一生无望好，对么？”

“……”苏艺沉默。

轻晚更加卖力地游说：“不过就是告个白而已，我认识的苏艺可不是连这点胆子都没有。说得不好听一点，早死早超生，这是悲观的说法，如果说你主动去告白，反而打开汤芃心里的墙，说不定他其实也是喜欢你的，只不过是自己没有发现罢了。毕竟很少有青梅竹马之间不产生爱情的。苏艺小姐，希望就在前方，只看你愿不愿意主动迈出这一步了。”

苏艺转头看着窗外，不知何时，大树已经茂盛一片，不知不觉，夏天已经来了。

她回忆着：“我记得第一次见到汤芃的时候，也是这样的季节，那时候是小学二年级吧，当时姑姑带着我来接表哥回家，结果被表哥的班主任叫到办公室，说表哥和别人打架，现在正在训话。当时我跟在姑姑身后就在想，是哪个不要命的家伙，竟然连我家霸王表哥都敢欺负……”回忆起无忧无虑的童年时光，苏艺忍不住抿嘴笑，“到了办公室的时候就看到表哥在门后面被罚站，对面是一个剃着刺猬头的男孩，带着半边黑眼圈，还在和表哥大眼瞪小眼。很难想象，那个时候的他桀骜不驯，时过境迁，现在的他一点都没了当时的倔强。”

“……”轻晚瞅着她，一副欲言又止的样子，从来都没想过原本以为最单纯最没心事的好友竟然会藏着这样一个故事。

“过了几天，隔壁家搬来了新邻居，我跟着我妈屁股后面去玩，就看见了角落里那个熟悉的小影子，眼睛上还有淡淡的熊猫眼圈呢！”苏艺自顾自地说道，无意间转头看到轻晚，随即一怔，“你干吗这副表情？”

轻晚眼睛里满是泪水，一脸疼惜。

“没什么。”轻晚吸气，抑回鼻尖的酸涩和满眶的泪水，看着她，腮边露出浅浅酒窝，“小艺，听你这么说，我更加坚定要你把实话说出来了，找个空闲的时间我帮你把他约出来吧。你说他喜欢大眼睛长头发的女生，你的眼睛也不小，长发的话从现在开始你可以为他留着，何况，现在假发满街都是，约他的那天，我帮你美美打扮一番，一定会让他另眼相看。”

“……”

见苏艺没说话，轻晚以为她不答应，颇为懊恼地瞅她：“我是真的想你幸福。”

苏艺失笑：“既然你都这么说了，我再不答应的话，不是很不识好歹么？”

轻晚一乐：“这么说，你是答应了？”

“嗯。”

“那好，下个星期六我帮你约他出来好吗？小艺，我真替你高兴，你终于可以勇敢地追求自己的幸福了！

第二十一章
命运好幽默

Part1

接下来的几天，轻晚几乎是数着天数过日子的。当年她在感情上失意的时候，是苏艺一直都陪在她身边。上大学的时候苏艺就像是一个大姐姐一般，在任何方面都很照顾她，虽然苏艺曾经说过最初跟她接触是因为汤芃的缘故，但是那一开始的带有目的性，到后来就过渡成了真正的友情，苏艺为她所做的一切都是那么的真诚。

轻晚心里一直都觉得自己对好友有亏欠，从来都没有替她做过什么事，因为她总是那么坚强，风吹不倒，雨打不垮。如今好不容易有机会了，她怎能不好好表现。

她请了一天的假，一个人上街帮苏艺买了一身漂亮的衣裳。然后再去了假发店，买了一头漂亮的长假发，以前她很怕这种东西，因为曾经看过一个有名的和假发有关的恐怖电影，不过现在这假发拿在手上，她怎么看都那么漂亮，想象苏艺戴上它，一定会很有女人味吧。

当如笙下班回来之后看见的便是一个恐怖的女人坐在沙发上梳着恐怖的假发露出恐怖的笑容。

“你在干什么?”如笙坐在了她旁边，逆着光，黄昏的光晕在他的侧颜镀了一层耀眼的金边，让他整个人熠熠生辉。

“漂亮么?”轻晚欢快地向他展示自己一天的劳动成果，先是假发，然后是一件乳白色洋装加一款黑色水钻束腰带，她说，“苏艺要是穿成这样去约会，汤芃一定会被她迷死。”

如笙朝她一伸手，她便乖乖地坐到他怀里：“今天请了一天假就是为了这个？浪费时间。”

轻晚不以为然：“这是女孩子的爱好。而且小艺是我最好的朋友，我希望她幸福，所以下定决心一定要好好帮她。”

“一个男人真的喜欢一个女人的话，就算她穿成乞丐，也不会嫌弃的。”

“可是如果有条件打扮得美美的不是更好么？”轻晚揉揉他的俊脸，小声地说，“女人永远都希望在自己喜欢的男人面前保持完美的形象。”

如笙挑眉：“你也是？”

“当然。”她调皮地眨眨眼，“难道我不够完美么？”

“我差点忘记了，你脸皮一向不薄。”

“我……我只是在陈述事实而已。”这下子她脸果然马上就红了起来，可是在爱人面前，彼此不都是最完美的么，即便是缺点都可以认为是完美的，难道他不是这样认为的吗？

似乎能够猜透她在想什么似的，如笙偏过头，唇角悄然扬起一个优雅的弧度，眨眼间，他的薄唇就吮上她的耳垂，轻声道：“傻瓜。五岁那年，你就是我心中最纯净完美的公主。”

仿佛将心底唯一的小秘密说了出来，她一阵心悸，盯着如笙，声音略带颤抖：“如笙你……你想起来了吗？”

“嗯。”他点头，“如果不是如萧提醒我，我还不知道有个傻瓜竟然喜欢了我那么多年。”

“可那个时候你好像一点都不喜欢我。”她皱着鼻子，颇为委屈。

“呵呵……”如笙竟笑了起来，说，“你以为每个人都像你那么早熟，五岁的时候就知道什么叫喜欢了？”

“你竟然敢取笑我！”轻晚假装生气，小手在他身上肆意乱抓……

于是，一室嬉闹，笑声不断。

Part2

周六一大早，轻晚就提着巨大的袋子来苏艺家敲门，虽然事先通过电话，但是当苏艺看见她带着大包小包站在门口的时候，还是吓了一跳。

“不用这么夸张吧？”苏艺瞪着满满一桌子的化妆品，“又不是去参加英国王室的宴会，干吗搞得这么庄重？”

“要的要的。”轻晚边把带来的东西一一放好，边说，“我已经约好他十点出来了，我们抓紧时间好好打扮打扮！你今天一切都听我的就是了。”

她拉起苏艺，仔细地打量了她一番后，开始化妆。

一个小时之后……

轻晚满意地看着眼前自己的杰作，得意地说：“小艺，你一定不知道你现在究竟有多美！”

苏艺睁开眼睛，因为不习惯眼睛上面的妆而眨了好几下，当看见镜子中的人时，愣住。

难怪人总说，世界上没有丑女人，只有懒女人。

她摇了摇头，镜子里的那个人也随之摇了摇头，满脸的不可置信。

那是她吗？这么女人的苏艺？真是让她自己都不太习惯。

轻晚浅笑，将假发细心地帮她戴上，假发很长，带着一丝随意的卷。

“要是苏妈看见了一定会尖叫，啊……这是我们家闺女吗？打扮起来跟个天仙似的。”轻晚笑着说道，然后好似想到了什么似的，将带来的另一个大袋子拆开，“呐，这个是我专门帮你挑的衣服，白色的长裙，穿出来效果一定很漂亮，快拿去试试。”

苏艺愣了一会儿，嘴角微勾道：“轻晚，谢谢你。”

“跟我还说谢谢呢！”轻晚瞪她一眼，推着她进了更衣间，“快去试吧，我在外面等你。”

待到苏艺将衣服换出来之后，轻晚眼前一亮，把她拉到镜子前，下巴枕着苏艺的肩膀说道：“小艺，你看多美啊。汤芃看见了，一定会懊恼自己怎么放着这么个美女在眼前都没看见。不管怎样，你都要勇敢一点，我认识的苏艺是个天不怕地不怕的女孩子，你不要让自己在我心里的分数降低，在爱情面前，你要勇敢，那样才能得到幸福。”

听着好友的那番话，苏艺嘴角仰起深深的弧度，从心底觉得感动，人生这么短，能遇见这样一个朋友，真的非常珍贵，她学不会太矫情，只能给轻晚一个温暖的笑容：“这样子的打扮，真的很美，大眼睛，长头发，是汤芃喜欢的类型。”

“好了。”轻晚将一旁为她准备的包包塞到她手里，“现在差不多可以出发了，去给心爱的他一个惊喜吧！”

“可是……”苏艺依旧有些不习惯，“这样好吗？我从来没这样穿出去过。”

“很好啦！相信我！真的很好。”怕苏艺不信，她很坚定地加上一句，“百分之二百的好！”

“那好吧，我相信你！”苏艺说完，刚要转身闪人，轻晚像是想起什么似的，从后面拉住她，“你等等。”她在包里翻翻，好不容易才找到了手机，举起来对着自己，“来来，让我跟苏艺大美女拍一个照，先让我把你的初次给抢先了，再出去！”

苏艺失笑，硬被拉着合拍了一张两人照，还有单人照之后，才被放出门。

亲手将她送上出租车，轻晚将头探进去，眨眨眼睛，“好好表现，亲爱的，我去你家把东西收拾一下就回家等你的好消息。”

Part3

目送出租车离开，轻晚欢快地在原地转了个圈，高高兴兴地往楼上跑去。也不知道是不是太高兴了，竟然一脚踩空在楼梯上，幸好眼疾手快扶住了身边的栏杆，才没摔下去，不过还是割破了皮，血很快就溢出浸湿了裤子。

她皱皱眉，忍着疼爬到了楼上，苏妈妈苏爸爸都没在家，她简单地将苏艺的房间收拾了一下，就一颠一颠地出门了。原本的好心情被这么一摔，全都没了。

回到家的时候，正好如笙从书房出来倒水，看见玄关处她正艰难地蹲下解鞋子，膝盖的地方有明显的血渍，连忙走过去，一把将她打横抱起，蹙眉问：“怎么回事？”

轻晚吐吐舌头：“刚才不小心摔了一跤。”

如笙将她放在沙发上，将鞋子脱掉，小心翼翼地将裤腿翻上去，清楚地听见她倒吸气的声音，黑眸里既生气又心疼：“多大的人了，走路都会摔跤！”

“我也不想啊。”她郁闷地说，“本来应该高兴的一天，一下子好像都摔没了一样。”

如笙看了她一眼，飞快地起身，到浴室里端了热水来，又去书房里拿了药水、棉花棒和绷带。

“毛巾碰上去会有点疼，你忍着。”他事先叮嘱，修长的手拧干了毛巾，轻轻地擦向伤口处。

“呀！”不意外听见轻晚痛叫了一声，这哪是一点疼，明明就很疼！

如笙抬眸，看见她委屈又可怜的表情，表情缓和了一些。

但是，还是很严肃的。

“大学时候粗心就算了，都这么大了也没个分寸。”嘴上虽然这么说，但动作上却更加地小心了。

简单地包扎了一下，如笙叮嘱她：“洗澡的时候要小心一点，最好不要碰到水，不然很容易发炎。”

说实话，如笙变成大医生的样子看起来棒极了，专业的话语和包扎的动作让人不由自主地产生信任感。

待到他处理好伤口之后，轻晚扑上去搂住他的脖子：“我不怕发炎，因为有范大院长在。”

“请院长看病可是很贵的。”如笙挑眉。

“那是别人，我除外！”她开心地依偎在他胸前，像只娇气的猫咪。

如笙也不答话，看着她宠溺地笑。

做午饭的时候，轻晚执意要帮忙，不知道为什么她的眼皮一直在跳，有些心神不宁，想要借着做其他事来忽略这种不安感。切菜的时候，手机铃声突然响了起来，差点吓得她切到手。她忙放下菜刀去接，竟然是两个手机都在响，一个如笙的一个自己的。他们对视了一眼，同时接起。

轻晚手机屏幕显示的是个陌生的号码，以前也接过这样的电话，基本上都是打错了，不过她还是按下了接听键。

“喂，请问是宋轻晚小姐吗？”电话那头是个陌生男子的声音。

轻晚的心莫名地被扯了一下：“我是，请问你是？”

“你好，这里是G市第一医院急诊室，伤者苏艺正在急救中，请问你是她的家人还是朋友？”

“她出了什么事？”

“一场很严重的车祸，你的号码是她手机里最后一条通话记录，能否麻烦你代为通知她的家属，尽快赶到医院急诊室。”

轻晚的脑子里嗡的一声，后面什么都听不清了，抓起手机就想往外跑，完全

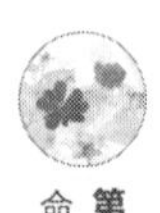

忘记了自己膝盖上的伤口，重重地跌坐在地上。

“轻晚！”

如笙长腿迈过来，将她扶起。

她像是抓到了救命稻草，急切却颤抖地说：“医院，如笙……我要去医院。”

如笙什么都没说，抱起她就往玄关处走去。

Part4

坐在如笙的黑色宝马车上，轻晚的脑袋空白一片。

如笙从后视镜看了她一眼，低声说：“打个电话给苏艺的家人吧。”

她一怔，这才想起要给苏爸苏妈打电话，可是拨了电话，却怎么也发不出声音，任由苏爸在那边“喂”了半天，最后还是如笙从她手上拿过手机，干脆利落地将事情说出了口。

到了医院门口，轻晚几乎是飞奔进去，连脚上的伤都不顾了。如笙停好车才匆匆追上了她。

一到急诊室门口，手术室的灯还是亮着的，门口站着好几个公安，轻晚跑上去劈头就问：“小艺，小艺是不是在里面？”

其中一个负责人走上前，打量了她一会儿问：“请问你是……”

“我是宋轻晚，是苏艺最好的朋友，她到底怎么样了？麻烦你快点告诉我好吗？”

负责人点头，神情严峻地把事情原委说了一遍。

因为清明节到了，G 市公路堵车严重，一辆大货车脚刹失了控，在十字路口的时候，撞翻了很多车，苏艺坐的那辆出租车刚好路过十字路口，与货车正面撞击，出租车被撞翻了，司机和苏艺受伤严重。

听完后轻晚脸色一片惨白，不可置信地狂摇头：“为什么会这样，那么多车，为什么会撞到她的……”她跌撞地后退了几步，跌进如笙的怀里，身体止不住地发抖。

“早上明明还好好的，她打扮得那么漂亮，我们那么开心地说再见……”她喃喃地说，心口闷痛。

“轻晚，冷静一点。”如笙握住她的肩膀，给予她支持的力量。

可是她的身子依然还在抖，忽而，像是想起了什么似的，转过身，抓着如笙的手臂：“救救她，如笙，你一定要救救她。小艺那么好，她不会有事的，不会有事的对不对?”

如笙刚想说什么，手术室的灯忽然灭了，白大褂上沾满血渍的医生走出来，看见如笙先是一愣，叫了一句：“院长。”

如笙朝他点头，问：“情况怎么样?”

轻晚屏息，耳朵里只有医生沉寂的声音说：“伤者性命抢救过来了，只是可能会处于长期昏迷的状况。”

“长期昏迷的状况?”轻晚猛地抓住了医生的衣服，“这是什么意思?”

“意思就是可能从今以后会变成植物人。”

瞬间晴天霹雳，轻晚在这一刹那突然听不清医生后面的话，只能看到惨白的急诊室里，全身带着血的苏艺，安静地躺在病床上。

她身上还穿着她为她买的衣服，可原本纯白色的裙子上都是血迹，小艺……她只是睡着了而已，怎么会永远都醒不过来了？不会的，不会的……

坚强得永远打不倒的苏艺，陪着她一直走过青葱岁月的苏艺，怎么可能就这样结束了她的未来？她还没有来得及对爱的人说出自己的感情，还没有享受过爱情的甜蜜，还不知道幸福为何物，她还……

不！都怪她！都怪她那么多事！要她去告什么白，如果她没有怂恿小艺去的话，就不会有今天的事情，也许现在她还在快乐地跟她聊天，聊她讨厌苏妈妈总是带着她到处相亲，说她也许一辈子都会嫁不出去。

眼睛里积聚的泪水终于忍不住流下来：“小艺对不起，都是我不好，是我亲手把你送上车的，对不起，小艺真的对不起。”眼泪像是关不住阀门的洪水，凶猛地流了出来，轻晚终是忍不住，埋首放声痛哭。

脚步声在医院里回响，苏爸、苏妈、汤芃都来了，当苏妈看见躺在病床上的女儿，以及听见医生说的话时，当场晕厥了过去。

“为什么会这样？早上还好好的人，现在为什么就躺在那里了……”苏爸两鬓的白发似乎又多了一点，慈祥的脸上忍不住泪流满面。

是啊，只是一眨眼的工夫，为什么一个好好的人竟永远都醒不过来了?

轻晚忽然站了起来，踉跄地穿过如笙身旁，来到一个挺拔的身影面前。

Part5

“你来了。”她仰着头，看汤芃，眼神却是空洞地穿过他不知道看向谁，“小艺一定很高兴，她等你很久了。”她抓着他的手说，“你跟我来。”

汤芃任由她拉着来到了苏艺的床前。

轻晚手忙脚乱地擦掉眼泪，努力挤出一抹微笑：“小艺，你看，他来了，你最喜欢的包子来了。你是不是很高兴？你一定有很多很多话想跟他说吧？可是你很累了对不对？没关系，我帮你跟他说。”

她转过身对着汤芃，歪着头说：“你发现今天的小艺和往常有什么不同吗？是不是变得更漂亮了？”她轻笑了笑，继续说，“那是她专门为你打扮的。对了，你大概还不知道吧，小艺她今天是想要去跟你告白的，她很小很小的时候就喜欢你……还记得她小时候破天荒地穿了一件黑裙子吗？那是她专门为你穿的，本来那天她是想要跟你表白的，可是还没有说出口，就被你嘲笑了。

“我以前一直以为小艺不找男朋友是因为她眼光太高，直到前几个星期，我才知道，她原来不是眼光太高，而是心里早已经有了一个人……我这个朋友真的是做得很失败，小艺对我那么好，我却从来都没试着去关心她，了解她。”

轻晚听到了身边的人沉重的喘息声，却仍旧继续说：“你别看小艺她表面上那么坚强，其实这个傻丫头，还没我勇敢呢！自从小时候被你嘲笑过之后，她再也不敢向你表白了，一直把喜欢放在心里，看着你跟别人谈情说爱，她只能默默地站在背后看，甚至连嫉妒都不敢。最傻的是，因为你喜欢我，她看着你跟我在一起，实在是忍受不住，就一个人跑到世界各地去旅游。你说……天底下怎么会有这么笨的女孩子？”

嗓子像是被什么东西掐着噎着，她只有用力地抓着自己的手掌心，才能让自己的声音不颤抖：“可是不是说老天都爱笨小孩么？为什么这么早就剥夺了她的生活？你知道今天小艺是带着什么心情去见你的吗？你知道今天她对我说的最后一句话是什么吗？她说，‘这样子的打扮，真的很美，大眼睛，长头发，是汤芃喜欢的类型。’她一定很喜欢你，为了你，一向粗线条的她都不介意打扮成淑女的样子。我看着她坐上了那辆车，还向她微笑……是不是很喜剧？”轻晚在流着眼泪忍耐哭泣，“只是可惜了，你没看见小艺最美的时刻……以后也看不见了吧……"

近似崩溃的轻晚被身旁的人紧紧地揽在怀里，再也发不出声音，只能嘶哑地放声哭泣。就像是那年生日一般，哭得撕心裂肺，不同的是那个抱着她安慰着她的女生此刻却躺在冰冷的手术台上，毫无知觉。

命运好残忍，总是爱开这么大的玩笑，当年如笙离开的时候，她痛不欲生，是小艺在身边陪伴着自己。可是如笙终于回来了，她以为自己可以幸福了，然而她最好的朋友却永远都再也醒不过来。

小艺，你真的好残忍。

Part6

依稀是大四那年，她们站在老地方——寝室楼顶，看流星雨。网上已经不止一次说今晚有百年难得一见的狮子座流星雨，在凌晨两点，只有她们两个傻傻地抱着被子站在楼顶期待流星雨的出现。

看流星，许一个愿。

"我希望有一天范如笙能爱我爱到撕心裂肺！而我对他不屑一顾！"轻晚记得当时自己许下的愿望是这个。她转头问苏艺，"小艺，你呢？"

"我？"苏艺呆了呆，貌似玩笑地说，"我希望包子永远找不到女朋友。"

那个时候苏艺正和汤芃闹矛盾，至于什么矛盾她不清楚，当时她就笑笑说："小艺，这个愿望真毒。"

只是，那晚，别说是流星雨了，连半颗星星都没有。

愿望实现不了，换来的是第二天两个人都得了重感冒。

场景转换，毕业之后苏艺单独背着行囊去旅游。在机场，她跟轻晚告别，她说："轻晚，无论你身在何处，我都希望你善待自己，没有我在你身边，你一个人也要快乐。"

然后她眼睁睁地看着她越走越远……

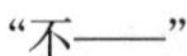

"不——"

凄惨的尖叫之后，轻晚从梦中惊醒过来，她的手抓着另一个人的手，心跳加剧，额头满是冷汗。

“乖……不要怕，只是一场梦。”熟悉的男声在耳边轻喃。

天空一阵雷响，她吓得往后一缩，缩进了他的怀里。

“如笙……不要离开我……我只有你了，不要离开我。”她哽咽地说，也不知道自己究竟在说什么，双手紧紧地拽着他的衣服，揉成难看的褶皱，仿佛是她唯一的救赎。

“我不离开。”如笙的声音略带沙哑，轻声诱哄着，“听话，好好地睡一觉，什么都不要想。有我在。”

她乖乖地任由他将自己放倒在床上，双手缠着他的腰，将脸埋进他的胸膛，眼泪却止不住地流。

如笙拥抱着她，像是在哄婴儿一般，手掌一下一下，轻轻地拍着她的背。

轻晚是真的累了，鼻息间是他的气息，浓浓的安全感环绕在周围。此刻，什么都不要想，有他呢……他说过，会好好爱她，所以她不再是一个人，所以，她是幸福的。

睡觉真好，苏艺纯净的笑容一如从前在眼前绽放，如果看到她现在哭泣的样子，大概会说：“轻晚，别再哭了，本来多好看的一姑娘，哭多了就变丑了。”

她抹了抹眼泪，不想哭泣，脑海里始终有一个声音在说话，她说——

小艺，我答应你，不再哭了，可是你要记得，你曾经说过的话。——“忘天忘地，忘包子，也不会忘记你。”

轻晚闭上眼睛，沉沉地睡了过去。

她依然在做梦，梦到了过去，年少时青涩的爱情和那珍贵的友情。只不过梦中的她没有再哭泣，因为有一个声音不断地在为她加油打气：“宋轻晚，你要是真是我苏艺的好姐妹，就不要再哭哭啼啼！”

清晨的阳光从窗户外流泻进来的时候，轻晚从梦中醒了过来，眼睛在房内找了一圈，发现如笙站在窗前。

或许是光线太过于明亮的缘故，轻晚忽然觉得他的背影如此寂寞，让她的心脏，莫名地抽痛了一下。

他似乎察觉到她的视线，回头，逆着光，她看不见他脸庞上的表情。

直到他踱步走到窗前，坐在床边俯下身，唇瓣轻轻地落在她的额头上。

“如笙……”她想要开口说话，声音却是沙哑的，许是真的哭多了的缘故，她问，“你一整夜都没睡吗？”

“嗯。”他应了一声，靠在床边。

轻晚靠在他的胸膛上，霸占性地抱着他的腰，低低地念着：“死生契阔，与子成说；执子之手，与子偕老。……如笙，如果说生离死别是人生中不能避免的事情，那么在有生之年我都要永远和你在一起，我要一辈子抓住你的手，我们一生一世都不分离。就算是任何一个先离开，另一个都要很快乐，我们会生很多孩子，最后离去的时候，让他们把我们合葬在一起，好吗？”

如笙看着她，嘴角勾起一抹漂亮的笑容：“好。”

Part7

得知苏艺出事后，以前大学同寝室的两人都从江苏赶来探望，还有很久没见的“青春痘”。轻晚记得，苏艺最喜欢听他讲的笑话，那天“青春痘”在苏艺的病床前讲了好多个笑话，但苏艺始终都没有醒过来。

让她意外的是，以前在西餐厅工作时的所有人，连“弥勒佛”经理都来了，其中也包括在法国快要结婚的小凡，她说：“苏艺师姐那时候经常往店里跑，基本上都是你不在的时候，有时她会请我们大家一起吃饭，和我们打得火热，总是嚷嚷说在学校遇见什么困难都可以找她这个当师姐的帮忙。其实那个时候我们都知道她对我们那么好都是因为想让我们多多照顾你。想起来这些就好像发生在昨天一样，苏艺师姐给人的感觉总是那么爽朗大方。”

轻晚知道，自己听到这里的时候大概是又要想哭了。

好在陈娇娇和徐分走了过来，拍了拍她的肩膀。

娇娇说：“大学的时候真的很嫉妒你们的友谊。我知道苏艺她不喜欢我，那时候我就总是跟她抬杠，她不喜欢我嗓门大，我就偏大给她看，她不喜欢我老提研究生男朋友，我就总提。现在想起来真觉得很幼稚，不懂事的时候才会炫耀自己。”

陈娇娇的事轻晚是知道的，大学一毕业她就跟研究生男友结了婚，那时候也以为是天崩地裂海枯石烂的爱情，可结了婚之后才发现，他远不是自己想象中的那么完美，男人有钱了就会变坏，有一次竟被她当场抓到他在办公室和别人亲热。

有人说过，这世上谁都可以惹，但千万别惹女人，尤其是像陈娇娇这样的女人。她将丈夫所在的单位闹了个天翻地覆，那被称为第三者的女人因为行为不检点被开除了工作，她老公也好不到哪里去，降职了不说每天都得面临单位同事的指指点点，陈娇娇更是火上加油地要离婚，任由他如何悔过认错都不变心意。最后她打赢了离婚官司，得到了可观的财产。

徐分毕业了就到游戏公司工作，大学时她可以说是打了四年的网络游戏，如今已经是大型游戏公司的总监，孩子都已经上幼儿园了。她家男人是她的顶头上司，公司刚起步的时候徐分就在他身边打工，算是苦尽甘来。

几个姐妹聚在一起，在酒席上的时候喝得头晕目眩。

最后陈娇娇喝得趴在轻晚的肩膀上流眼泪："还记得最后一次聚餐的时候是你的生日，我们也是这样喝，现在就差苏艺一人了。"

轻晚听着，眼眶更红了，泪水像断了线的珠子一样，狂流不止。

朦胧中，她看见人群中一个孤寂的背影，自从苏艺昏迷之后，汤芃变得很沉默，每天都来医院陪在苏艺身边。

第二十二章
幸福的依恋感

Part1

转眼间，五一节到了，轻晚打电话回家说自己不回去了，电话那头宋妈妈没少提交男朋友的事情，轻晚就干脆说男友已经找到了，等再过段时间就带回家给二老看，宋妈这才放过了她。

挂了电话，瞥见阳台上如笙的背影，淡淡的烟味从外面飘进来。

最近如笙抽烟抽得很频繁，女人的第一直觉告诉她，如笙心里有事。

她将膝盖上的小猫放在沙发上，径自走向阳台，从身后抱住他的腰。

如笙微僵，灭了烟头，转身将她搂在怀里。

夏日的风轻轻地吹在脸上，有种说不出的惬意。

更早的时候，当她一个人常常站在这个位置时，就想，若是有一天可以和自己心爱的人站在公寓的阳台上，紧紧地相拥，什么事也不做，什么话也不说，就这样抱着，看着日出日落，那是一件多么幸福的事情。

如笙抱着她，声音从头顶传来："轻晚，明天我们回家吧。"

回家？这里不是家么？轻晚反应迟钝，后知后觉才知道如笙说的家是哪里。

"好啊。"她双手叠在他搂着自己腰间的大手上，"那你也找个时间跟我回家吧，我爸妈想见你呢！"

彼此交换一个眼神，两人相视而笑。

如笙四年前就在G市买了一套房子，在市中心，交通很方便。

原本考虑到要将范母和如萧都接到家里来，所以房子买得很大，可最后范母仍旧执意要住以前的房子，说是已经成了一种习惯，住在那么空旷的房子里反而会觉得可怕。

如笙自然是尊重她的选择，她苦了一辈子都没有享过什么福，如今如笙和如萧两人更是孝顺得不得了。

来到那个老房子的时候，轻晚真感觉有一种时光倒流的错觉。

这一带的房子依旧是那么低矮，走过那条有些阴暗的小巷子时，轻晚扯扯如笙的袖子，说："还记得第一次在这里你送我去坐公交车吗？那个时候为了讨你开心，我就讲了一个黄色笑话，然后你就很严肃地教训我……"她故意板起脸，学起如笙的样子来，说，"宋轻晚，你究竟是不是女生，竟连这样的笑话都说得出口！"

"那个时候你真的很冷漠，每次跟你说话，我那脆弱的小心肝啊，都要被冻僵。"

如笙看了她一眼："谁让你那时候那么缠人。"

"……"轻晚哼一声，"谁叫我那时候那么喜欢你。"

如笙忍不住笑出声。

轻晚朝他做了个鬼脸。

来到老房子时，老远就闻到了饭菜的香气。老房子还是有变化的，比如说墙上斑驳的痕迹被油漆重新粉刷了一遍，又比如家里的家具大部分都换了新的。

时光流逝得太快，再细微的变化也会留下痕迹。

阳光从窗外照了进来，一家人围坐在一起，吃着午饭。范母的头发已经全白了，不过好在气色很好，许是对于当年的事情仍抱有愧疚感，对轻晚特别好，好得让她有些尴尬，但是却不好说什么。

值得一提的是如萧也带了男友来，竟是轻晚公司的同事，编辑部的骨干主编，也是如萧现在的上司高飞，轻晚给予他的评价就是，"博学多识，言语风趣"。

当他第一眼在家里见到轻晚的时候还着实吃了一惊："跟你同事这么久，居然不知道你就是如萧经常提起的大嫂，要早知道，我这女朋友就得重新考虑了，让我这么大的人喊你大嫂，以后到公司不要做人了。"

如萧在一旁猛翻白眼："现在还没怎么着呢，你要分手也来得及。"

高主编在公司的时候就经常能博得女士们的欢心，到了如萧面前更是一点架子都没有，笑嘻嘻地说："我开玩笑的，如果真分手了，你要我去哪里找温柔体贴，我生病了还会照顾我的未来老婆？你说是吧？"

"无赖是你的专长！"如萧哼了一声。

轻晚笑着，悲痛过后，在这样温暖幸福的气氛里，竟然让她有种不敢开口的感觉。

这时，一双大手悄无声息地握住了她放在膝盖上的手，她抬眼看去，是如笙。

Part2

午饭过后，如萧和高飞出去玩了，本来想要拉着如笙一起去的，可是如笙最近工作很忙，好不容易放假了电话也是不断，眉宇间有明显的疲惫，轻晚就替他拒绝了，范妈妈去教堂做祷告去了，老房子里最后就剩下他们两人。

轻晚拉着他走到他以前住的房间坐下，轻抚他的眉毛心疼地说："你睡一觉吧，瞧你好像好累的样子。"

如笙半倚在床头，问："那你呢？"

"我看一会儿电视，发发呆什么的。或者待会儿就有睡意了。"

"那你陪我睡。"

他的语气像极了家里的那只懒洋洋的小猫咪。

轻晚哭笑不得，最终不忍心见他那么疲惫的样子，乖乖地应了一声，

许是真的很累，如笙很快就睡了过去。

"如笙……"她仰头看他，轻唤了一声。

回答她的是沉稳的呼吸声，告诉她，他已经睡熟了。

陷入睡眠的他，有着一张如孩子般无害的脸，只是此刻看起来，比印象中要消瘦了许多。

轻晚心里有丝丝隐疚和疼惜滑过，前些日子她又因为小艺的事情，忽略了他。

在她难过的时候，他总是安静地给予她拥抱，什么都不说，也不问，给她一个安全的避风港湾。可是她好像都没有像以前一样，将一颗心全放在他身上。

待到一切都平静了下来，她才发现他眉宇间的刻纹愈加深刻了。

是发生了什么事情吗？

她猜测。

忽然一阵铃声让她把心思收回，是如笙的手机。

她急忙从床上起来，拿着手机走到房门外，生怕将床上的人吵醒。

当瞄见手机上闪动着“茉落”两个字的时候，她的心莫名一紧，迟疑地将电话接起。

“喂。”

“是……轻晚？”

“是。”轻晚应了一声，问，“如笙在睡觉，茉落姐有什么事吗？”

那边明显顿了一下，才开口：“你帮我问问如笙，我让他跟我一起去美国的事情，他想得怎么样了，我下个星期就要走了，让他尽快给我答案吧……”

挂了电话，轻晚脑海里一片茫然，美国……怎么又是美国。

这次，又是为了什么事情？如笙这几天的烦恼，就是因为这个吗？

有些事始终没有问出口，是因为她保持鸵鸟心态，不敢问他与茉落之间的关系，是害怕自己的感情会添加上她接受不了的过去。

如笙和茉落之间的关系对于旁人来说实在是过于神秘，对于她来说也有无数个问句。比如茉落总是无条件地对他那么好，比如茉院长从小的培养与扶植，比如如笙不用从基层工作开始直接坐上院长的位置，比如四年的美国之旅……

可轻晚却始终告诉自己，有些事，如果他不说，一定有他的理由。两个人在一起，难道就要什么都摊开来说，没有自己的私人领域吗？

她想，自己也许应该选择相信他，不因为别的，只因为他是范如笙，他不会背着她乱来。

可是脑海中却有个邪恶的声音在说，宋轻晚，难道你忘记了五年前，你是如何相信他，而他是如何伤害你的吗？

Part3

黄昏的时候，范母跟着如萧和高飞一起回来了，是高飞专门开车去教堂接她的。一进门，如萧便钻进了厨房，把所有人都赶了出来，说是要做她的拿手好菜。

高飞很有兴致，拉着如笙要下象棋，嘴上还在抱怨："如萧在我面前老拿我跟你这个哥哥比，说你如何如何聪明，今天我们来杀一盘，看究竟是谁聪明。"

一盘象棋就能比得出谁聪明？轻晚笑出声，对如笙解释："高主编是我们公司的象棋大王，没事的时候总是拉着别人陪他下棋，这年代的年轻人会下棋的真是少，公司有个新来的实习生一开始被他叫上的时候还受宠若惊，之后的几天，基本上是看见他拔腿就躲。因为他这人特变态，输了的人要吃五颗花椒。"

"这才有趣好不？"高飞反驳，"每天坐在办公室里不是憋死就是闷死，我可受不了。"

轻晚说："其实你就是想逗人家女孩子开心，故意调侃人家老实人。"

"宋同志！你是想要我饭后被罚跪键盘么？"高飞笑看了厨房一眼，如萧正在认真地切菜，他掉转头，挤眉弄眼道，"可别说我向你老公告状，范兄，你这个老婆可不得了，有时候对着电脑就能发一整天的呆，也不知道在想些什么。"

轻晚"哼"一声："我是在想专题怎么做。"

高飞挑眉："想专题怎么做，会想着想着就笑得春心荡漾？难不成专题在电脑里跳草裙舞？"

"你才笑得春心荡漾！"轻晚瞪他，"小心我把如萧没来公司之前，你泡公司MM的秘史抖出来！"

"太恐怖了，这个姐姐好坏哦！"高飞作惊恐状，拼命地啃自己的小拇指，一点都没主编的样子。

围着桌子吃晚饭的时候，高飞尝着自己女朋友煮的饭菜时，那才叫笑得春心荡漾。跟没吃过菜一样，一连"嗯"了好几下："未来老婆做的菜太好吃了，真看不出来你还有做贤妻良母的潜质。"

"抓住男人的胃就等于抓住男人的心。我家冷漠的哥哥就是被嫂子这一招给收服的，我当然要好好学习！"如萧暧昧地朝自家哥哥眨眨眼。

如笙敲敲她的头："长大了，连哥也敢调侃了？"

如萧忙躲在轻晚的身后："嫂子救命，哥哥对我使用暴力！"

轻晚凝望过去，正巧对上如笙的眼睛，眉梢微扬，给她一记无声的微笑。

看着一室融洽，她忽然觉得人生就如同一场游戏，有人玩得精彩，有人扑朔迷离。在无垠的浩瀚的宇宙之中，我们实在太过于渺小。

范母想要添饭的时候，轻晚刚好回过神，主动接过她的碗，说：“伯母，你坐着就好，我去盛吧。”

高飞嘴巴又不老实：“还伯母呢？是不是要改个称呼了？跟哥哥我学着，叫——妈……”

如萧扑哧一声，差点将嘴里的汤喷了出来。

轻晚赠给他一个巨大的白眼：“你以为谁都跟你一样不要脸呢!”

说完，转身就去盛饭了。

Part4

五一节的第三天，是小凡和她的法国男友来中国摆结婚酒宴的日子，如笙和轻晚都在被邀请的名单中。

轻晚终于看见了那个她曾在脑海里想象过的法国男人，高大英俊，轮廓深刻，小凡亲切地叫他大卫。大卫只会说一句中文话，就是，“你好。”当小凡在跟嘉宾做介绍的时候，大卫微笑地站在一旁，看着小凡那深邃的蓝眸子映出的是说不出的宠溺。

那时候她觉得，一个女人最幸福的时刻不过是无论站在哪里，身边都有个高大的身影为她遮风挡雨。她抬头看了看站在自己身边的如笙，有人说，被如笙爱上是最幸福的，爱常常是占有、嫉妒、猜疑、吵闹，而他们的爱情，不是如此。如果要用一种东西形容他，那么她会说，如笙是毒品，碰了，便再也戒不掉。

意料之中的是，曹洲他们也一起前来道贺，大家热情又客气地打了招呼。

当小鸟依人的小凡挽着大卫的手走向牧师时，彼此脸上洋溢着的幸福笑容，仿佛弥漫了全世界。这一刻，不管是站在上面的新人还是坐在下面的宾客，脸上露出的都是真诚的笑容。

轻晚低下头，看见与如笙交缠的无名指上，那对银白色的戒指在灯光下熠熠生辉。

“做新娘子真幸福。”穿婚纱是每个女人都憧憬的事情，她也不例外。

“你想做?”如笙转头，应着她的话。

“哪有!”她嘴硬地否定，哪有人会主动承认自己想要结婚的，好像有点迫不及待的样子。

嗯……虽然她心里是这么想的。

如笙轻笑了声，也不说话。

轻晚有些小小的失望，为什么他不继续追问下去？她的年龄也不小了，到现在他都还没向她求过婚呢！

有些小委屈，她张口欲叫："如笙，我……"

手机却振动了起来，他下意识地从口袋里掏出来，看了看来电显示。

茉落。

微微蹙眉，他对她说："轻晚，我先接个电话。"

她心沉了一下，却只能看着他起身拿着手机走了出去。

是什么电话，连她都要躲着，是跟去美国的那件事有关吗？

她别过头，不敢多想，胃又在此时不听话地痛了起来，一阵阵痉挛。

"你的脸色好差，手怎么这么凉？"

不知何时回来的如笙小心地摸摸她的手，他独有的体温渗透她的肌肤，让她的心情有少许恢复。

偏头看着他如往常一般关切的脸，此刻，她只想倚靠着他的肩膀，其他的事，都暂且抛开吧。

酒席开始的时候，轻晚终是忍不住胃疼，额上频频冒冷汗。

如笙叫服务员上了杯热牛奶给她，暂时让身边的朋友帮忙照看她，对轻晚说："坚持一下，我去买药。"

她点头，趴在桌子上，慢慢地喝着杯子里的热牛奶，视线落在酒店里巨大的新人相框上，眼中是一丝别人看不见的羡慕。

Part5

如笙回来的时候，轻晚居然趴在桌子上睡着了。那是她体质上的一个小缺陷，每次喝完牛奶总是很犯困。

他在她的身旁坐下，熟练地将她的脑袋轻轻地放在自己的肩膀上，让她的身体倒向他，支撑住她的所有重量，让她能睡得更舒服些。

幸得这一桌子的人都是当年同一个西餐厅的人，面对各种羡慕的、喜悦的、祝福的眼神时，如笙只是无奈地笑笑，好在这些人已经不是第一次知道他怀里的小人儿经常会犯些小迷糊了。

大家都其乐融融地吃着菜，曹洲拱了拱如笙，问：“你家那位没事吧？脸色那么苍白，怎么像是纵欲过度的样子？”

如笙一口茶差点儿没喷出来，抿了一口，不紧不慢地说：“你出门没照镜子么？今天你脸色蜡黄，像是……”

曹洲眉毛竖起：“像是什么？”

“肾亏。”

“……咳咳。”曹洲一阵剧烈的咳嗽，恐怕是被菜给噎着了。

不一会儿，新人过来敬酒，所有人都站了起来，如笙对小凡示意了个抱歉的神色。

曹洲的大嗓门很大，走到新人面前，大笑：“小凡，告诉师兄，你是怎么把人家老外搞到手的？真看不出啊，当初你可是我们西餐厅里的清纯一朵花。”

“呃……”小凡被他一闹，脸色微微泛红。

身边的新郎官许是看见了自己妻子的不好意思，问了问身边穿着黑色西装的翻译，然后笑着对着曹洲噼里啪啦地说了一段话，接着翻译也噼里啪啦地翻译了一段，大概是说，是人家老外先看上小凡的。

一桌人尴尬了一会儿，接着都哈哈大笑了起来。待到新人走了之后，曹洲当下得到一个结论：“没另一半的都注意了，以后绝对不要找这么个沟通有问题的人！”

有人不赞同了：“原本我不太喜欢老外，不过这个老外看起来好疼老婆，我决定了，以后也要找个老外老公。”

有人点头附和。

曹洲撇撇嘴道：“你们这些崇洋媚外的叛徒。”

下一秒，只见曹洲抓起桌子上的一颗喜糖甩手朝轻晚的方向扔了过来，嘴里还嚷嚷着：“起床了！太阳晒屁股了！”

眼看着喜糖就要准确地击中轻晚的脑袋，如笙手臂一伸，“啪”的一下将物体挡开，喜糖瞬间改变方向朝对面砸了过去，曹洲身子一闪，闪过了糖，却把酒洒在了身上。

什么叫自作孽不可活？

眼前就是个典型的例子。

一桌子人看着这一幕忍不住惊呼出声，惹得邻桌的人频频看过来。

忽而餐桌上有女同志像是发现新大陆一样叫道："我记起来了，上大学的时候，范师兄也是这样替宋师姐挡过一次，那是一次篮球比赛上，当时好多人惊呼范师兄的动作潇洒自然，赛后，在寝室里都传得沸沸扬扬，不知道有多少女生羡慕宋师姐！"

"这么说，我也记起来了。"曹洲神色诡异地摸摸下巴，"难道说我们家如笙其实在那个时候就爱上我们轻晚学妹了？小子！隐藏得蛮深的嘛！"

最后曹洲得到的自然是如笙的白眼。

Part6

如此大的动静下，轻晚总算醒了，看着众人面色各异，她扯了扯如笙的衣袖，小声问："如笙，刚才我说梦话了吗？"

"有……"如笙俊眉微扬，慢悠悠地说，"你说你爱我。"

"骗人！"她不信。

"知道就好。"如笙也不逗她，从桌子上拿出了一个药片，说，"把药吃了吧。"

"好。"她乖乖地点头，就着他手中的水杯，吞了药片。往后略略靠在了椅背上休息。

如笙舀了勺红米羹放到她碗里："休息一下，吃点清淡的吧。"

轻晚瞅着他，不放心地问："我真的没说什么吗？"

如笙放下勺子，好整以暇地看着她："你想要说什么？"

"没有。"轻晚摇头，拿起勺子特乖地喝起羹来。

可为什么她还是觉得有些不自在？她真的没说什么么？

喜宴结束的时候，天色已经暗下去了，众人也开始做离席的准备了，新娘子也要跟新郎飞回法国度蜜月，天下没有不散的宴席，只是，这里的每一个人都会记得这一天。

明明白天还是晴朗的，夜晚的时候却下起了大雨。

喜宴过后，轻晚提议去如笙的公寓看看，却没想到下起了雨，于是两人也懒

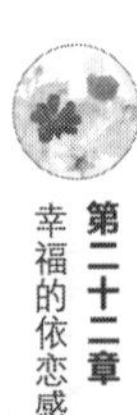

得回去。

房子虽然很大，但是摆设很简单，一看就是单身男人所住的地方。如笙一直都是个爱干净的人，房间里自然是井井有条。

当如笙从浴室出来后，便看见窗户开着，轻晚穿着他的白衬衫双手抱膝，安静地坐在落地窗前的地板上。

如笙皱了皱眉，上前关上窗户，转过身不赞同地看着她："这样子会感冒。"

轻晚无言地瞅了他一眼，又将头低了下去。

如笙不知说什么好，顺势在她身边坐下，待到将她搂在怀里才发现她手中竟然握着一只水晶酒杯，杯中红色的液体散发着特有的酒香。

"你这是怎么了？"从今天喜宴她睡醒了之后就一直不对劲，如笙隐隐地感觉她的心绪有变化，此刻见她竟然喝酒，让他忍不住有些心疼。

"没有。"轻晚窝在他的胸前，有些闷闷地说，"有点犯困。"

"胃还难受？"

"没……"她拿起杯子想要喝一口红酒，却被如笙夺过。

"别喝了。"

"我不！"此刻的她显得有些任性。

"轻晚，真的没事吗？"

轻晚水眸看着他半晌，忽而，将双臂搂着他的脖子，在他的唇上印下一吻。

Part7

虽然两人之间亲密的次数不少，但每次轻晚都容易害羞，如今做出这么大胆的动作，是因为喝醉了？

如笙的眼神有些迷离了起来，毕竟美人老婆在怀，再有自制力的人也失去了往日的定力。

"如笙，你脸红了吗？"偏是扰乱他心扉的女人还特别无辜地问他。

"……"如笙有些哭笑不得，他实在是不太适应这样的宋轻晚，带着小女人的娇态，微微勾引着他的心。

小女人举起酒杯问："要不要来一点？"

"好。"说完正欲接过酒杯，却不想她忽然一饮而尽。

"……"如笙无言地看着她，下一秒，她再次勾上他的脖子，吻上了他，将红酒送入他的薄唇。

如笙不是一个容易迷失自我的人，可此刻，他迷失得彻底，只因为怀里的她，名字叫做宋轻晚。

他反手紧紧地拥住了身体因为放松而柔软的她，像是对待珍宝一样，再也舍不得放开……

猛烈的风挟带着雨滴，敲击在玻璃上，大雨落得欢快，似有停不下的迹象。

这些年来，他总觉得有一件事忘记了做，如今才记起，原来是忘记了爱心里的那个她。

……

事后，轻晚躺在浴缸中，望着身旁的如笙，唇边浮起微笑。

"在想什么？"如笙的声音从胸膛里传来，震动着她的耳膜。

"今天小凡结婚，我很高兴。"

"嗯。"

"小凡穿婚纱的样子很迷人。"

"嗯。"

"大卫人那么好，小凡婚后的生活一定会很幸福。"

"嗯。"

"那……如笙，我们结婚吧！"最终还是她主动说出了口。

"……"如笙没再"嗯"，一室沉默。

轻晚抬起头望着他，喃喃地问："你不想吗？"

"怎么会？"如笙顿了顿，道，"只不过……还要过一段时间。"

轻晚慢慢垂下眼帘，也不说话，心里的失落感很重。

"轻晚，有件事我想跟你说。"如笙忽然道。

轻晚心一紧，终于……终于还是要说了吗？

"什么事？"她用很轻很轻的声音问。

"我下个星期要去美国参加中美医学交流会。"

"哦，要去多久？"

"可能半个月的时间。"他说，"轻晚，等我回来，我们就举行婚礼好不好？"

她没回答，只是习惯地靠在他的胸膛，原本应该感到的安稳却缺了一份从容。

鼻息间满满地都是他的味道，可此刻的她却因吞噬了毒药变得什么都闻不到。

似乎感觉到怀里人有些不开心，如笙问："怎么了?"

"不可以不去么?"

"别任性。"如笙安慰地抱了抱她的肩头，微笑道，"你知道的，我也舍不得离开你。总之我会尽快回来，你呢，每天乖乖地早起上班。记得一定要吃早餐，不要以为天高皇帝远。"

如果撒娇可以让他留下的话，她一定会做的。可是她知道，那对他一点效果都没有。好半天，她才小声嘀咕："不带这么求婚的，人家都有玫瑰花和烛光晚餐，我一根草都没有。"

如笙失笑，轻轻她的额头，哄小孩般温言道："这是暂时的求婚——"停了停，像是下定什么决心似的，郑重地托起她的下巴，深深地望过来，"等我回来，给你一个你想要的求婚仪式，嗯?"

为了这一刻胸间满溢的幸福，轻晚决定暂时挥去心中的猜疑和不愉快。

她握着他的手，十指相扣。

"你要答应我每天都要跟我打电话。"

"好。"

"一个星期至少要有三天跟我视频。"

"好。"

"要每天都想我，清晨睁开眼睛脑海里浮现的第一张脸是我。"

"好。"

"如果有别的女人想要打你的主意，你要告诉他你有了女朋友……不，是有了老婆!"

"好。"

"如果我再问你一次可不可以不去，你可不可以说好?"

"……不好。"

如笙失笑地看着轻晚不情不愿地瘪着嘴巴，轻轻地拍了拍她："好了，不说这个了，起来吧，再泡下去就要脱皮了。"

后半夜静得出奇，轻晚固执地抱着他，赖在他的怀里，也不做什么，只想争分夺秒地拥有他的气息。

第二十三章
猜心

Part1

如笙星期一的飞机，轻晚没有去送，借口是要去上班，其实不过是逃避现实，她不想在机场看见如笙身边有那个她很在意的女子。

上班的时候她无精打采，开会的时候更是不知道魂游到了哪里，忽而手机振动了一下，她拿起来一看，发信人是：高飞。

她抬眼看看身边的高飞，他正一副好学生的姿势“认真”地听着报告。

她将信息打开，上面写着：亲爱的大嫂，我家老婆的哥哥不过是去出差又不是赶赴战场，你有必要连开会的时候都默默流泪吗？

轻晚即刻用手往脸上一抹，果然有湿意，幸好大家都是听会的听会，看报告的看报告，没多少人注意她。

高飞双眼弯弯地望向她，露出一个自以为很迷人的微笑。

可恶！竟敢嘲笑她！她瞄见桌下他的黑色皮鞋，毫不犹豫地用力踩上去。

“啊——”惨叫声立刻响彻会议室。

“怎么了？”众人的眼神一致看过来。

轻晚快意地斜睨着他，看他怎么解释。

“我肚子疼想上厕所。”

于是在 BOSS 同意的情况下，高主编捂着肚子一瘸一拐地走了出去。

下班后，如萧拉着轻晚要一起回家被她拒绝了，如萧不解，一旁的高飞又在

自作聪明地说："人家要回去等你哥哥的电话，你就不要打扰人家在千里之外的浓情蜜意了。"

轻晚丢给他一个巨大的白眼，不过这次他倒是没有说错。

晚上八点，轻晚守在电脑前等待如笙的视频。其实一下班回来，简单地吃了碗泡面，她就坐在电脑前守着了。

如笙的离开，让她发现自己远比想象中还要想他。

这个房间是如笙的房间，那天清晨睡醒之后，他对她说了一句话："轻晚，你的房租……别缴了。"当天，她将自己的家当全部搬了过来。

时针指到了八点零五分，如笙还没有来。心里终究会有小小的失望，以前就是她总是在等他，从最初的五分钟到后来的五年，中间的那些时间加起来都够生半个孩子了。

有时候她也会觉得很委屈，不管是五年前还是五年后的现在，她总觉得自己是爱得更多的那一个，可终究是自己喜欢的人，不想去太斤斤计较，何况爱情本就是件不公平的交易，若是今生他爱得不多，那便是因为前生自己爱得太少，红尘轮回，无需计较。

八点半的时候，他终于来了。

视频那头，他穿着白色的衬衫，一如既往地好看。

"你来迟了。"轻晚忍不住抱怨，好想把他从笔记本屏幕里拽出来，猛亲。

"对不起，被事情耽搁了。"如笙认真地道歉，透过屏幕可以看见他身后房间的装饰，感觉不像是在酒店的样子，更像是在别人的家里。

"我不管，下一次你要是再迟到，我就不理你了。"

语气颇有撒娇的味道，可是却夹杂着认真。被等的人永远都体会不到等待的人那种急切的心情，轻晚是个敏感的女子，在等待的过程中容易想的事情都是不好的事情。虽然说已经成了一种习惯，可每次想来，还是会有些心疼自己。

"好，下次不迟到。"如笙微笑，语带关心，"有没有好好地吃饭？"

轻晚瞥了一眼放在桌子上的泡面盒子，脸不红心不跳地说："有好好吃。可是你要是再不回来，我就要绝食抗议。"

如笙失笑："我这才刚到美国。"

"我不喜欢你这种语气，好像要待在那里很久一样。美国真的那么好吗？以后有时间我也要去一次。"

"好。"

"说得真敷衍。"她说，"如果我说我明天就买票去美国，好不好?"

"好——"如笙依旧笑得优雅，"但是我的轻晚不是那么任性的人。"

什么叫不是那么任性的人？她一向很任性，难道他不知道么？算了，看在他说的那句"我的轻晚"分上，她暂且饶过他。

"如笙，答应我，如果你能够早点回来，就早点回来好吗？你的房子太大，我一个人住着有些害怕。"

"好。"依旧是很简洁的回答。

不知不觉两人聊了快有两个小时了，具体聊了什么，轻晚并不是很在意，只想真切地看到他，听到他磁性的声音。直到那边有一个女人声音传来："如笙，快来吃宵夜了。"

随后，如笙应了声："来了。"

"谁叫你啊。"她貌似不经心地问。

"以前美国同学的女朋友。"他很自然地回答，又发了一个微笑的表情过来，保证下一次不会再迟到，这才离开。

同学的女朋友？可是为什么她听出来的是茉落的声音……而且同学的女朋友会那么亲切地叫他如笙么?

Part2

轻晚觉得现在的自己特像一个被抛弃的妒妇，总是怀疑自己的丈夫是不是有外遇，即便是她知道敏感的人大多不幸福，猜忌的爱情最终都不圆满。

没有如笙在身边的日子，她仿佛又回到了从前，每天早起，上班，下班，吃晚饭。

回家之前，她会去医院看望苏艺，跟她说说近日发生的事情。

只是苏艺依旧昏迷不醒，让她在寂寞之余更加难过。

好在每天都能接到如笙的越洋电话，其实可以聊的事情并不多，彼此只是想要听听对方的声音，即便只是呼吸声都变成了世间最动听的声音。

可是有一天，轻晚等到了半夜，如笙的电话都没有来，心里有些忐忑，她就主动打过去了，响了很久，是个女人接起的。

她一句话都没说就挂了，安静的卧室里只能听见手机盖啪的一下被关起的声音。过了几秒钟，手机铃声悠扬地响起，屏幕上显示的是“如笙”二字，盼了许久的电话，此刻却一点接的欲望都没有，她将手机放在床头柜上，侧着身子，呆呆地看着，听着手机铃声的音乐，一个女子的声音在唱着：

我只是爱你胜过爱自己，

哪怕只有瞬间相聚，

我会鼓起勇气，

不轻易说放弃。

我的世界里，

你是我曾经永远的唯一。

那天晚上她不知道自己是怎么睡着的。第二天醒来，鼻子有堵塞的感觉，头也隐隐作痛，估计是晚上着凉了。

到公司上班的时候，她一个上午神志都有些模糊，中午和如萧一起吃饭的时候，如萧关切地问：“嫂子，你没事吧？脸色看起来好差。”

轻晚摇摇头，有气无力地拨拉着碗里的饭。

“你跟哥吵架了吗？”她继续问，“今天一大早哥就打电话给我，说是让我好好陪陪你。”

轻晚看了她一眼，问：“你知道如笙这次去美国是去做什么吗？”

“医学交流会啊。”如萧疑惑地看着她，“哥没跟你说么？”

“说了。”轻晚应了一声，想说什么，却没有说出口。

如萧像是想到了什么，开口道：“好像茉落姐也是一起去的，嫂子……你是在怀疑什么吗？”女人对女人总是比较了解的，如萧忙解释，“你千万不要误会哥跟茉落姐之间有什么。哥不是那种人的。”

“我知道。”微扬的嘴角有勉强的笑，“我什么都没说啊，你慢慢吃吧，我下午还要跟李姐去参加公司的培训，我先回去准备。”

说完，轻晚从位置上站起来，头有些昏沉，眼看就要站不稳，幸亏如萧及时扶住。如萧眼里满是困惑问：“你真的没事么？”

“真的没事，就是点小感冒。”轻晚拍拍她的手，像是安慰地说，“我回去吃两粒药就没事了。”

刚回到办公桌，李总编就从办公室里走了出来：“轻晚，打你电话怎么是关机的？没事吧？”

“啊？”轻晚瞄了眼手机，“昨天晚上忘记充电了。”

李总编点点头：“你收拾一下吧，我们马上就要走了。”

“好。”

她点头，拿着手机看了一会儿，始终没有开机。

公司每隔一段时间都会举行一次编辑培训，轻晚已经去过一次，大多数时候都像是大学听课一样地犯困，今天下午的培训一如既往地那般无聊，她本就有些昏沉，这次干脆趴在桌子上睡着了。

梦里面有老师透过话筒传来的讲课声，偶尔还有其他同事传来的笑声，让她仿佛回到了上学的那段时光。自己陪着如笙去听他们医学系里的课，从身体外部讲到身体内部构造，基本上每次老师的声音都跟催眠曲一样，听得她昏昏欲睡。

后来将近一周的时间里，轻晚都没有主动找过如笙，如笙给她打电话也都打不通，不是手机没人接就是关机状态。

Part3

周六那天，轻晚将屋子清理了一番后抱着小猫在卧室里看电视，电视播放着新闻，轻晚在沙发上发着呆，并没有上心。

直到电视里传来播报员的声音：“美国东部发生多起爆炸恐怖袭击事件，已致百余死伤，一名中国留学生在恐怖袭击中不幸遇难……”

轻晚一愣，接着才像想起什么般，迅速跑到电话前，拿起电话便拨了那组在心里记得烂熟的号码。

那是如笙的手机号码。

轻晚从来都没像此刻一般心急如焚地等待一个人接电话，内心不断有个声音在叫唤，快点接，快点接，如笙，你千万别有事，那名中国留学生千万不要是你！

“嘟……嘟……”

电话持续传来嘟嘟声却没人接听，接着，咔嚓一声仿佛有人接起，轻晚立刻叫了一句“如笙？”

但没有人说话，电话里传来一阵忙音。

轻晚立刻又拨打了过去，却是恐怖的关机状态。

轻晚怔怔愣愣地看着，脑袋空白一片，不知道自己接下来该怎么做。

直到熟悉的铃声再次响起，她几乎是本能地将电话接了起来，电话那头却没有人说话，轻晚顿时害怕电话被接起又是她的错觉。

“轻晚？”熟悉的声音让她本是绝望的心升起一股巨大的喜悦，是如笙的声音！

轻晚感觉自己拿着话筒的手都在轻微地颤抖。

“轻晚……怎么了？”如笙的声音带着刚睡醒的沙哑。

“刚听到电视里在说……美国发生恐怖袭击，一名中国留学生发生了意外……”她说。

“不是我。”她似乎听见那边轻笑的声音，“轻晚，你忘记了，我已经不是学生了。”

是啊……她都忘记了，还以为是从前，大家还是学生的时候。

顿了顿，他接着说：“这场恐怖袭击来得真巧，如果不是它来了，你打算什么时候才消气？”

这边的轻晚几乎能想象到这时候他促狭的神情。

她脸微红了红，矢口否认：“谁说我生气了！”

“没么？那为什么不接我电话？”

“哼！”

如笙依旧笑着，仿佛听到了什么有趣的事。

啊……真是讨厌啊！为什么她觉得自己被取笑了？

轻晚恼怒地轻斥：“不许笑！”

“……好，不笑。”他倒是很听话。

“你现在在干什么？”她试图转移话题。

“睡觉。”

“几点了？”

“凌晨两点。”

“哦……”轻晚才想起美国那边有时差，她道，“那你继续睡吧。”

“嗯。”

“那……晚安……”她正要挂电话，那边传来如笙的声音：“轻晚？”

“嗯?”

“请三天假吧。”

“为什么?”

“你不是一直想要来美国么？我想你了，轻晚。”

“……”

第二十四章
异国解心结

Part1

轻晚坐在机场的等候区，看着来来往往接亲友送亲友的人群，不由得想起了如笙去美国时，若是自己来送行，是不是也会像他们那般依依不舍。

人群中，一个抱着鲜红的玫瑰花束的人很引人注意，以前总觉得这样的男子有些傻傻的，如今看起来，想必是真的很爱自己的另一半，才会这样的浪漫，一点都不会介意其他人打量的目光。

她忽然就想起了那天的那通电话，如果不是真爱，像如笙那么腼腆的男子又何尝能说出那般让人沉迷的话，在猜忌与相信之间她还是选择了后者。

坐上飞机的时候，她忽然想到了五年前，她和苏艺两人站在寝室的顶楼，看着白色如大鸟的飞机划过天空时候的心情。

如今她终于坐在了飞往美国的航班上，小艺，你看见了吗？

下了飞机，轻晚没有心情欣赏异国的太阳，心乱糟糟地跳着，就仿佛回到了大学时候，她从家里早早地赶回了 H 大，期盼见到他的那种心情。

走出出站口，远远地就看见那抹修长挺拔的身影，总是这样，她在人群中第一眼就能够认出他。

也许是她站的地方过于偏僻，他并没有看见她。

轻晚心思一动，悄悄地绕到他身后，孩子般用手比成手枪的样子放在他腰上道：“不许动！”

"好，不动。"他十分配合。

身后传来她的轻笑声，随后她的双手爬上了他的腰："如笙，我也好想你。"这句迟来的话算是回答前天在电话里他说的话吧，她早就计划好了，要亲口对他说。

Part2

两个人回到如笙住的地方只花了十几分钟，轻晚这才知道如笙住的地方是一个单元公寓，一进门就是一个很大的厨房兼餐厅，往里走便是三间有着白色欧式风格小门的房间。

轻晚跟着如笙走进最里面的一个房间的时候顺便瞄了眼旁边的两个房间，房间里基本上一致地乱七八糟，一目望去便知道是男生住的。

似乎看见了她眼中的疑问，如笙解释说："这是我以前在美国上学的时候租过的房子，回国后偶尔会来美国，所以一直都是租着的。"他一边说着，一边将轻晚的行李放到了角落里。

轻晚看见了他摆在桌子上的笔记本电脑，和她视频的时候，他就是坐在那个位置上的吗?

"旁边的两个房间都是别人住的么?"

"嗯。以前在美国留学时的同学，留在了美国工作就一直没搬走。"

也就是说，那天如笙说的同学的女朋友是真的……

轻晚在心里小小地鄙视了自己一下。

脑袋被敲了一下，她下意识地抬起头，便看见如笙带着疑问的表情，问："怎么了？坐飞机坐傻了?"

"没有。"她语气闷闷的，突然觉得这几天自己的确做了许多很过分的事情。

"轻晚……"如笙看着她，欲言又止。

"对不起。"她主动承认错误，"我不该怀疑你的。"

如笙挑眉："怎么说?"

"我上次听见别的女人叫你的声音，你说是同学的女朋友，我以为……以为……"

"以为我是骗你的?"

"嗯。"她瞅了他一眼，大方承认。

她心里在想什么，如笙怎么会看不出来，她在他的面前从来都是透明似的。就像以前在读大学的时候，她总是说她相信他，其实在心底还是会存在一些怀疑的。再加上最后他毕竟还是伤害了她，要她再重拾回信任还是比较难的。

他不急。那一个星期她没有接他的电话，他依旧做到自己承诺过的事情，每天都给她打一个电话。至于接不接，那便是时间的问题了，他唯一想让她知道的是，他承诺过的事情也许并不一定能够做到完美，但是他会竭尽全力地去做好。

见他半天没说话，轻晚撇撇嘴巴，道歉："对不起，我是因为太在乎你，如笙，我真的好爱好爱你。"

如笙长叹一声，将她抱在怀里："傻瓜，我知道。"

"可是……我吃醋，我怀疑你，我不信任你……"她的声音细如蚊子。

他抬起她的小脸，认真地看着她说："我知道以前我对你的伤害太大，信任这种东西，我们可以慢慢培养起来，只要你记得我也爱你。"是的，轻晚，非常爱，一点都不比你少。

只不过有些人善于表达，有些人则放在心底，而他，便属于后一种人。

轻晚默默地想着，对于情人而言，这世界上最好听的话也不过是"我爱你"三个字而已，不管以前觉得它是如何肉麻，甚至觉得它特别的俗，不知道被人说过多少遍，但是对于爱恋中的他们而言，这三个字却胜过千言万语。

"如笙，你真好。"她轻轻地说。

两人拥抱了一会儿，如笙问："饿了么？想吃点什么？"

"还不饿，我想洗澡。"

"好。"他亲了亲她的额头，转身去放水。

轻晚从行李箱中拿了自己的衣服，去了浴室里。浴室是如笙的房间里单独的一间，明亮的灯光洒了下来，还可以看见如笙的睡袍放在浴室架子上，一瞬间，她有种做梦般虚幻又充实的感觉。明明昨天还思念如狂的人，今天便站在了自己面前。

Part3

如笙放完水，一转身便看见她站在门口发呆。

"又在想什么了？"他走过去伸手在她面前挥挥，"傻傻的。"

"没什么。"她眨了眨眼睛，回过神，"就是觉得这个世界很奇妙，十二个小时的飞机就可以把我从地球的那端载到这一端，一眨眼，我就在你面前了。”

他微笑：“去洗澡吧，我去弄午饭。”

“好。”她点头，目送着他的背影离开。

要说五年前与五年后的如笙二者之间有什么特别大的变化，那便是五年后的如笙更习惯了情不自禁地微笑，她知道，那是他发自内心的笑。

如笙走出房门的时候瞥了一眼墙上的时钟，十二点半。他从冰箱里拿出昨天就买好的菜，他在美国待了四年都吃不惯这里的菜式，恐怕浴室里的那个小家伙更加吃不惯了。

他拿出三个土豆，熟练地切着土豆丝，这是她最喜欢吃的菜之一，每次吃的时候最喜欢夹起一大筷往嘴巴里塞，说这样吃才有感觉，在家的时候，一整盘的土豆丝她都能解决，记得最初的那段时间，他控制她贪吃零食的坏习惯，她又不敢反抗，嘴巴又馋，就将土豆丝当成零食吃。

想起她有时候依然孩子气的样子，他的唇边扬起的是自己都没发觉的微笑。

轻晚洗完澡出来的时候就闻见了阵阵清香，她走到外面的厨房，探着身子望了望：“土豆丝！”她叫出声，可不是么？那厨房的琉璃餐柜上放着三个装满菜的盘子，她一眼就看中了中间那泛着油光的土豆丝。

“把菜先拿出去，等汤好了就可以吃饭了。”如笙一边盛着汤一边对她说。

“好！”有吃的，她当然乐意了，屁颠屁颠地跑过去端菜，拿起土豆丝的时候还不忘记偷偷地拈几根来尝尝，然后笑眯眯地对着做菜的主人称赞，“真好吃！”

两人坐下来刚要吃的时候，大门忽然被打开，一个大嗓门从外面传来，“啊！好香，今天是什么日子，范大厨师终于出山了。”

轻晚望去，只见一个身形高瘦的男生走了进来，轮廓很深，一双眼睛竟是蓝色的，嘴唇很薄，看上去并不是纯粹的外国人。以前她听如笙提起过，和他住同一个公寓的有一个是中美混血儿，在学校里属于外国美女和中国留学生通杀型的。

“顾滨，我在美国的同学。”如笙介绍，“这是我的女朋友，宋轻晚。”

“是老婆了吧。”顾滨笑着说，优雅地伸出了手，“你好，早就听闻你大名了，一直很想看看能让我们范同学念念不忘的女孩是谁，今天一看，果然没让我失望。”

“我有让他念念不忘么？没有吧？”轻晚礼貌地伸手跟他握握，“以前如笙在我们学校可是有了名的冷漠，我都不敢太看得起自己。”

“同感，以前每次有美女追着如笙跑，如笙惯用的一招就是，露出无名指头上的戒指，然后那些可怜的美女就会自动打退堂鼓，这一招几乎是屡试不爽。别人都赐予他‘extreme cold’的称号，面对别人的追求连句拒绝的话都吝啬开口，so cold。”

“extreme cold”极致冷漠？

好有创意，也很符合他本人。轻晚歪着头，一脸有趣地看着如笙。

如笙脸不红心不跳，轻描淡写地问：“吃饭的时候能不能不要那么多话？”

顾滨帅气的脸上洋溢着笑意：“又是范氏语录。”

“……”

后来轻晚问过什么是“范氏语录”，顾滨说是另一个室友突发奇想整出来的，把如笙经常会说的话都整理进去，如笙话本就不多，如果有重复的话就会收录到“范氏语录”里，觉得很有趣。

轻晚觉得更有趣的是如笙周围的人，认识了他这么久，接触的他的一些朋友都是阳光热情型的，唯独只有他是一个冷冰冰的人，那么多热情如火的人围在他身边也不能将他身体内部的冰块融化。

后来她跟顾滨熟悉了之后，有一次聊着聊着天就说了出来，顾滨蓝色的眼睛有些意味深长：“他心里的那些冰块不是早就融化了么？他只有碰见你这个太阳的时候，才会无可奈何地化成一摊水。”

Part4

吃完饭后，如笙让轻晚先进房休息，自己收拾完之后去洗澡。顾滨本是来公寓拿点东西的，顺便吃了个饭，然后就走了。

轻晚坐在柔软的床上，抱着被子，鼻尖还有被子上淡淡的洗衣粉的味道，应该是刚刚才换上的。

她瞄见床头一个银白色的东西，是如笙的手机，就拿过来玩，一翻盖就愣住了。如果一个个性冷漠的男友主动拿你的照片当屏保，那会是种什么感觉？而且这张照片还是在她睡着的某天清晨偷拍的。

轻晚从来都没有主动想起要看如笙手机，她看过太多的小说，女朋友对男朋友不信任，总是喜欢翻他手机里的电话簿，或者把里面的短信一一看完，这样反而会让对方很反感。

她打开手机相机，用镜头对着自己，拍了一张smile的可爱表情，保存，设置为屏保，然后轻轻地合上手机，将它放回原位，一种幸福的感觉油然而生。

如笙走出浴室的时候看见的便是她一个人坐在床头傻兮兮地笑。

听见声音，她抬起头，依然是傻笑地看着他，说：“如笙，我偷看了你的手机。”

“……”这是一件很值得炫耀的事情么？

“我都不知道原来你那么喜欢我，偷偷拍我的照片做屏保。”她笑着说，“不过我刚刚给你换了一张更漂亮的。”

她拉着他坐到自己的身边，将头靠在他的胳膊上，甜蜜地说：“如笙，其实你也很喜欢我的对不对？可是你不善于表达，我就会觉得其实你并不是那么喜欢我。你知道人总是那么贪心的，以前大学的时候我就想，只要我能当上你的女朋友就好了，可是真的当上了我就想要是你能跟我说句喜欢我就好了，可是当你真的说了，我就会又想更高的要求。要知道，没有一个女人会不喜欢浪漫的。”

“说了这么多。”如笙低下头，鼻尖几乎蹭着她的头发，“你不困么？”

“你真是很不浪漫！”轻晚抬头噘嘴，“我一点都不困。”

如笙不禁握住她的双手，暖暖的。

“真的不困……”她话未说完，双唇被覆盖，一个法式热吻，比送任何鲜花都要来得浪漫。

一吻过后，轻晚有点气喘吁吁，绯红的脸，迷离的眼，上升的体温，如笙掀起被子的一角，躺了进去：“睡吧，我也有点困了。”

轻晚这才看见如笙眼下略微有些黑眼圈，她有些心疼地问：“你很累么？”

“嗯。”他轻应了一声，闭上眼睛，一只长臂横在她脑袋下面，侧脸对着她。

轻晚眼珠子骨碌一转，贼兮兮地笑，突然凑到他耳边，轻声道：“该不会是因为我今天要来，你乐得一整夜睡不着吧？”

如笙仍旧闭着眼睛，另一只手却精准无比地遮住了她的眼睛：“睡觉。”

轻晚把他的手用力地扒下来，两只小手握着他的大手，手心的温暖直直地传递到心底，她眨着还不是很困的大眼睛，看着如笙。

“你的睫毛真好看。”她说。

“笨蛋。”换来的就是如笙闭着眼睛的这句话。

轻晚呵呵笑着缩进他的怀里，抱着他的腰，打了个哈欠，终于有了睡意。

第二十五章
我们结婚吧

Part1

因为时差的关系，轻晚自然醒来的时候已经是第二天的中午了，看着有些陌生的房间，有一瞬间还不太习惯，转头看看身旁，睡前还暖暖的床位，此时冰凉，看来如笙已经起来好久了。

不在房间，会不会在客厅里？她慵懒地翻了个身，眼睛看到了床头柜上的一张纸条，刚劲有力的字体很熟悉，轻晚拿在手上，看了一眼，然后小心地折叠好放进了睡衣的口袋里。

不知道为什么有些失落，抑或是因为还没睡够的关系，轻晚头还有些晕，还想继续睡，想着又把头埋在柔软的枕头里，拥着被子，继续赖床。

纸条上写着：桌上有早餐，如果冷了的话放微波炉里热一下。我出去有事。

她拿出来再看了一遍，唇边泛起微笑，像极了第一次收到情书的初恋少女。

实在睡不着，她穿着睡衣跑到行李箱前将笔记本抱到床上来上网，国外的网全部都是英文，看起来很费劲，她玩了一会儿，就受不了了，还记得当初考上六级的时候都是刚上分数线，这几年压根就没碰过英文，现在早就忘得一干二净了。

无聊，她又将笔记本丢到一旁，缩回被子里，闭上眼睛。

不多久，她便听见开门的声音，有人带着夏日的暖风走了进来。

她知道是如笙，可却一点都不想动。

她以为他会叫醒她，可他只是在床沿边坐下后，不发一语。

轻晚装不下去了，他的视线太强烈，让她浑身都不自在。

她睁开眼，问：“你在看什么？”

“你的耳朵。”

“耳朵有什么好看的？”

他没回答，只是转移到了另一个话题：“醒了就起来，不要赖床。”

“……你怎么知道我是醒着的？”她刚想继续说难不成房间里装了摄像头，还未开口，嘴唇就被上面的人封住。

“唔……”原本迷糊的人这下可全醒了，使劲地推开压在自己身上的人，小小地抱怨道，“我还没刷牙。”

“我都不介意。”如笙微笑，看起来今天心情很好。

“……”轻晚还赖在床上。

如笙双手撑在她的两侧，眸子看着身子下的人：“起来吧，带你出去玩。”

“真的？”一说到玩，轻晚的眼睛就闪亮了起来，迫不及待地从床上翻了起来，“好，我这就起来。”

洗漱过后的轻晚，被如笙强迫地吃下暖胃早餐，她一心想着可以跟他一起去吃去玩，吃得飞快，最后被如笙黑着脸训斥，说那样吃对胃不好。

她不是太激动了么！他们之间出去玩的次数真的是少得可怜，如笙不喜欢把时间浪费在玩的方面，双休日他们去得最多的地方就是附近的商场，也只有几次的样子，更多的时候都是如笙在书房里面工作，她就坐在一边看他工作。

虽然说认真起来的男人是最好看的，但是天天看也会有点审美疲劳吧。有好几次，她看着看着就睡着了，最后被如笙叫起来的时候，她就抱怨，以后要是失眠了的话就抓着他看，那样就会一下子就睡着了。如笙的表情很无奈，这样不合逻辑的想法，也只有她才能想出来。

Part2

出了家门，外面已经有一辆奔驰在等候。

有人常说上帝是公平的，你拥有过什么东西，那么你必然会失去另一样东西。大学时的如笙别说是汽车，就连自行车都没有，而如今，他也能轻松买车了。

如笙拉开副驾驶座的门，让她进去了之后，自己才又绕到另一边的驾驶座上。

车上开着冷气，驱散了外面的炎热，让人的心情也跟着凉爽了起来。

车子发动的时候，轻晚特别的安静，睁着大眼睛看着窗外倒退的风景，像个好奇宝宝，连如笙长时间停留在她身上的视线都没有感觉到。

忽然她像是想到了什么似的，转过头问如笙："我们这是要去哪啊?"

"到了就知道了。"如笙说。

"我看了这么久，觉得外国的街头和中国的好像也没什么区别，只不过是每张脸都不一样而已，不过……在这里是不是都要说英文？那我是不是要紧紧地跟着你了，要是迷路了，长着嘴巴也没用了。"

如笙笑起来："英文六级你不是过了么?"

"不是才刚过么?"她鼻子皱了皱，"而且过了这么久，我顶多会说最简单的，以前我英语口语也不怎么样。"她边说眼睛还很忙地望向窗外，红灯的时候看见一个肚子大大的外国妈妈推着婴儿车从人行道上走过去，里面坐了一个好奇的宝宝瞪着蓝色的眼睛东张西望，她突发感想："如笙，你是喜欢男孩还是女孩?"

"男孩。"

"为什么？重男轻女的家伙！"她不满意地嘟囔。

如笙失笑："女孩像你就糟了，那么黏人。"

"老人都说女孩像爸爸，男孩像妈妈，你没听过么？我喜欢女孩，女孩像你一定很聪明，很漂亮，以后可以迷倒大票男生，不要像我一样倒追别人。"

她意有所指，本想为自己以前的倒追经历图个心理平衡，却没想到如笙眉梢轻扬，说："有谁拿着刀逼你追么?"

轻晚："……"

她就知道，"extreme cold"绝对不是浪得虚名。

两人聊了一会儿，车已经开进了多树宁静的地方，轻晚看去，竟是一片漂亮的别墅，车停在了湖边的一栋欧式别墅前，如笙牵着她的手下车，两人刚走进客厅，轻晚便看见了神态依旧给人一种落落大方兼有高傲之气的茉落，还有一位坐在沙发上姿态优雅的……贵妇?

"阿姨，你看，那位就是你的媳妇，你儿子最喜欢的女人。"茉落甜甜地对着一旁的贵妇解释。

贵妇眼神从一开始就钉在轻晚身上，让她微微有些尴尬，在茉落说了这句话之后，她的尴尬直接转换为发蒙，再鼓起勇气看一眼那个女人，怎么看怎么熟悉——啊啊啊，她不就是她妈妈那个年代当红的一个歌星么？叫苏美琪来着……

她怔愣了一会儿，见大伙儿的眼神都凝在她身上，瞬间压力增大，清了清嗓子，落落大方地说："伯母，你好，我是轻晚。"

虽然心里发蒙，但是伯母这个称呼应该算得上礼貌也不至于会因为叫错而尴尬。

如笙牵着她坐下来的时候，茉落朝她眨眨眼睛："是不是要改个称呼了？应该叫妈了。"

轻晚不好意思了一下，迟疑地望向一旁的如笙。

"那是我妈。"如笙简单地介绍。

轻晚的脑袋晕了一下，一代歌星竟然是如笙的妈妈？谁来告诉她是不是她还在梦中没醒来？她怎么越听越糊涂了？

许是察觉了轻晚的疑惑，苏美琪很大方地笑了起来，轻晚顿时觉得刚才遥远的大明星一下子变得和蔼可亲了起来。

"这些事，如笙应该没跟你讲吧，他今天带你来，应该就是想让你知道的，我就干脆给你讲讲吧。"

轻晚应了一声"好"，随后以被领导训话的坐姿目光勇敢地看着苏美琪。

苏美琪只觉这女孩可爱，笑道："把这里当成自己家就好了，不要那么拘束。"

她也想啊。轻晚在心里嘀咕，如笙一开始可是说带她出来玩的，哪知道一玩就玩出这么大个"惊喜"来，她能不紧张么，一紧张不就拘束了么？

Part3

一番话说下来，轻晚听得心有些轻微地疼。

苏美琪年轻的时候认识了如笙的父亲，算是一见钟情吧，但是如笙的父亲当时已经结婚了，苏美琪并不知道那么多，只是想和爱人在一起，后来就有了如笙。

那时候的苏美琪才不过二十多岁，一个少女又是当红偶像，根本就没有能力去照顾如笙。天底下没有不透风的墙，如笙父亲的现任妻子也就是茉落的妈妈知道了这件事情，找到苏美琪，非要把这件事告诉媒体，要让当时红透半边天的苏美琪身败名裂。女人都是这样，为了爱情，名声算得了什么，当时苏美琪就有豁出去，主动将事情公告天下的冲动，好在被如笙的父亲阻止了。

所谓家丑不可外扬，为了让茉落妈妈心理平衡，他答应了她一个条件，将还是婴儿的如笙交给她照顾。茉落妈妈其实并不是个心地恶毒的女人，可是女人在爱情里往往都会被嫉妒迷了眼，当时她趁着如笙父亲去外地出差的时候，竟在大冬天里将还是婴儿的如笙丢弃在大桥底下。如笙的父亲回来之后知道此事勃然大怒，开车去大桥底下找寻的时候，翻遍了整座桥都没见如笙的影子。

苏美琪知道此事之后，伤心欲绝，觉得这是老天给她的惩罚，最后与如笙的父亲决裂远赴美国发展。茉落妈妈之后的日子都活在惴惴不安之中，毕竟是自己直接伤害了一个小生命，当时她的肚子里还怀着茉菲，晚上频频噩梦，最后导致难产，孩子平安生下了，她却离开了。

推想起来，这样就可以解释为什么从一开始茉院长就对如笙那么好，茉落总是像大姐姐一般地照顾他，如笙竟然是茉落同父异母的弟弟，在茉菲发生意外的时候，茉院长并没有怪如笙是因为他一直认为这是自己的妻子欠他的，何况茉菲一出生便有严重的心脏病，医生也说她最多活不过二十五岁。

按照平常人的思路，茉落应该很恨苏美琪的，可是看着她们亲密如母女一般的样子简直让人匪夷所思。

之所以说那是平常人的思路，就是因为茉落不算是平常人，她的性格就连做父亲的老院长都琢磨不透。实际上她不但不恨苏美琪反而很佩服她，一个女人一辈子能这样爱着一个男人，却不用手段破坏他的幸福，宁愿自己在异国独享相思之苦，和失去儿子的心灵折磨，也不想让心爱的男人为难，这样的女人真的很伟大。

最后轻晚也终于知道，如笙提前来美国的那一个星期里，就是来见自己的亲生母亲。她知道他本就是不善于表达感情，在来美国之前，他一定做了很多心理挣扎吧，所以那些日子他的眉宇间才会有那道不尽的忧愁。

而在如笙那么矛盾的时候，她没有帮上什么忙，甚至还在心里怀疑他是不是在搞外遇。想到这里，轻晚心里的内疚又上升到了极致。

中午留在别墅里吃了饭，如笙便要走，一开始是说好带某人出来玩的，若是失信了，恐怕某人又要存在强烈的不安全感。

他不知道的是，某人一整个中午都被心里的内疚惩罚着，连吃饭的时候都魂不守舍的。

出了门，如笙问："想去哪里？"

身边的轻晚有些心不在焉，完全没有了出门前的欢乐劲，眼看就要撞上前面的大树，如笙急忙拉住她，蹙眉："你又怎么了？不开心？"

轻晚抬起头因为太阳的光线刺目而眯起了眼睛："没有啊……"她说，"我对这里又不熟，你想去哪里，我就跟你去哪里好了。"说到这里，心情突然就好了起来，"如笙，以后不管你在哪里，我都跟着你到哪里好不好？"

"嫁鸡随鸡嫁狗随狗？"

轻晚顿时无语了，多么浪漫的一句表白，他非要说成这样么？

"好啦好啦。"他拉着她就往车子的方向走，心中的疼惜和内疚总算是减了不少。

这个城市实在是太大了，若要真的玩起来，恐怕这半天也玩不成什么，两人开车兜了一会儿风，轻晚便提议去如笙以前的学校看看，如笙没有异议。

两人走在大学里时，颇有时光倒流的感觉，路上聊起以前念大学时候的事情，彼此像是有默契一般，那五年中的事情绝口不提。

是啊，为什么要提呢？过去的事情就让它过去，此时此刻以及未来在一起，才是最重要的事情。

轻晚牵着如笙的大手走在陌生的大学校园里，看着陌生的风景，听着陌生的嬉闹声，不知不觉，曾经费尽心机想要忘记的伤害真的就被幸福弥补而消失殆尽。

在学校的草地上坐到了天黑，如笙带着她来到了市中心的一家商店，轻晚走进去才发觉这里是一家很大的首饰店，她不解地看着如笙问："来这里干什么？"

如笙回答说："你没耳洞。"

她没耳洞是因为曾听说过穿了耳洞的女人下辈子还会是女人，那时候她下辈子想当男人，所以才没穿的。但是跟来这里有什么关系？

"啊！"某人后知后觉，"你，你该不会要我来穿耳洞吧？"

如笙眼中的笑意浓了几分，说：“是的。”

轻晚将“穿耳洞”的故事说给他听。

结果，如笙说：“我也听说过，所以带你来。”

“啊？”

他也曾听说，穿过耳洞的人，下辈子还会是女人，所以……“下辈子依然让我宠你爱你，把这辈子不够宠的全部补偿给你。”

晚上回家的时候，轻晚的耳朵上多了一对精致的小耳钉，是如笙送给她的礼物。

沐浴完之后，如笙坐在床上用棉签帮她消炎：“还疼吗？”

“疼……”轻晚玩着手中漂亮的钻石耳钉，颇为大方地说，“但是看在你偷偷给我买好礼物的分上，我就不怪你了！”

如笙没说话，有些严肃地看着她的耳朵。

轻晚以为他还在内疚，侧头给了他一个大微笑：“我真的不怪你，你不要那种表情。”

如笙将棉签丢到垃圾桶里，看她：“我什么表情？”

“很愧疚的表情呀！”

“愧疚？”如笙问，“我为什么要愧疚？”

“那你为什么露出那种表情？”

“……因为你的耳朵好像肿了。”

“……”

“轻晚……”

就在她赌气别过脸时，如笙的声音在耳边响起。

“干吗！”她没好气道。

“之前茉落打电话过来……”他嗓音有些低哑。

“呃……她说什么？”轻晚觉得空气里有一种莫名的暧昧在涌动。

“她说明天去……Arapahoe Basin……”他的气息越来越近。

她的脸蛋越来越红，呼吸都甚至有些轻喘：“什么……什么意思？”

“夏天的滑雪场。”他的呼吸轻轻在她耳边响起，轻晚感觉有些不适，下意识偏了偏头。

下一秒，她的唇被捕获。

夜晚的时间，还很长……

Part4

轻晚蒙眬地睁眼时，天已大亮。

如笙在她身边，一手揽着她的腰，还在沉睡。

柔软的薄被只遮住腰部，紧致的肌肤被晨光铺上一层眩晕的光泽，他的五官立体地呈现在眼前，浓密的睫毛，高挺的鼻梁，单薄的唇在晨色中泛着淡淡的微光，轻晚的脸情不自禁地红了起来，脑海里还想着昨日这双唇是如何让她一次次陷入甜腻的缱绻。

事实证明，原来再冷漠的人兴奋起来也会变得格外地热情，在这之前，她从来都不觉得如笙是个没有节制的人。

轻晚的嘴角扬起一抹幸福的笑，随后又沉沉地睡了过去。

这一觉，两人睡到了下午两点，醒了之后如笙就带着她去赶赴茉落的约会。

Arapahoe Basin（夏天的滑雪场）是美国最晚停止的滑雪场，雪场每年十一月底开业，一直到次年六月，有时甚至可以持续到七八月，是北美缆车运送最高的雪场之一，价格也比较公道。

约好两点半，他们自然是迟到了，换好滑雪的衣服到场的时候茉落和一群人已经在那里等着了。

“范先生，每次都姗姗来迟。你已经引起公愤了！”

如笙难得解释：“睡过头了。”

“啧啧，是新婚燕尔，难舍难分吧？”有人打趣道。

接着，众人都看见轻晚脖子处一片红痕，在长发中若隐若现。

于是，所有人的眼神都变得意味深长了起来。

轻晚顿时脸红，恨不得把自己埋在雪堆里。

这些人里，有人知道轻晚的身份，也有不知情的。

当有人问起轻晚的身份时，如笙大方地介绍：“这是我的新婚妻子，特意来美国看我的。”

虽然这样给迟到找了个很好的借口，不过轻晚心里还是蛮害羞的，好在这一帮人都是中国远赴美国的留学生，很好相处，聊起来的时候，她也表现得落落大方。

Part5

轻晚从来都没滑过雪，所以当大家各自玩闹的时候，如笙便耐心地教她滑雪，看得出来，他是个畅游雪场的高手。

“你经常滑雪么?”她问。

他点头。在美国四年，身边又有一大群爱好滑雪的朋友，不会滑雪实在有些说不过去。

教了一会儿，如笙便说：“现在你试试，其实滑雪就跟滑冰一样，注意平衡感，你滑冰滑得不错，这个应该没问题。”

话是这么说不错，可是她也有好久没滑冰了，何况这里是雪和冰还是有些差别的，她试着滑了几次，过程中难免会跌倒，好在如笙都跟在身后，在她跌倒的时候总能适时地拉住她，以至于不会跌得太难看。

熟悉了，也慢慢能滑上一小段了，她兴致勃勃地提议：“如笙、如笙，你在前面一百米的地方等我，我滑到你那里去。”

如笙有些不放心：“你行么?”

“看也看会了，何况有你这么棒的老师我能不行么!”轻晚给了他一个“你放心”的表情，硬是推着他到前面去等她。

如笙无语了，摆出一副不管她的样子，自顾自地滑出一段距离，却还是在一百米的地方停住了。

轻晚看着不远处的如笙，阳光细腻地打在他身上，黑色的剪影倒映在白色的雪地上，她最爱的男子就伫立在远处，此时她眼中只有他。

她举着滑雪杖，缓缓地往下滑，风随着她的速度越来越大，在耳边沙沙作响……他俊美的五官越来越清晰，可是她的速度也越来越快，快到令她把持不住，几乎是反射性的，她将手中的雪杖丢得老远，忽而大声叫唤：“如笙——抱!”

张开双臂，直直地向他滑去。

如笙低咒了一句，在原地站稳脚，将直冲过来的她抱了个满怀，因为冲击力过大，双臂抱着她还在原地转了个圈。

“笨蛋！”看着她那张带满笑意的脸，如笙的脸色却难看极了，“怎么这样乱来，万一我没接住——”

“没有万一，我知道你一定会接住我的不是吗?”

她笑眯眯地说。

原本两人的举动就引起了不少人的注目，再加上他们之间的对话更让围观的人爆发出热烈的掌声和口哨声。

这时，只见站在一旁看了一会儿的顾滨忽然向不远处张开双手，大叫一声：“小落，不要不好意思！来，到我的怀里来吧！”

茉落一愣，接着羞红着一张脸，拾起地上的一个雪球就丢了过去，正中他脑门。

接着人群里发出一阵爆笑的声音，轻晚也忍不住笑了起来，忽然像是想起了什么似的，仰头问如笙：“你上次说的同学的女朋友……莫非……”

如笙笑意暖暖：“正如夫人所想那般。”

“如笙……”轻晚一愣，接着看到那抹颀长的身影当着睽睽众目的面，单膝跪了下去，黑色的眼眸如同雪地里一道温暖的光。

“轻晚。”他说，“我们结婚吧。”

轻晚站在那里，彻底呆若木鸡，看着如笙认真的俊颜，她略带哽咽地说：“你看，其实很早以前小艺就跟我说过你一点都不好，但是我就是想要嫁给你。”

随后口哨声、鼓掌声更大。

如笙起身，将她抱起，在雪地中央转了一个圈。

轻晚笑着，耳边传来的是比刚才更热烈的掌声，欢呼声。

巨大的雪场白茫茫一片，似乎可以预见未来的生活也会如此时充满了愉悦和幸福。

Part6

轻晚一直坚持要到明年的三月一号举行婚礼，她说那天是苏艺的生日，这场婚姻最初的证婚人便是苏艺和曹洲，她要让最好的朋友亲眼看着自己是幸福的。

如笙自是没反对，反正只要人是他的，结婚仪式不过是一种形式。

过年回家之前，轻晚去医院看了苏艺。

她依旧躺在床上，仿佛睡着了的样子。

轻晚坐在床边握着她的手，看着她沉静的睡颜，道："小艺，我就要结婚了，婚期定在你生日那天，你会来参加吗？"

没有人回答她，可是她知道，苏艺是能够听见的。

过年的时候，大多城市都飘了雪，轻晚带着如笙回到H市探望父母。宋爸几乎有一年多不见女儿，在飞机场相逢的时候一张严肃的脸都笑逐颜开。宋妈更是激动，一边说着女儿这么久才回来看一次一点都不孝顺，一边眼圈却红了。好在他们看到准女婿的时候，目光中都是浓浓的赞赏。

晚上，一家人坐在餐桌上吃饭，轻晚还特意煮了自己的拿手好汤，颇受父母赞赏，气氛融洽极了。

饭后，轻晚自然是想带如笙在H市转转看看了。

下楼的时候她才记起忘带家里钥匙了，让如笙在楼下等着。自己跑上去拿。

钥匙就放在房门旁的花坛里，她正准备关门的时候，忽然听见里面传来的说话声，"难怪小晚总是反对我提起交男友的事情，这个准女婿是她大学时候就交往过的男友吧？听说还去过美国，分过手。"是宋妈妈的声音。

宋爸说："年轻人，分分合合很正常。能让我们宝贝女儿快乐下厨的男人，一定不简单，咱们要相信自己的女儿。"

轻晚轻轻地将门阖上，转过身时，眼睛有些湿润，唇畔却扬起浅浅笑意。

跑到楼下，没有看见如笙的影子，举目望去，白花花的空地上，两个雪白的背影正对着她。

她跑过去一看，只是一会儿的时间，如笙已经堆出了两个大雪人，仔细一看，中间还牵着一个小的。

"这么快？难道你会魔法？"

如笙笑："以前过年的时候我们买不起焰火，就跟如萧比赛堆雪人。堆出经验来了。"

他很自然地说着，语气里一点悲伤的感觉都找不到。

轻晚突然有点心酸，一双灿若星辰的眸子看着他说："如笙，你教我堆得快的秘诀吧，以后我跟你比。"

"好。"如笙点头，牵着她的手来到雪人的正面。

轻晚蹲下身，看着那个没来得及做五官的小雪人，笑道："宝宝乖，妈妈来了，马上你就有眼睛和鼻子了。"

如笙微笑地凝视着她，眼底宠溺无尽。

天地为证，爱在此刻，已是永恒。

全文完